U0922681

名著新译书系

WORLD CLASSIC MASTERPIECES SERIES

永别了，武器

[美] 海明威/著　王晨爽　陈福明　孙焕君/译

時代文藝出版社

图书在版编目（CIP）数据

永别了，武器 / （美）海明威著；王晨爽，陈福明，孙焕君译．
—长春：时代文艺出版社，2017.10

ISBN 978-7-5387-5441-4

Ⅰ．①永… Ⅱ．①海… ②王… ③陈… ④孙… Ⅲ．①长篇小说－美国－现代
Ⅳ．①I712.45

中国版本图书馆CIP数据核字（2017）第118252号

出品人　陈　琛
产品总监　郭力家
选题策划　方　伟
责任编辑　杨　迪
助理编辑　吕　天
装帧设计　孙　利
排版制作　隋淑凤

永别了，武器

[美] 海明威 著　王晨爽　陈福明　孙焕君 译

出版发行 / 时代文艺出版社
地址 / 长春市泰来街1825号　时代文艺出版社　邮编 / 130011
总编办 / 0431-86012927　发行部 / 0431-86012957　北京开发部 / 010-63108163
官方微博 / weibo.com / tlapress　天猫旗舰店 / sdwycbsgf.tmall.com
印刷 / 三河市万龙印装有限公司
开本 / 710mm × 1000mm　1 / 16　字数 / 262千字　印张 / 18.25
版次 / 2017年10月第1版　印次 / 2017年10月第1次印刷　定价 / 32.80元

图书如有印装错误　请寄回印厂调换

目　录

第一章

那年夏末，我们住在村里的一座小屋里。村子旁边有条小河，河水清澈湛蓝，水流湍急，冲击着河床里的圆石头。石块大小不一，被太阳晒得又白又干。河对岸是平原，再远处是群山。部队行军会路过我们寓所旁的小路，尘土飞扬，连树叶和树干上都是。那年树叶落得比往年早，微风吹来，树叶缓缓飘起，然后慢慢落地。军队过后，路上空荡荡的，只剩一些散落的树叶。

平原上满是庄稼，有很多果园；而远处的群山却是一片土色，光秃秃的。山上这会儿正打仗，夜里清晰可见大炮发出的火光，仿佛夏天的闪电划破夜空。但现在晚上很凉爽，并不是暴风雨的前兆。

一到晚上，道路就变得繁忙起来。有时候，部队会从窗下经过，还有拖着大炮的牵引车，甚至卡车、骡子。卡车一般有两种，一种是灰色的，上面载着人；还有一种车顶上盖着帆布，行驶得比较慢，用来装货。骡子也都不轻省，驮鞍两边都装着弹药盒。不只晚上，白天也有牵引车拖着重炮路过。长长的炮筒上裹满了绿色树枝，卡车上也都盖着带叶的树枝和葡萄藤。过了山谷再往北有一片栗树林。树林后面，河的这侧是另一座山。这座山上也有战斗，但是战况不佳。秋天到来，阴雨绵绵；栗树叶落了，树枝光秃秃的，树干也被淋得黑乎乎的。葡萄园里藤蔓的叶子也掉光了，显得稀稀拉拉的。总之，秋天一到，整个乡村一片萧瑟，干枯荒凉，潮湿颓败。河上湿气重重，山间云雾缭绕。卡车从路上驶过，溅起泥浆；士兵们的身上都是泥，斗篷和步枪也淋湿了。他们的斗篷下面系着一条皮带，上面绑着两个灰色的皮质子弹盒。重重的弹盒里装满了口径 6.5 毫米的细长子弹，把斗篷撑得很高，士兵在路上行走时，像怀孕六个月的女人。

有时候，路上也会突然出现飞驰而过的灰色小轿车，溅起的泥浆比卡车和拖车还要多。通常情况下，这辆小汽车的前座上坐的是司机和一名军官，后座上则是另外几名军官。如果后座上是两个高大威猛的将军夹着一个连脸都露不出来的小个子，而且只能看见帽顶和一个瘦削的背影，再加上小车的行驶速度特别快，那么车里坐的小个子很有可能是国王。国王住在乌迪内，几乎每天经过这里去视察战场，但是战局并不乐观。

刚入冬的季节一直都在下雨，随着雨季到来的还有霍乱。万幸霍乱最终被控制住了，军中有七千人病死。

第二章

第二年，战士们打了不少漂亮的胜仗，占领了很多地方，不光有山谷外边的高山、栗树林山坡、南边平原外的高地，还有小镇和后面的河，但是河另一边的群山还未能攻克。八月时，我们过了河，住在戈里齐亚[①]一个带小花园的房子里。花园有围墙，里面不光有喷泉，还有茂盛的大树。房子的另一边爬满了紫藤。目前，战场已经转到了远处的山区，而不是近在身边了。小镇温馨惬意，我们住的房子舒适安逸。让我感到非常高兴的是奥匈帝国的军队并没有对小镇发动狂轰滥炸，只是进行常规的军事破坏，估计他们还想着战争结束后再回来。夏末夜凉如水，战争又只在山地，镇上几乎没受到什么影响，只有弹痕斑驳的铁桥和河边被炸毁的隧道诉说着不久之前的战争。镇上有些房子也遭到了炮击，部分墙体倒塌，房屋内部暴露在外面，石膏和瓦砾散落在花园里、大街上。然而镇上的居民照常生活。广场四周和通往广场的路边都是树。街上的医院和酒吧也在炮兵驻扎的情况下照常营业。镇上甚至还有两家妓院：一家接待士兵，另一家款待军官。除此之外，镇上还有姑娘和乘着小车路过的国王。国王依旧是长长的脖子，下巴上一绺灰色山羊胡，运气好还能看见他的脸。卡索[②]地区的战争也十分顺利。总之，和去年秋天比起来，今年秋天小镇的生活实在太美好了，更开心的是战局也和战地生活一样，发生了可喜的变化。

---

① 意大利东北部城市，位于阿尔卑斯山脚下，邻近斯洛文尼亚边境，是戈里齐亚省的省会。

② 位于意大利东北边境的高原。

第 三 章

我从前线回来的时候，部队仍旧驻扎在镇上，乡下的炮更多了。春天来了，田野葱郁，葡萄树吐出新芽，路边的树也长出了小叶子，微风从海面吹来。从小镇向远处眺望，周围有山，山上有旧城堡，映衬着远处连绵的高山，看着好像一个凹陷的杯子。远处的高山呈深褐色，斜坡上点缀着些许青翠。镇上的大炮变多了，被敌方炮弹击中的房子也比之前有所增加。此外，镇上还新开了几家医院，时不时地能在街上碰见一些来自英国的男男女女。天气倒是很暖和，跟春天一样。我沿着林荫小路一直走，身上被墙壁反射的阳光烤得暖烘烘的。我们还住在原来的房子里，房子跟我走的时候没什么区别。院门敞着，有个士兵正坐在椅子上晒太阳，侧门旁边停放着一辆救护车。刚进院里我就闻到了大理石地板和医院的味道。一切都和我走的时候一样，只是冬去春来。我透过大房间的门往里看，只见少校坐在办公桌前，敞着窗户，任由阳光照进室内。他没看见我，我也不知道是应该进去报告还是先上楼洗漱一番。最终，我还是决定先上楼。

我和里纳尔迪中尉共用一个房间。房间的窗户朝向院子敞开着。我的床上铺着毯子，其他一些物品挂在墙上，防毒面具放在一个长方形的锡罐里，铁质头盔也挂在相同的地方。床脚处是我的行李箱，扁平的行李箱上面放着我冬天的皮靴，皮靴因为打了鞋油显得油光锃亮。我还有一杆奥地利狙击步枪挂在两张床之间。步枪枪管呈蓝色，形状是八边形，枪托是深色的胡桃木，不光适合用脸颊抵住射，还衬得步枪分外可爱。我记得和步枪配套的望远镜锁在行李箱里了。里纳尔迪中尉本来正躺在自己的床上睡觉，一听到我回来就立刻醒了坐起身来。

“兄弟，你好，”他说，“玩得还高兴吗？”

“简直棒极了。”

我们握了握手，他抱住我的脖子亲吻我。

“哦。”我说。

“你还没洗干净呢！”他说，“快去洗漱一下。你都去哪儿了？做了什么事情？快一字不落地告诉我。”

“我去了好多地方，有米兰、佛罗伦萨、罗马、那不勒斯、维拉·圣乔瓦尼[①]、墨西拿[②]、陶尔米纳[③]——”

“你这么说和列车时刻表有什么区别？有没有艳遇？”

“当然了。”

“在哪里？”

“米兰啊，佛罗伦萨啊，罗马啊，那不勒斯啊——”

“你够了，快跟我说说最有趣的事情。”

“那得算是在米兰了。”

“那是因为你最先到的米兰。你在哪儿遇见她的？在科瓦[④]吗？你们去哪儿了？感觉怎么样？快把所有事情都告诉我。你们一起过夜了吗？”

“是的。”

“那就没什么大不了的了。我们这里现在也有漂亮姑娘，从来没有上过前线的新妞。”

“那太棒了。”

“你不信我？今天下午就带你去见识见识。镇上来了好多漂亮的英国

---

① 意大利罗马的一座城市。

② 意大利西西里岛上的第三大城市。

③ 位于意大利西西里岛的墨西拿省内。

④ 意大利餐厅，1817年始创于米兰。

姑娘。我最中意巴克利小姐，等下带你去见见。我们两个很可能结婚呢。”

“我得去洗漱报到。现在到底有没有人工作啊？”

“你走之后，我们没有接收到过急重症患者，都是些冻疮、冻伤、黄疸、淋病、自残造成的伤口、肺炎、软下疳和硬下疳一类的。每周都有人被石头碎片砸伤。不过也有一些人真受伤。下周又要开战了，可能已经开始了。我是听人说的。你觉得我能和巴克利小姐结婚吗？——当然我说的是战争结束后。”

“肯定能。”我边说着边往盆里倒满了水。

“晚上你可得好好跟我说说旅途故事。”里纳尔迪说，“现在我得赶紧回去睡美容觉，确保见巴克利小姐的时候精神饱满，容光焕发。”

我把外套和衬衫脱下来，用盆里的冷水洗涮了一下。我一边用毛巾擦洗身体，一边看看四周，环顾一下屋子，朝窗外望望，又看看闭着眼睛躺在床上的里纳尔迪。他长得很好看，年龄和我差不多，来自阿玛菲。他喜欢当外科大夫，我们感情特别好。我正盯着他看的时候，他睁开了眼。

“你身上有钱吗？”

“有啊。”

“借我50里拉[①]。”

我擦了擦手，从挂在墙上的外套里取出手账。里纳尔迪没有起身，直接拿过钞票，折了一下，塞进裤兜里。他微笑着说：“我得让巴克利小姐觉得我有钱。你不光是我最好的朋友，还是我的财神爷。”

“去你的吧。”我答道。

那天晚上在食堂里，我坐在牧师旁边。得知我没有去阿布鲁齐，他非常失望，还透着一股莫名的伤感。牧师一早就给父亲写了信，说我要过去拜访，他的家人也都准备妥当，要好好招待我。我的心情和牧师一样糟糕，而且我也想不明白自己当时为什么没去阿布鲁齐。其实我是打算去的，但就是事赶事。听了我的解释，他才终于释怀，明白我是真的想去。

---

① 意大利、梵蒂冈等国的货币，现已被欧元取代。

我喝了不少酒，还喝了咖啡和斯特雷加酒[①]，我醉醺醺地跟他解释为什么我们不能做自己想做的事。事实上，我们想做的事情总是做不成。

我们两个推心置腹地交谈，其他人却都在大声争论。我其实很想去阿布鲁齐。那里气候干冷，结冰的路面和钢铁一样坚硬，雪花干燥得像粉末一样，雪地里到处都是野兔的足印，农民们向你脱帽致敬，叫你“老爷”。此外，阿布鲁齐也很适合打猎。我没有去这样的好地方，反而去了烟雾弥漫的咖啡馆。一到晚上，我就觉得房间里天旋地转，只有盯着墙壁才不会觉得那么眩晕。醉酒躺在床上的夜晚，你会突然明白这就是人生的全部意义。醒来以后，我又觉得莫名兴奋，因为不知道和谁一起共度良宵。黑暗中，整个世界都显得不那么真实却又令人兴奋，所以你必须装疯卖傻、没心没肺，认为这就是全部一切，这一切与你毫无关系。然而你可能又突然变得十分在意，怀着这样的心情睡下，在清晨猛然惊醒。随后，一切都消失了，只剩下尖锐、残酷而又清晰的现实，比如有时候会听到有人因价格而争吵。当然有时候你也会觉得很温暖惬意、心情欢畅，愉快地吃过早饭和午饭。有时候我还会摒弃这些烦琐的讲究，愉快地走到街上。就这样，一天开始了，一天又结束了，周而复始。我妄图讲述夜晚发生的事情，说清白天与黑夜的区别，解释为什么夜晚更好，除非白天很清冷。但是我说不清，正如我现在道不明一般。但是如果你经历过，那么你肯定就会知道。牧师虽然没有相似的经历，但是他能明白我真的很想去阿布鲁齐。虽然没去成，我们依旧是朋友，有很多共同的爱好，也有一些分歧。我不懂的事情他总是都能懂，有时候我虽然弄明白了，却记不住。当时，我并没有意识到这一点，后来才明白。本来我们都在吃饭，饭吃完了，周围的争论却仍在继续。我们两个不说话了，上尉嚷嚷道：“牧师不开心了，牧师身边没有姑娘就不开心了。”

“我没有不高兴。”牧师说。

“牧师不高兴了，牧师想让奥军赢。”上尉在说，其他人在听。牧师摇

---

① 餐后酒的一种。

了摇头。

“不是这样的。”牧师说。

“牧师是希望我们永远都别进攻。您的初衷是想让我们永久不进攻吗？”

“也不对。有战争就总得有进攻。”

“必须还击，一定还击！”

牧师点了点头。

“别管他了。”少校说，“他还不错。”

“毕竟他也无能为力。”上尉说。于是我们起身离席。

第 四 章

旁边花园里的排炮一大早就把我吵醒了。我见阳光已经透过窗户照进来就起床了。我走到窗边向外望，看到碎石铺成的路是潮的，草地是湿的，草叶上凝结着露水。排炮总共发射了两次，每次都喷射出大量气体，不光窗户跟着摇晃，连我睡衣的前襟也随之晃动。我虽然没看见炮，但是能感觉到炮弹确实从我们头顶飞过。听到炮声固然心烦，但是知道炮弹没有变大，心里也还算安慰。我正朝窗外小花园看的时候，听到卡车在路上发动的声音，于是穿衣下楼，在厨房里喝了点儿咖啡，然后往车库方向走。

车棚很长，下面并排停着十辆车，都是上重下轻的钝头救护车。车身被喷成了灰色，打造得跟搬家货车一样。技术人员正鼓捣一辆停在院子里的，其余三辆在山上的包扎站。

“敌人攻击过排炮吗？”我问其中一个技师。

“没有，中尉先生。排炮藏在小山里呢。”

“最近情况如何？”

“还行吧。这辆车不太好，但是其他的还行。”他放下手里的活笑了笑，“您之前是休假了吗？”

“是的。”

他在工作服上擦了擦手，然后咧嘴笑了笑。

“好的。”我说，“那么这辆车出什么问题了？”

“这辆车不太好，修了坏，坏了修。”

“现在修的是什么问题？”

“换钢环。”

汽车引擎暴露在外面，零件也散落在工作台上，显得空洞又不美观。我走到车棚下面，挨个检查其他车辆，留他们在那里工作。车棚里的车还相对干净，有几辆刚刚洗过，还有的上面落满灰尘。我仔细观察轮胎，看有没有被利器割坏或被石头硌坏。所幸车况都还不错。看样子我在不在现场盯着其实没多大分别。我本以为自己相当重要：负责照看车辆情况、调运物资，及时地把伤员病患从山区包扎站送到伤员运输站，然后根据病历标注送往相应的医院。我以为这一系列事情的运转都要依靠我，但是很显然，我在不在这里都不要紧。

“找配件困难吗？”我问修理工中士。

“报告中尉先生，没有困难。”

“加油站在哪里？”

“还是老地方。”

“很好。”我说。我回到屋子里，坐在餐厅桌边喝了一杯咖啡。咖啡里面加了炼奶，所以颜色较浅，味道很甜。窗外春意浓浓，煞是可爱。我觉得鼻子有些干燥，这预示着当天会很热。晚些时候，我又视察了山区里的一些岗哨，回城的时候已经有些晚了。

我不在的时候形势仿佛更好了。我听说又一波进攻要开始了。我们所属的师要从河流上游某处发动进攻。少校吩咐我在进攻期间看好救护车岗哨。这次进攻的目的是经由一条狭窄的山谷，横渡上游河流，扩大山坡上的据点。救护车岗哨必须靠近河流，以便防守。当然，岗哨位置是由步兵来选的，但是具体运行与维护由我们负责，搞得我好像也跟上阵打仗的士兵一样。

一番巡查下来，我弄得很脏，浑身是土，于是上楼回房间稍加洗漱。里纳尔迪正坐在床上捧着一本雨果的《英文语法》看。他早已穿戴整齐，脚着黑靴，头发梳得锃亮。

“太好了，”他看到我就说，“你一定得和我一起去见见巴克利小姐。”

“不去。”

“你来吧。求求你了，就当帮我个忙，给巴克利小姐留下好印象。”

“那好吧。我收拾一下。”

我洗了澡，梳了头，随后和里纳尔迪一同出发。

“等我一下，”他说，“我觉得我们可以稍微喝点儿酒。”他打开行李箱，拿出来一瓶酒。

“别喝斯特雷加酒了。”我说，“我说错了，是别喝格拉巴酒[①]。”

“行。”

他倒了两杯酒，我们向外探了探食指碰杯。格拉巴酒着实很烈。

“再来一杯？”

“可以。”我说。于是我们又喝了一杯格拉巴酒。之后里纳尔迪把酒杯收起来，我们一同下楼出发。天气本来很热，穿过镇子十分煎熬，幸亏太阳下山了，走走也还惬意。英国医院设在一个大庄园里，是德国人战前修建的。我们到的时候，巴克利小姐刚好就在小花园里，和另一个护士在一起。我透过树丛看见她们身着白色制服，随后朝她们走去。里纳尔迪先向她们行礼。我紧随其后，但是他那么毕恭毕敬。

“您好。”巴克利小姐说，“您不是意大利人吧？”

“哦，我确实不是。”

里纳尔迪正和另一名护士相谈甚欢，甚至还笑出声来。

“那您怎么会在意大利军队里呢？真是太奇怪了。”

“并不是真正地在军队中服役，只是负责救护车管理罢了。”

“那也够奇怪的。你为什么非要来这里管理救护车呢？”

“我也说不清，”我说，“毕竟不是每件事情都能解释得通。”

“哦，是吗？我从小接受的教育就说凡事都能说得清道得明。”

“那简直太棒了。”

---

① 原产于瑞士，是果渣白兰地的一种，可用于烹饪。

“我们非得这样聊天吗？”

“也不是。”我说。

“这样好多了不是吗？”

“那根小棍是什么？”我问。巴克利小姐穿的仿佛是护士制服。她貌若天仙，身材高挑，小麦肤色，金发灰眼，手持一根细细的藤条，外面裹着皮子，看着像是玩具马鞭。

“这本是别人的，但是主人去年战死了。”

“太抱歉了，我不该如此冒昧地提问。”

“他人特别好，本来也打算娶我，但却战死在索姆河[①]了。”

“那确实是场残酷的战役。”

“您也在现场吗？”

“没有。”

“我也只是听人说过。”她说，“这里的战争倒是不那么残酷。人家把这个小棍子带来给我。实际上，是他母亲拿来的。他们把他的东西送回来了。”

“你们订婚多久了？”

“有八年了吧。我们青梅竹马，从小一起长大。”

“那为什么不结婚呢？”

“我也不知道。”她说，“我真是太蠢了，竟然没和他结婚。我本来就是准备好给他的，但又觉得可能对他不好。”

“原来如此。”

“您有没有爱过一个人？”

“没有。”我说。

我们坐在一个长凳上，我望着她。

“您的头发真漂亮。”我说。

“那您喜欢我的头发吗？”

---

① 法国北部河流，具有重要的军事战略意义。

“非常喜欢。”

“他过世的时候，我甚至想过把头发剪掉。”

“千万别。”

“我当时一心想为他做点儿什么。我其实并不太在意那件事情，他要的我都可以给。早知道事情是这样，我就应该满足他的所有心愿。现在，我都明白了。但是他想要参军打仗的时候，我却没有悟透这些事情。”

我沉默不语。

“我当时什么都不知道，我以为这样反而会害了他，我觉得他可能会挺不过来，后来他阵亡了，一切都结束了。”

“我不知道。”

“嗯，是这样。”她说，“一切都结束了。”

我们看见里纳尔迪正和另一名护士聊得起劲。

“那边那位护士叫什么名字？”

“弗格森。海伦·弗格森。您的朋友是位医生吧？”

“是的，他是一名出色的医生。”

“那太棒了。这么靠近前线的地方几乎找不到什么好医生。这里离前线很近了吧？”

“非常近了。”

“这个前线很荒唐。”她说，“但是风景很漂亮。你们最近要进攻吗？”

“是的。”

“那我们就有的忙了。现在我们基本上没事干。”

“您做护士很久了吗？”

“从一九一五年年末开始。他一参军我就开始当护士。我还记得自己曾经有个天真的念头，想着有一天他会突然出现在我工作的医院里，可能被刀刺伤，头上绑着绷带，也可能是被子弹射穿肩膀。总之，会是个奇妙的场景。”

“您描述的场景太有画面感了。”我说。

“是的。”她说，“人们不知道法国是什么样的。如果他们知道，战争根本继续不下去。他不是被刀刺伤而是被敌人炸得粉身碎骨。”

我依旧没有说话。

“您觉得战争会这样一直持续下去吗？”

“不会的。”

“什么能阻止战争呢？”

“总会有地方成为战争中的短板。”

“我们会溃败，我们会在法国溃败。他们再搞几次索姆河战役[1]之类的进攻也会撑不住。”

“但是这里不会失守。”我说。

“您是这样认为的？”

“是的，去年夏天他们就打得很好。”

“他们可能会被击溃。”她说，“谁都有可能被击溃。”

“当然，德国人也会吃败仗啊。”

“不，”她说，“我觉得德国人不会战败。”

我们走到里纳尔迪和弗格森小姐面前。

“你喜欢意大利吗？”里纳尔迪用英文问弗格森小姐。

“非常喜欢。”

“我听不懂。”里纳尔迪摇了摇头。

我用意大利语把“非常喜欢”翻译给他听，他还是摇摇头。

“这样不好。您热爱英格兰吗？”

“也不是很爱。你知道的，我是苏格兰人。”

里纳尔迪一脸茫然地看着我。

“她是苏格兰人，所以她更热爱苏格兰，而不是英格兰。”我用意大利语说。

“但是苏格兰也属于英国呀。”

---

① 第一次世界大战期间，英法联军于1916年7月至11月在法国北部索姆河地区对德军实施的进攻战役。

我翻译给弗格森小姐听。

“还不好说。”弗格森小姐说。

“真的？”

“不，我们根本不喜欢英国人。”

“不喜欢英国人？那你也不喜欢巴克利小姐吗？”

“巴克利小姐跟他们不一样。你不能这样任意发挥。”

过了一会儿，我们互道晚安，各自离开。在回去的路上，里纳尔迪说：“很显然巴克利小姐不太喜欢我，她更喜欢你。但是苏格兰小妞也很好。”

“特别好。”我敷衍道，其实我都没怎么注意她，“你喜欢她吗？”

“不喜欢。”里纳尔迪说。

第五章

第二天下午我又去拜访了巴克利小姐。她没在小花园里，所以我就从庄园旁门停救护车的地方走了进去，结果碰见了护士长。她说巴克利小姐在工作，“你也知道嘛，最近又打仗呢。”

我说我知道。

“您就是意大利军中的那名美国军人？”她问。

“是的，夫人。”

“您是怎么想起来参加意大利军的呢？为什么不加入我们呢？”

“我也不知道。”我说，“我现在可以加入你们吗？”

“恐怕不行了。跟我说说，您为什么加入意大利军？”

“我当时在意大利，”我说，“而且我会讲意大利语”。

“噢，”她说，“我也正在学呢。意大利语非常优美。”

“我听人说两周就能学会。”

“别人我不了解，但是我两周时间学不会。我都已经学了好几个月了。如果您愿意的话，可以七点以后过来看她，那会儿就轮到她休息了。但是别把意大利人都带来。”

“权当是看在他们语言优美的份上不行吗？”

“不行，穿着英姿飒爽的制服也不行。”

“祝您晚安。”我说。

“再见，中尉。”

"再见。"敬礼之后我便离开。我认为意大利人跟陌生人行礼的方式太过殷勤，其他民族难以效仿，所以一直也没能流传到其他国家。

那天天气非常炎热，我去了一趟河流上游的桥头堡——普拉夫，战役即将在这里打响。去年意大利军的势力范围还没有扩展到河对岸，因为从山隘通往浮桥的路只有一条，而且其中一英里[①]的路段有敌方机关枪和大炮的火力掩护。此外，小路很窄，无法承担发起进攻的全部运力，奥匈帝国的军队完全有能力让这里血流成河。然而意大利军已经设法渡河，在河对岸占领了约一英里的势力范围。这段流域非常险要，奥军万万不该任由意军占领。我想可能也是为了互相牵制，因为奥军也占领了意大利占区河流下游的一个重要桥头堡。奥军的战壕就在山坡上，离意军的阵地仅几码[②]之遥。这里原本有个小镇，但是早已被夷为平地，只剩下残缺的火车站和被炸毁的大桥，修也没法修，因为位置太招摇，容易被敌方攻击。

我沿着狭窄的小路一直向河边开去，随后把车留在山下的包扎站，走过山脊掩护的浮桥，沿着山坡穿过被毁小镇里的战壕。所有人都在防空壕里，防空壕附近摆了好几排火箭炮等待引燃。如果电话线被切断，那么这些火箭炮就可以用来发出信号或者向炮兵求救。周围很安静，但是天气很热，环境很脏。防护网另一边就是奥军的阵地，但是我一个人都没看见。我与一位熟识的上尉在防空壕里喝了一杯，然后又从桥上原路返回。

一条宽阔的新路正在施工当中，新路越过山顶后沿"之"字形通往桥边。路一修通，战争就会打响。路从森林里穿过，途中有很多急转弯。新路主要用来运输战争所需物品，回程的空货车、空马车和装有病患的救护车都走旧的小路。包扎站位于奥军控制的河流一侧的山边。担架手通过浮桥将伤员运回后方。战争开始后可能也是这样。据我判断，新路的最后一英里处在平地上，很容易被奥军火力压制，化为废墟。还好我发现了一个绝佳的隐藏地点，可以为经过最后一段危险路程的汽车提供掩护，等待从

---

① 1英里≈1.609344公里。

② 1码≈91.44厘米。

浮桥运过来的伤员。我本想在新路上开车兜一圈，但是路还没修好。新路看上去很宽敞，斜度不错。透过山上森林的缝隙还能看到拐弯的地方，那里也相当漂亮。汽车配备了全金属的刹车，下山的时候又没有载人，所以肯定没问题。随后，我沿着旧的窄路又开回去。

两个宪兵拦住了我的车，原因是刚刚有一枚炮弹掉落。就在我们等着的间隙，又有三枚炮弹掉了下来。掉下来的炮弹都是 77 毫米口径的，带得周围呼呼生风。突然，一枚炮弹爆炸，释放出刺眼的火光，灰色的烟尘瞬间弥漫了整个道路。随后，宪兵向我们挥手示意，表明可以继续前进。车子难免要路过炮弹刚刚炸过的地方，我小心地避开炸碎的地方，浓重的火药味混着碎石和黏土被炸糊的味道直钻鼻孔。我驱车返回戈里齐亚的寓所，去拜访巴克利小姐，结果她正在值班。这些之前都提到过了。

我匆匆忙忙地吃完晚饭，然后赶往英军医院所处的庄园。庄园很大很美丽，里面种的树长得也很好。巴克利小姐正坐在小花园的长椅上。弗格森小姐也和她在一起。见到我之后，她们仿佛很开心。没过多会儿，弗格森小姐就借故先行离开。

“我有事先走，你们两个聊。”她说，“玩得开心，别惦记我。”

“别着急走啊，海伦。”巴克利小姐说。

“我也想多留一会儿，但是有几封信我必须得马上写。”

“晚安。”我说。

“晚安，亨利先生。”

“千万别写一些敏感的事情，省得审查员找麻烦。”

“别担心，不会的。我就写写我们住的地方有多美，意大利军队有多么勇猛。”

“这样写你会得奖励的。”

“那就最好了，晚安，凯瑟琳。”

“等会儿见。”巴克利小姐说。弗格森小姐逐渐消失在夜色中。

“她人很好。”我说。

“你说的对，她人很好，是个护士。”

“你不是护士吗？”

“不，我属于自愿救护队。我们工作很卖力，但是人家不信任我们。”

“为什么不信任你们呢？”

“有任务的时候，他们才相信我们。没任务的时候他们就不信任我们。”

“有什么区别吗？”

“护士跟医生一样，得花好长时间训练。自愿救护队只是短期的项目。”

“原来如此。”

“意大利军不想让淑女们这么靠近前线，所以我们得特别注意自己的行为：基本不出门。”

“那我可以过来啊。”

“也对，我们这里又不是修道院。”

“我们能不能把战争放一放，别老聊这一个话题。”

“太难了。战争根本无处安放。”

“还是放一放吧。”

“也好。”

我们在黑夜中深情对望。我觉得她美丽迷人，不自主地牵起了她的手。她也没有拒绝，任由我这样牵着，我干脆伸手抱住她。

“不要这样。”她说。于是我把手放回原处。

“怎么了？”

“就是不行。”

“求求你了。”我说，“让我抱抱吧。”夜色深沉，我往前探身，想要亲吻她，结果被扇了一记响亮的耳光。她下手很重，打到了我的鼻子和眼睛，我的泪水马上涌了出来。

“我很抱歉。”她说。我觉得自己在这样的情况下其实是占据了主动权。

“你没错。”

“我真的特别抱歉。”她说，“我忍受不了人们把夜班护士当作调情对象这件事。我不想伤害你。但是我确实伤害了你，对吧？”

在黑暗中，我依旧能够感受到她在看着我。我虽然很气愤，但是却很笃定，将眼前的一切视为国际象棋里的招数，尽在掌握之中。

“你打得对。”我说，“我没事。”

“我的小可怜。”

“你看，我的生活方式一直很滑稽，连英语都不怎么讲。可你又这么漂亮。”我看着她说。

“你大可不必说些无关紧要的话来安慰我。我已经道过歉了，以后我们还可以做朋友。”

“也对。”我说，“至少我们确实没再讨论战争。”

她笑了。这是我第一次见她笑。我静静地注视着她的面庞。

“你真贴心。”她说。

“算不上。”

“你就是贴心，让人不得不爱，如果你不介意，我愿意亲吻你。”

我凝望着她的眼睛，伸出一只手像先前一样抱住她，亲吻她。我紧紧地拥抱她，热情地与她拥吻。我想让她轻启朱唇，但她却双唇紧闭。当时我还很愤怒，就在我抱着她的时候，她突然颤抖了一下，我再次抱紧她，真切地感受她的心跳。她终于张开了嘴，但是又想往回缩头，最后竟然趴在我的肩膀上哭了起来。

“亲爱的，”她说，“你会对我好吧？”

我心想，她胡说些什么呢？但还是轻抚她的秀发，拍拍她的肩膀。她还是一直哭。

“你会对我好吧？”她抬头望着我，“因为我们的生活会变得很奇怪。”

过了一会儿，我和她一起散步到庄园的门口。她进门，我回家。回到寓所后我就直接上楼回房间。里纳尔迪正躺在床上，他看着我。

“看来你和巴克利小姐有进展了？”

“我们只是朋友。”

“你身上散发出来的气息就像一只发情的狗。”

一开始我没太懂他的意思，“我身上的气息像什么？”

他解释了一下。

“你，”我说，“身上散发出来的气息就像一只发情的狗。”

“住嘴。”他说，“再说下去估计要吵架了。”他大笑。

“晚安。”我说。

“晚安，发情的小公狗。”

我用枕头扔他，打翻了他的烛台，然后摸黑上床。

里纳尔迪又把蜡烛捡起来，点上之后继续看书。

第六章

我去前线救护站帮忙离开了两天，回来的时候夜已很深，所以第二天晚上才去看望巴克利小姐。她没在小花园里，我就在医院的办公室等她下楼。办公室墙边有很多喷漆的木头柱子，上面摆着很多大理石半身像。办公室外面的走廊里也摆满了大理石半身像。这些石像都由大理石雕成，样子都差不多。我觉得雕塑都挺枯燥的——但是铜像就不一样了。这么多大理石雕像堆在一起简直就像墓地。我就知道一个不错的墓地，在比萨。热那亚有很多不好看的大理石像。这个庄园之前住的是一个德国富豪，这些半身像让他破费不少。我很纳闷这些大理石像都是谁做的，雕刻师挣了多少钱。我妄图猜测这些雕像的原型，有没有可能是这家的成员之类的；但是这些雕像千篇一律，都是古典风格的，实在看不出任何头绪。

我坐在椅子上，手里拿着帽子。本来在戈里齐亚我们应该戴钢盔，但是钢盔实在是不舒服。此外，镇上的居民也还没疏散，戴着钢盔太招摇了。我去前线帮忙的时候戴了钢盔和英国制防毒面具。那是我们刚刚搞到的、货真价实的防毒面具。按照要求，我们还应该佩戴半自动手枪，医生和卫生人员也不能例外。如果没在显著位置佩戴，有可能被捕。我现在就觉得手枪顶住了椅背。里纳尔迪投机取巧，在手枪皮套里塞满了厕纸，我带的是真枪。在真正练习枪法之前我都觉得自己是个枪手。我的手枪是口径 7.65 毫米的短筒手枪，开枪的时候震得厉害，根本打不中目标。所以我就拿着手枪练习，站在离目标二十步开外的地方，瞄准目标稍靠下的位置，最终可以击中目标物一码以内的地方。后来我总觉得拿手枪很滑稽，也就渐渐忘记了，平时就随便挂在腰上，也没什么感觉。只有碰到讲英语的人，才会感到些许羞赧。我坐在椅子上等着巴克利小姐，漫无目的地踅摸周围，看看大理石地板，看看摆着大理石雕像的柱子，再看看墙上的壁画。我觉得这里壁画还不错，因为在我看来，但凡剥落掉皮的壁画都是好壁画。一个不知从哪儿来的护理员坐在桌子后面不满地看着我。

我看见凯瑟琳·巴克利沿着大厅走来，于是站起身来。她朝我走过来的时候我并没有觉得她很高，但是觉得她格外可爱。

“晚安，亨利先生。”她说。

“你好。”我说。坐在桌子后面的护理员正听着我们的对话。

“我们是在这儿坐坐还是去小花园里？”

“我们还是去外面吧，比较凉快。”

我紧随她来到小花园里。护理员还一直盯着我们走远。

走到石子车道上的时候，她突然开口，“你最近上哪儿去了？”

“我去前线的救护站了。”

“就不能给我捎个信吗？”

“没办法。”我说，“实在是不太方便，而且我以为自己很快就会回来。”

“你应该早点儿告诉我，亲爱的。”

我们离开石子车道，往树下走。我牵着她的手，停下来亲吻她。

“我们可以去其他地方吗？”

“不能。”她说，“我们只能在附近逛逛。你离开得太久了。”

“我才离开三天，而且我这不是都已经回来了嘛。”

她望着我，“那你爱我吗？”

“当然爱。”

“你确实说过爱我，对吗？”

“是的。”我撒谎了，“我爱你。”我之前根本没有说过。

“就叫我凯瑟琳吧，行吗？”

“凯瑟琳。”我们在路上走了一会儿，在一棵树下停了下来。

“说，‘我晚上特意回来找凯瑟琳’。”

“我晚上特意回来找凯瑟琳。”

“哦，亲爱的，你回来了，对吗？”

“是的。”

“我爱你，但是爱又让我觉得痛苦。你不会再离开我了吧？”

“不会的，我一定会回来。”

“哦，我真的太爱你了，快把手放回来。”

“我的手一直在这儿。”我把她转过来，想要看着她，亲吻她，但是她的眼睛却是闭着的。我亲了亲她紧闭的双眼，觉得她有点儿神经质。不过也没关系，我不在乎。有个固定的女伴总比每天去军官妓院强多了。那里的妓女们可是每天迎来送往，不知接待多少客人。路过你的时候，整个人趴在你身上，把你的帽檐撩到脑后就算是示爱了。我很清楚地知道我不爱凯瑟琳·巴克利，也没有要爱上她的想法。这只是一场爱情游戏，跟打桥牌一样。只不过在爱情的游戏里，你只需要动动嘴就可以，不需要打牌。你要假装自己在赌钱或者是为了其他好处。没人说过到底有什么好处。我也不是很有所谓。

“真希望我们能去个别的地方。”我说，因为我正经历着男人长期站立求爱都会遇到的困难。“没有别的地方。”她说。回话之前她好像有点儿走神。

“我们就在这儿坐一会儿吧。”

我们坐在平坦的石凳上，我牵着凯瑟琳的手，她不愿让我抱着她。

“你累吗？”她问我。

“不累。”

她低头看着草地。

“我们在玩老掉牙的游戏，对吧？”

“什么游戏？”

“别装傻了。”

“我没装傻，我不是故意的。”

“你是个好人，”她说，“你用尽心思想要玩好游戏，怎奈游戏本身乏味。”

“你总是能读懂别人的心思吗？”

“也不一定。但是我总能知道你在想什么。你不必假装爱我。今晚你也不必再演了。你还有没有其他想说的？”

“但是我真的很爱你。”

“我们之间真的没必要撒谎。我刚刚故意表现得有些情绪化，现在已经没事了。你也看到了，我不会发疯也不会生气，只是偶尔有点儿小情绪。”

我抓紧她的手，“亲爱的凯瑟琳。”

“从你的嘴里说出凯瑟琳我都觉得有点儿滑稽。你的发音经常不一样。但是你人很好，你是个不错的人。”

“牧师也是这么说的。”

“是的，你人很好。你会再来看我吗？”

“当然会。”

“你也不必勉强说爱我。这个事情告一段落了。”她起身，然后伸出手说，“晚安。”

我想要亲吻她。

“还是别了。”她说，“我太累了。”

“还是亲亲我吧。”我说。

“我真的很累了，亲爱的。”

“亲亲我。”

“你真的很想吻我吗？”

“是的。”

于是我们再次亲吻，但是她却突然挣脱开，“还是不要了，晚安，求求你了，亲爱的。”

我们走到门口，我看着她进门，沿着大厅一直往里走。我喜欢看着她走路的样子。她继续沿着大厅走，我则转身回家。那天晚上天气很热，山上战事频仍。我看到圣迦伯烈山上火光四起。

我在玫瑰别墅前停下来。百叶窗已经合上了，但是屋里依旧热闹，我分明听到还有人在唱歌。我接着往家走。我正换衣服的时候里纳尔迪回来了。

“啊哈！”他说，“情况不妙啊，我的小宝贝遇到苦难了。”

“你上哪儿去了？”

“玫瑰别墅。太有意思了。我们都去唱歌了。你去哪儿了？”

“去英国人那里了。”

“感谢上帝没有让我与英国人纠缠不清。”

第 七 章

第二天下午我才从山里的第一救护站回来，把车停在了分流伤员病患的地方。我们在此将伤员病患按照病历文件进行区分，然后将其送往各自所属的医院。那天我负责开车，所以就坐在车里等司机把病历递进来。天气异常炎热，天空晴朗湛蓝，路面干得发白，满是扬尘。我坐在菲亚特牌汽车的座椅上，脑子一片空白。一个步兵团从我面前经过，我就呆呆地看着他们。士兵们都热得汗流浃背，有的戴着钢盔，但大部分还是把钢盔挂在背包上。大多数头盔都很大，戴上都要遮住耳朵了。军官们则全都戴着头盔，大小也比较合适。这些士兵只是巴西利卡塔[1]旅的一半。我能认出他们是因为他们领章上有红白相间的条纹。有些士兵掉队了，被兵团落得很远——顾名思义，掉队的士兵就是跟不上队伍的士兵。他们也同样汗流浃背、风尘仆仆、精疲力竭，有的人看上去脸色非常不好。掉队的士兵过去很久后，又来了一个跛脚的士兵。他走得很慢，停下来坐在路边。我下车朝他走过去。

“你怎么了？”

他看见我立刻站起身来。

“我马上就继续行军。”

“我是问你哪儿不舒服？”

---

① 意大利南部自治区。

“——还不是因为打仗。”

“你的腿怎么了？”

“我的腿没问题，但是我有疝气。”

“那你为什么不搭车呢？”我问，“你为什么不去医院呢？”

“他们不让我去。中尉说我故意把疝带弄丢了。”

“能让我检查一下吗？”

“滑出来了。”

“你的疝气在什么位置？”

“在这里。”

我摸到了。

“你咳嗽一下。”我说。

“我觉得咳嗽会加剧疝气。现在已经比今早大一倍了。”

“快坐下。”我说，“我一拿到伤员病历就带你上路，把你交给对应的军医。”

“他会说我是故意的。”

“他们不能怎么样。”我说，“这不是伤口。你之前就得过疝气，对吗？”

“但是我把疝带弄丢了。”

“他们会把你送到医院去的。”

“我不能待在这儿吗，中尉？”

“不行，我手上没有你的病历。”

司机从门口出来，手里拿着车里伤员的病历。

“四个去105，两个去132。”他说。这两家医院都在河对岸。

“你来开车。”我说。我把有疝气的士兵扶到车上，跟我们坐一起。

“您会讲英语？”他问。

“当然了。”

“您对这该死的战争有什么想法？”

“糟透了。”

“烂透了。上帝啊，这该死的战争简直糟透了。”

“你之前在美国吗？”

“当然了，在匹兹堡。我知道您也是美国人。”

“我意大利语说得不好吗？”

“反正我就知道您是美国人。”

“又一个美国人。”司机看着有疝气的士兵用意大利语说。

“中尉，您听我说。您必须把我送回我所属的团吗？”

“是的。”

“团里的医师早就知道我有疝气，我故意扔掉该死的疝带，让自己病情恶化，以为这样就不用再回前线了。”

“我懂了。”

“您不能带我去其他地方吗？”

“如果离前线再近一点儿的话，我还可以带你去急救站。但是这里必须得有病历。”

“如果我回去的话，他们肯定会为我做手术，然后强迫我一直待在前线。”

我想了想。

“您也不想一直待在前线，对吧？”他问。

“我不想。”

“上帝啊，战争简直该死。”

“你听我说。”我说，“你下车，然后在路边摔倒，在头上撞个包，我回去的路上接上你，然后带你去医院。我们在这里停一下，奥尔多。”我们停在路边，我把士兵扶下了车。

“我就在这里等您，中尉。”他说。

“再见。”我说。我们继续向前行驶了一英里多就赶上了兵团，然后就渡了河。冰雪的融水非常浑浊，迅速流过桥上的木桩。过了河后，我们继续沿着平坦的公路行驶，将伤员分送到两家医院中。然后我赶忙开车回去，想要快点儿找到匹兹堡来的士兵。空车开得更快，我们先碰上了兵团，他们行军速度更慢了，因为天气更热了；接着是掉队的士兵。然后我们看到一辆救护马车停在路边。两个人正抬着有疝气的士兵，打算把他放到马车上。他所属的部队回来接他了。他的钢盔掉了，冲我摇了摇头，额头发际线还在流血。他的鼻子擦破了皮，流着血的伤口和头发上都带着土。

“看我头上的包，中尉！”他大喊，“没用的。他们回来找我了。”

我回到庄园的时候已经五点了。我先到洗车的地方冲了个凉，然后回到自己的房间里换上裤子和汗衫，坐在敞开的窗前写报告。两天后就要开始进攻了，我要和车队一起去普拉瓦河。我已经很久没有写信回美国了，我知道应该写信，但是拖得越久越不知道怎么写。我不知道要写什么，所幸寄了几张战地明信片，就写我过得不错，其他什么也没写。这些明信片足够敷衍在美国的亲友了。明信片又新奇又神秘，他们肯定会喜欢。这个战区确实新奇又神秘，但是比起另外几次与奥军的对垒来说，已经算是顺利的了，但是也更加残酷。奥军注定会给拿破仑带来胜利，不管是拿破仑几世。我希望我们也能有像拿破仑一样的领袖，但是我们只有胖得发福的卡多纳将军，短小精悍、细长脖子山羊胡的维多利奥·埃马努埃莱国王。他们的右边是奥斯塔公爵。公爵很有男子气概，帅气得简直不像将军。他的气质很像国王，所以很多人想拥戴他做国王。实际上，他是国王的叔叔，全权掌管第三军。我们属于第二军。第三军的装备有英国大炮。我曾在米兰遇见了其中两个炮手。他们人不错，我们一起度过愉快的夜晚。他们块头很大，个性内向，对周围的一切事物都心存感激。我多希望自己能和英国人在一个队伍中，那样事情就简单多了。不过，跟他们一起上前线就有丧命的危险，负责救护车则安全多了。但是，救护车这个兵种也不是十分安全。有几次，英国救护车司机就遇难了。不过我知道我命大死不了，至少在这场战争中死不了。在我看来，这场战争跟我完全没有关系，比电影里的战争也危险不到哪里去。所以我向上帝祈祷，希望战争能够早日结束，最好这个夏天就结束了。奥军可能会溃败，他们之前打仗也是次次溃败。这次到底是怎么回事？大家都说法军被击垮了。里纳尔迪说法军政变了，军队已经向巴黎进发。我问他怎么了，他说："哦，法军被阻截了。"我想去和平年代的奥地利，我想去黑森林，想去哈茨山脉[①]。哈茨山脉究竟在哪儿呢？喀尔巴阡山[②]也在打仗。虽然那里可能也很好，但是我就是不想去。如果西班牙不打仗的话，我倒也乐意去。太阳要落山了，天气也变得凉快起来。我打算晚饭过后去看凯瑟琳·巴克利。我多希望她现在就在我身边。我希望能和她一起在米兰共度美好时光。炎炎夏夜，我想要和凯瑟琳一起，在科瓦吃饭，沿着曼佐尼大道漫步，穿过桥梁，然后沿着运河继续散步，最后一起回酒店。我想她是愿意和我约会的吧。也许她会把我想象成已经阵亡的爱人。我们一起走进旅馆前门，守门人连忙摘掉帽子。我在前台停一下拿钥匙，她则站在电梯旁。我们一起进到电梯里，电梯升得很慢，每层都停。终于到了我们住的楼层，电梯员站在门口为我们开门。她先迈出电梯，我紧随其后。我们沿着走廊一直走到房间口，我把钥匙插到门上，打开，然后进去，摘下电话筒，吩咐酒店把卡普里葡萄酒放在银色的冰桶里送过来。冰块撞击桶子的声音从走廊里传来，服务员敲敲门，我则说请放在门口吧。因为天气太热了，我们都没穿衣服。透过开着的窗子，我们时不时能看到有燕子从屋顶飞过。夜幕降临，如果你走到窗边会看到很小的蝙蝠围着房子觅食，贴着树冠下飞。天气依旧炎热，我们就这样紧闭房门，在屋里喝着卡普里酒。整晚就只盖一条床单。漫漫夏夜，我们在米兰整夜相亲相爱。恋爱本就该是这样。想这么多又有什么用？我还是赶紧吃饭，然后去看凯瑟琳·巴克利。

大家都在食堂里吵吵嚷嚷，我也喝了点儿酒，不然肯定会被揶揄不合群。我跟牧师讨论了大主教爱尔兰的事情。爱尔兰好像是个高贵的人，但是美国人却说他不讲道义。作为一个美国人，我也有份冤枉他。实际上，所谓不讲道义的事情我根本没有听说过，但是牧师一直在说，我也找佯装有所了解。牧师长篇累牍地解释大主教如何受到迫害，这些都是误会。但

---

① 德国中部的一座山脉。

② 欧洲中部山系的东段部分。

是我之前对这些毫无了解，似乎不是很礼貌。我觉得大主教的名字很好听。他来自明尼苏达州，我觉得明尼苏达也是个可爱的名字：明尼苏达的爱尔兰、威斯康星的爱尔兰、密歇根的爱尔兰。爱尔兰之所以听上去如此美妙是因为发音与爱澜相近。不只是这样，不会这么简单。是的，神父。真的，是神父。可能是吧，神父。不，神父。好吧，可能是吧，神父。你知道的比我多，神父。牧师人很好但是有些无聊，军官们则是又坏又无聊。国王很好但是也无聊。酒不好，但是酒能帮忙排遣无聊。酒会溶解你的牙釉面，然后留在上颚上。

“牧师被关起来了。”罗卡说，“因为有人在他身上搜出了利息 3 厘的债券。事情发生在法国的贝奇埃尔。要是在这里的话，肯定不会逮捕他。他坚持声称自己对债券的事情毫不知情。我正巧在那儿，在报纸上看到报道后，就去监狱里探望牧师。很明显，债券是他偷的。”

“半个字我都不相信。”里纳尔迪说。

“随你便。”罗卡说，“但是我必须得说，因为我们的牧师在这里。这个事情很有教育意义。他是个牧师，肯定有所体会。”

牧师微微一笑。“继续，”他说，“我听着呢。”

“当然了，有些债券他没法解释，但是他们在牧师身上搜到了全部的 3 厘利息债券和一些地方债券，具体我也不记得了。接着说我刚才去牢里的场景，这才是事情的关键。我站在他的牢房外面，就像要做忏悔一样，‘保佑我，神父，因为你也有罪。’”

大家都笑了。

“那他说什么了？”牧师说。罗卡没理他，继续跟我解释玩笑，“你能听明白我的意思，对吧？”他的语气仿佛在说，要是能听懂的话，这故事其实特别好笑。他们又给我倒了点儿酒，跟我讲了英国列兵被按在莲蓬头底下的故事。少校说了个十一名捷克斯洛伐克士兵和一名匈牙利下士的故事。几旬酒后，我说了赛马骑师找到 1 分钱的故事。少校说意大利也有个类似的故事，大概是关于一个女公爵晚上失眠的事情。这会儿，牧师起身离开，我讲了一个旅行销售员的故事：这个销售员顶着密史脱拉风[①]早上五点到达马赛。少校说，他听说我很能喝。我不承认。他说，不可能，我肯定酒量很好，敢不敢向酒神巴克斯[②]的尸体起誓。我说，不需要借助巴克斯。他坚持向巴克斯起誓。我应该一杯接一杯、一碗接一碗地跟巴斯或者菲利波·温琴扎拼酒。巴斯说不行，不能再拼酒了，因为他喝的酒已经差不多是我的两倍了。我说他撒谎太没水平了，先别管什么巴克斯了，这个菲利波·温妮扎·巴斯还是巴斯·菲利波·温妮扎的，一整晚滴酒未沾。他到底叫什么名字来着？他说自己叫费德里克·恩里克还是恩里克·费德里来着？我说别管什么巴克斯了，强者自然会胜出。少校开始带头用大杯子喝红酒。喝到一半儿我就一点儿都不想喝了。我记得自己要去哪里。

“巴斯赢了。”我说，“他比我能喝。我必须得走了。”

“他确实有事。”里纳尔迪说，“他有约会。我知道的。”

“我必须得走了。”

“那改天再比。”巴斯说，“等你哪天晚上精神好的时候我们再来比试。”他拍了拍我的肩膀。桌上点着蜡烛。所有军官都很开心。“晚安，各位先生。”我说。

里纳尔迪和我一起出去。我们站在门外的小草坪上，他说：“你最好还是别醉醺醺地去了。”

“我没醉，里宁[③]，我真的没醉。”

“你还是嚼点儿咖啡再去吧。”

“胡说。”

“我去给你拿点儿来，宝贝。你来回走走。”他回来的时候拿了一把烤咖啡豆，“嚼嚼吧，宝贝，上帝与你同在。”

---

① 法国南部从北沿着下罗讷河谷吹的干冷强风。

② 罗马神话中的酒神和植物神，相当于希腊神话中的狄俄尼索斯。

③ 里纳尔迪的爱称。

“巴克斯。”我说。

“我送你过去吧。”

“我好得很。”

我们一起沿着镇上的街道走，我嘴里嚼着咖啡豆。里纳尔迪在英国庄园的车道入口处跟我道了晚安。

“晚安。”我说，“你为什么不进来呢？”

他摇了摇头。“不。”他说，“我喜欢简单点儿的乐趣。”

“谢谢你的咖啡豆。”

“没事的，宝贝。别放在心上。”

我沿着车道一直走。路两旁柏树的轮廓十分清晰。我回头的时候看见里纳尔迪还在看着我，就冲他挥挥手。

我坐在庄园的接待处，等凯瑟琳·巴克利下楼。有人正从走廊走过来。我站起身来，但是走过来的不是凯瑟琳，而是弗格森小姐。

“您好。”她说，“凯瑟琳让我来告诉您，她今晚不能来见您，非常抱歉。”

“那太遗憾了。她没生病吧？”

“她确实不太舒服。”

“能否请您代为转达我的关切？”

“好的，我会的。”

“您说我明天再来看她合适吗？”

“我觉得可以。”

“非常感谢您。”我说，“晚安。”

我独自走出门，突然觉得孤单空虚。我原本没有那么重视凯瑟琳。我还不知怎么地喝醉了，差点儿忘了要来看她。但是我一发现自己见不到她，心里就异常寂寞空虚。

第　八　章

第二天下午，我们听说当天晚上河流上游会有进攻，我们要把四辆救护车开到那儿。虽然不乏对进攻长篇大论、挥斥方遒、慷慨激昂之人，但其实他们对战争知之甚少。我乘坐车队的第一辆车，在路过英国医院门口的时候，我让司机停了一下，其他救护车也跟着停了下来。我下车跟其他三辆车的司机说继续前进，我们会赶过去与其会和。如果我们没能在通往科尔蒙斯[①]的路口赶上他们，就在那里等我们一下。我匆忙走过车道，赶到医院大堂前台找巴克利小姐。

“她在工作呢。”

“我能见见她吗？一小会儿就行。”

他们派了一个勤务兵进去查看情况。万幸她和勤务兵一起回来了。

“我路过这里，特意停下问你是不是好一些了。他们跟我说你正在工作，但我还是想见你，就强烈要求了一下。”

“我现在好多了。”她说，“大概是昨天天气太热，有些中暑。”

“我必须得走了。”

“那我送你到外面吧。”

“你现在痊愈了吗？”我在医院外问她。

“我都好了，亲爱的。你今晚还来吗？”

---

① 位于意大利。

“不来了，我现在就得去一趟普拉瓦河上游。”

“去一趟？”

“对，就是去一趟，我觉得也没什么大不了的。”

“你会回来吗？”

“明天回来。”

她从脖子上解下一条项链放在我的手里。“是圣安东尼[①]像。”她说，“你明晚一定要来。”

“难道你是天主教徒？”

“我不是。但是听说圣安东尼像很灵验。”

“我会替你好好保管的。再见。”

“不。”她说，“别说再见。”

“好。”

“乖乖的，万事小心。不，你不能在这里亲我。绝对不行。”

“那好吧。”

我回头看见她还站在台阶上。她冲我挥手，我向她飞吻，她又一次挥手。我已经走出车道，爬上救护车车座，启程出发。圣安东尼像装在一个白色的小金属匣子里。我打开匣子把安东尼像放在手里。

“圣安东尼像？”司机问。

“是的。”

“我也有一个。”他右手离开方向盘，解开上衣的扣子，从衬衫底下掏出一个来。

“看到了吗？”

我把圣安东尼像放回匣子里，卷起细细的金链子，放进胸前的口袋里。

“你不戴上吗？”

---

① 又称“伟大的圣安东尼”或“大圣安东尼”，罗马帝国时期的埃及基督徒，是基督徒隐修生活的先驱，也是沙漠教父的著名领袖。

“还是不了。”

“还是戴上吧，项链本来就是用来戴的。”

“好吧。”我说。于是我把金链子上的扣解开，把项链戴在脖子上，然后扣紧。圣安东尼像垂在军装外面，我解开了制服扣子和衬衫领扣，把它塞进衬衣里。车动的时候，我觉得金属匣子一直顶着我的胸口。后来，我就把圣安东尼像的事情抛在脑后了，受伤之后就再也找不到了，可能是被包扎站的人捡去了。

过桥之后，我们开得很快，没多久就看到了前面车辆溅起的尘土。路上有个弯，前面三辆车显得很小，扬尘从汽车轮子上溅起来，飘散在树林里。我们终于赶上了其他人，继而超越他们，拐上山路。在车队里开车并不是什么美差，不过我们是头车，倒也惬意。我坐在后座上，看着窗外的村庄风光。车队行驶在靠近河岸的丘陵上，随着公路不断攀升，我们逐渐开始望得到北方的高山，山顶还有积雪。我回头看时后面的三辆车都在爬坡，我们已经被车与车之间的灰尘隔开。我们路过了一队载货的骡子，旁边的赶骡人戴着红色的土耳其毡帽。他们都是狙击兵。

骡队前面的路空荡荡的，我们顺着山势一路爬坡，沿着一排山峦的山脊一直行驶到河谷中。道路两旁长满树木，透过右手边的树林我看到了一条小河。河水浅且清澈，水流湍急，狭窄的河道里散布着泥沙和卵石，有时候河水流过河床，映得卵石闪闪发光，晶莹可爱。我在靠近河岸的地方看见了两个很深的水塘，河水湛蓝，仿佛天空一般。河上有几座石拱桥，过了桥后，路就开始分为好几个方向。我们路过田野里石砌的农舍，梨树枝就散落在南墙和低矮的石墙边上。路沿着山谷上升了很长一段距离，然后我们转弯，又开始爬坡。山路陡峭，在橡树林中上下穿梭，终于在一处山脊变得平缓。我透过树林往下看，阳光照在两军对垒的界河上。我们沿着依山脊而修的新军道前进，我望着北方的两排山脉，时而青色时而黑色的山脉一直蔓延到雪线，雪线往上就是一片白色，太阳一照，非常好看。道路一直沿着山脊向上，我看到了第三排沟壑纵横的山脉。这排山脉更高，整体呈垩白色，山顶则为形状怪异的平面。远处还有更高的山脉，高得模糊难辨，我不知自己看见的是云还是山。这些都是奥军占领的山地，我方没有这样的山峰。路的前面有一个右转弯，向下可以看到道路穿过树林延伸而下。这条路主要用于军队行军、货车运输和骡队运送大炮。我们一路前进，沿途可以看到下面很深处的河流、枕木和钢轨沿着河流蔓延。我们从桥上穿过河流，通往对岸山脚下被炸毁的小镇，也就是我们的进攻目标。

我们终于开下山来，拐到河旁边的主路上，这时天都快黑了。

第 九 章

道路非常拥挤，路两边都有玉米秆和草席组成的屏障。我们的头顶上也有草席，所以就像是走进了马戏团或者当地的村庄。我们在草席搭成的隧道里缓慢行驶，来到一处光秃、空旷的空地，这里也是火车站的旧址。道路比河床还低，因为陷下去的地方挖了洞穴，步兵就待在里面。太阳要落山了，我们继续驾车前行。仰望河岸，奥军的侦查气球悬在山顶，被落日映衬得有些暗淡。我们把救护车停在砖厂旁边。砖窑和一些深坑被改造成了包扎站，里面有三个与我相识的大夫。我和少校军医聊了一会儿，得知进攻一开始我们就得载上病人，沿着有屏障的路返回，再转到沿河主路上。那里有急救站，还有其他的救护车，可以将伤员、病患分送到其他地方。他说希望这条路不要拥堵，因为所有交通都仰仗这一条路。这条路也经过了特殊掩盖，否则早就全部暴露在奥军视线里了。在砖厂我们可以利用河床作为掩护，躲避步枪和机关枪的射击。河上原有的桥被炸毁了。他们正要搭建一座新桥的时候，一部分军队打算在河流拐弯的浅处过河，结果又一阵狂轰滥炸突然袭来。少校身材矮小，长着弯曲的小胡子，曾经参加过利比亚战争，身上佩戴的两条军功绶带表明他曾经在战争中负伤两次。他说，如果战事顺利的话，也要给我弄个军功章，看我戴上什么样子。我说，当然希望战事顺利。他这个人实在是太好了。

我问他附近有没有大一点儿的防空洞安置司机们，他派了个士兵给我带路。我随士兵一起去到了防空洞，地方挺不错。司机们都很满意，我就把他们安置在那儿。少校邀请我跟他和另外两名军官喝上一杯。我们喝了点儿朗姆酒，气氛非常和谐。外面天越来越黑了。我问进攻什么时候开始，他们说天一黑就开始。我回去找司机们。他们正坐在防空洞里聊天，我一进去，他们就默不作声了。我递给他们一人一包马其顿牌香烟。香烟卷得很松，里面的烟丝都露出来了，抽之前要把两端重新卷一卷。马内拉点燃了打火机，依次给大家点烟。他的打火机很像菲亚特汽车的冷却箱。我跟他们讲了讲我所听到的消息。

“我们下来的时候为什么没看见救护站呢？”帕西尼问。

“就在我们拐弯地方的附近。”

“那条路肯定会被炸得乱七八糟。”马内拉说。

“估计会炸得亲妈都不认得我们。”

“也许吧。”

“什么时候吃饭啊，中尉。要是进攻开始了，肯定就没时间吃饭了。”

“我现在就去看看。”我说。

“您想让我们在这里原地不动，还是我们可以到处看看？”

“最好还是待在原地吧。”

我来到少校所在的防空洞，他说野战厨房就在附近，司机们可以来吃晚饭了。如果司机们没有饭盒，他愿意借给他们。我说司机们应该有吧。我回去告诉他们，饭一来就通知大家。马内拉希望可以在轰炸之前吃上饭，这时大家又都不出声了，一直到我出去才又开始聊天。他们都是厌恶战争的机械师。

我出去看了看车况和外面的情况，看过后又回来和四个司机一起待在防空洞里。我们坐在地上，背靠着墙抽烟。外面几乎全黑了。防空洞的地面温暖干燥，我把肩膀靠在墙上，腰抵着地，尽量放松。

“进攻的是哪些部队？”加瓦齐问。

“狙击兵。”

“所有狙击兵都得参加吗？”

“我觉得是。”

“现有的军队不足以单独发起进攻。”

“这也可能是调虎离山，为真正的进攻打掩护。”

“士兵们知道是谁发动进攻吗？”

“应该不知道吧。”

“他们当然不知道了。”马内拉说，“他们要是知道了就不会进攻了。”

“他们即使知道了也还是会进攻。”帕西尼说，“狙击兵都是傻子。”

“他们勇敢无畏，遵守纪律。”我说。

“他们固然胸肌很壮，身体健康，但是这也弥补不了他们头脑简单的现实。”

“掷弹兵[①]也都很高。”马内拉说。这是个玩笑，他们都笑了。

“中尉，我听说有次士兵不肯进攻，就每十个人里面枪决一个。您当时在场吗？”

“没有。”

“是真的。后来人们吩咐他们排成一排，每十个里面挑出一个，由宪兵执行枪决。”

“宪兵。”帕西尼往地上吐了口水，随后说，“那些掷弹兵个个人高马大，身高全都超过六英尺[②]，他们就是不愿意进攻。”

“要是大家都不愿意打仗，战争早就结束了。”马内拉说。

“掷弹兵也不见得反对打仗，他们就是贪生怕死。军官都是来自贵族家庭。”

“有些军官自顾自地冲了出去。”

“有名中士打死了两名不愿意出去打仗的军官。”

“有些士兵也出动了。”

“这些冲出去的士兵和军官就不必排成一排，十个里面挑一个出来枪决。”

---

① 18世纪中叶欧洲陆军的一个兵科，最早是指军队中能投掷手榴弹的步兵。

② 1英尺≈0.305米

“我有个同乡也被宪兵杀死了。”帕西尼说，“他是个掷弹兵，高大威猛，帅气机灵，时常待在罗马，身边姑娘成群。他还总是和宪兵混在一起。”他大笑，“现在他们家门口有一名手拿刺刀的卫兵站岗，不许任何人探望他的父母和姐妹，他的父亲还被剥夺了公民权利，连选举票都投不了。现在他们一家人都得不到法律保护，任何人都能夺走他们的财产。”

“要不是担心家里人遭受这种不公平的待遇，没人愿意去打仗。”

“也不一定，阿尔卑斯山地部队[①]就愿意打仗。那些志愿兵也是，还有一部分狙击兵。”

“狙击兵也逃跑了。现在他们试图装作没有那回事。”

“中尉，您不应该由着我们信口开河，肆意聊天。军队万岁！”帕西尼讽刺地说。

“我知道你们聊天的方式。”我说，“但是只要你们好好开车，别出乱子——”

“——而且别让其他军官听到。”马内拉替我补充。

“我觉得我们还是得把这场仗打完。”我说，“即使有一方停战了，战争也不会结束。假设我们收手了，局势只会变得更糟。”

“已经没有变糟的余地了。”帕西尼恭敬地说，“没有什么比战争更糟糕了。”

“战败更糟糕。”

“我不相信。”帕西尼语气仍旧恭敬，“什么是战败？你回家便是了。”

“他们会穷追不舍，占领你的家园，欺凌你的姐妹。”

“我不信。”帕西尼说，“他们不可能对每个人都这样。不然就让大家各守各家，然后让姐妹们待在家中不出门。”

“他们会绞死你，抓住你强制你服役。到那时候你就没有开救护车这种美差了，他们会让你去当步兵。”

“他们不可能把所有人都绞死。”

---

① 意大利陆军的一流山地部队，主要用于应对来自意大利北部与东北部的威胁。

“外国人怎么能逼你去当步兵？”马内拉说，“一打仗大家就都逃走了。”

“像捷克人一样。”

“我看你们是对被俘一无所知，所以才不觉得战败可怕。”

“中尉。”帕西尼说，“我们知道你让大家畅所欲言，您听我说。再也没有什么事情如战争一般可怕。我们是开救护车的，还不能完全感受战争的残酷。当人们认识到战争有多残酷时，已经无能为力、根本无法阻止战争了。因为他们已经疯了。还有的人后知后觉，从来体会不到战争的残酷。有的士兵畏惧长官。他们才是战争的始作俑者。”

“我知道战争残酷，但是仗必须打完。”

“仗是打不完的，战争根本没有结尾。”

“战争可以结束。”

帕西尼摇了摇头。

“打胜仗并不代表赢得战争。假如我们占领了圣迦伯烈山呢？假如我们占领了卡索高原、蒙法尔科内①和的里雅斯特②呢？我们把这些地方都占领了又能怎么样？之后我们要去哪里呢？您看到远处的高山了吗？您觉得我们能够占领全部山头吗？如果奥军停止进攻，那倒是有可能的。所以，必须有一方先停战。那么为什么不是我们先收手呢？如果奥军来进攻意大利，他们自己也会疲于战争，然后索性离开，因为他们也有自己的祖国。但是现在这种情况下，他们也回不去，只得在这里打仗。”

“你真是个不错的演说家。”

“我们阅读，我们思考，我们不是农民，我们是机械师。其实连农民都有自己的见解，他们知道不能相信战争。大家都厌恶战争。”

“国家的统治阶级愚蠢至极，一无所知，而且以后也不会深明大义，所以我们才会打仗。”

---

① 意大利的重要港口。

② 意大利东北部的边境港口城市。

“他们还能通过战争敛财。”

“他们当中的大部分人并不能靠战争赚钱。”帕西尼说，“因为他们太蠢了。他们打仗不为任何目的，就是因为蠢。”

“我们不能再说了。”马内拉说，“我们说的太多了，即使是对中尉这么宽容的长官也不能如此口无遮拦。”

“他喜欢我们这样。”帕西尼说，“我们会改变他的。”

“但是我们必须得收声了。”马内拉说。

“什么时候吃饭啊，中尉？”加瓦齐问。

“我去看看。”我说。戈尔迪尼也一同起身，跟我走到外面。

“有什么我能帮忙的吗，中尉？我能帮你干点儿什么吗？”他是四个人当中最沉默的。“跟我一起来吧。”我说，“看看有什么需要你帮忙的。”

外面很黑，探照灯发射出的远射光在山头到处晃动。这里离前线很近，有的探照灯就直接装在军用卡车的车头上，晚上时常能在路上碰到。卡车就停在路边，一名军官负责调整探照灯的方向，部下在旁边心存畏惧。我们穿过砖厂，在救护站主站停下。救护站入口外面有一些绿色的树枝作为掩护，晚风吹动晒干的树枝，发出沙沙的响声。救护站里有灯光，少校正坐在一个箱子上打电话。一个上尉级的军医说进攻提前了一个小时。他递给我一杯科尼亚克白兰地[①]。我看着桌子和桌上被灯光照亮的手术工具、脸盆、塞好的药瓶，戈尔迪尼站在我身后。少校放下电话起身。

“进攻已经开始了。”他说，“没有提前。”

我望向外面，只见一片漆黑，奥军的探照灯在我们身后的山区扫射。周围先安静了一小会儿，随后我们身后炮火四起，一连串的狂轰滥炸开始了。

“是萨伏伊骑兵团[②]。”少校说。

“饭怎么样了，少校？”我问。他没听见。我又问了一遍。

---

① 产自法国科尼亚克附近地区的白兰地酒，素有“白兰地王子”的美誉。

② 意大利军队中战斗力较强的一支部队，曾以600骑兵的兵力歼灭2000苏军。

“还没送来。”

一枚大型炮弹打了进来，在砖厂里炸开。接着又有一颗炸弹爆炸，在巨大的爆炸声中还能听到砖块和土块掉落的细碎声音。

“等下吃什么？”

“我们还有点儿干意大利面。”少校说。

“您这里有什么我就吃什么。”

少校吩咐了勤务兵几句，然后勤务兵就从后面出去了，回来的时候用一个大金属盆端了些凉通心粉。我递给戈尔迪尼。

“您有奶酪吗？”

少校勉强地跟勤务兵又交代了一番，勤务兵又消失在小洞里，回来的时候拿了四分之一磅白霉奶酪[①]。

“万分感谢。”我说。

“你们最好别出去。”

有人在入口外面放了什么东西。原来是两个抬担架的人，其中一个向里张望着。

“把他抬进来！”少校说，“还等什么呢？难道要让我们出去接他吗？”

两个抬担架的人分别架着病人的胳膊和腿，把病人抬了进来。

“把他的上衣剪开。”少校说。

他手里拿着一把钳子，钳子一端缠着纱布。两个上尉脱下了外衣。“你们先出去。”少校对两个抬担架的人说。

“我们走吧。”我对戈尔迪尼说。

“你们最好还是等轰炸结束再走吧。”少校回头对我们说。

“还有人等着吃饭呢。”我说。

“那随你们吧。”

我们走出救护站，匆匆穿过砖厂，一颗炸弹在河边附近爆炸。紧接着

---

① 有雪白的霉菌包裹的软质奶酪，主要材料是奶油。

又是一颗炮弹，我们并没有发觉，直到爆炸产生的气浪袭来我们才意识到。周围满是爆炸的火光、巨大的撞击声和浓烈的火药味，我俩赶忙扑倒在地上，弹片呼啸和碎砖掉落的声音不绝于耳。戈尔迪尼站起身来往防空洞跑去。我紧随其后，手里拿着奶酪。平滑的奶酪表面已经蒙上了一层砖灰。防空洞里的三位司机正坐在墙边抽烟。

“伟大的爱国者们，吃的在这儿呢。”我说。

“救护车怎么样？”马内拉问。

“没事。”

“外面的轰炸吓人吗，中尉？”

“你说得太对了。”我说。

我掏出刀，打开刀片，然后擦了擦，把奶酪上有土的一层削掉。加瓦齐把盛通心粉的盆递给我。

“您先吃吧，中尉。”

“不用。”我说，“放在地上大家一起吃。”

“可是没有叉子。”

“搞什么鬼！”我用英语骂了一句。

我把奶酪切成碎片，洒在通心粉上。

“大家都过来坐在食物旁边吧。”我说。他们坐了下来，等我开动。我把手伸进盆里抓通心粉，提起来，一大团通心粉就被我揪散了。

“抓高点儿，中尉。”

我把胳膊伸直，终于把面条从盆里揪了出来，放在嘴边，从一头边吸边嚼，然后咬了一口奶酪，嚼一下，又喝了一口酒。酒有铁锈的味道。我把酒壶还给帕西尼。

“已经变质。”他说，“搁得太久了。我一直把酒壶扔在车里。”

大家都把下巴凑在饭盆旁边吃饭，头向后仰，把面条填进嘴里。我又吃了一口通心粉和奶酪，然后用酒漱了漱口。又有东西掉在外面了，巨大的爆炸震得地面都晃。

“不是 420 的大炮就是迫击炮。”加瓦齐说。

“山里没有420大炮。”我说。

“他们有大型斯柯达大炮[①]。我看见过弹洞。”

“那是305阵地的。”

我们继续吃饭。外面突然传来类似咳嗽的声音，很像火车引擎发动，接着又是震天动地的爆炸声。

“这个防空洞不够深。”帕西尼说。

“这个迫击炮太大了。”

“您说得对，中尉。”

我吃完了自己的最后一块奶酪，又喝了一口酒。在杂乱的声音中，我又听到一声咳嗽，紧接着就是嚓嚓嚓嚓的声音。随后一道火光闪过，好似锅炉门突然敞开，然后轰隆一声，一阵狂风吹进来，光线一会儿红一会儿白。我努力想要呼吸，但就是做不到，我感觉自己灵魂突然出窍，在风中一直飘，飘得很远很远。我的灵魂已经完全脱离了身体，我觉得自己刚刚被炸死了，但是人根本不可能意识到自己的死亡，所以这应该是个误会。后来，我觉得自己飘了起来，不是继续往外飘而是滑回自己的身体，我又能喘气了，我终于活了过来。地面已经被炸得七零八落，我眼前就是一段炸碎的房梁。我的头突然一颤，恍惚间听到有人在哭。我妄图移动身体，但是根本动不了。我听到河对岸和河边充斥着迫击炮和步枪的声音。水面溅起巨大的水花，随后一些照明弹升空爆炸，耀眼的白光飘浮在空中。同时发射升空的还有火炮，爆炸声不绝于耳。我听到旁边有人喊：“我的天啊！噢，我的天啊！”我连拉带扭终于把腿抽了出来，结果发现腿已经断了。我终于能转身了，于是摸了摸旁边的人。原来是帕西尼，我一碰到他，他就立刻尖叫起来。他的腿朝着我，明暗之间，我恍惚看到他的双腿膝盖以下都被炸烂了，一条腿全都炸没了，另一条腿被肌腱和裤子连着，勉强还在一起，残肢不停地扭曲痉挛，仿佛已经完全断开。他咬着胳膊呻吟：“噢，我的天啊，我的天啊。”然后又喊，“圣母玛利亚！圣母玛利

① 欧洲顶级兵工厂之一——斯柯达兵工厂生产的重型榴弹炮。

亚！耶稣开枪打死我吧！耶稣开枪打死我吧！我的天啊！我的天啊！噢，最纯洁博爱的玛利亚快开枪打死我吧！快结束这一切吧！快结束吧！噢，耶稣，慈爱的玛利亚快结束我的痛苦吧！噢噢噢噢……”然后，我就听到他哽住了，“我的天啊。”后来他就安静了，咬着胳膊，断腿的地方还在抽搐。

“担架员！”我双手拢出一个喇叭形，大声呼叫，“担架员！”我试着接近帕西尼，想在他的腿上绑上东西止血，但是我动不了。我又试了一次，但是腿只能挪动一点点。我用胳膊和手肘支撑着身体向后撤。帕西尼已经不出声了，我坐在他旁边，脱下外套，想要从衬衣上撕下一条布，但是扯不动。于是我在衬衣上咬了个口，接着撕，然后，我突然想到了他的绑腿布。我穿的是羊毛长袜，帕西尼裹的是绑腿布。司机一般都裹着绑腿布，但是帕西尼只剩一条腿了。我解绑腿布的时候突然发现已经没必要做止血布了，因为帕西尼已经死了。我很确定，他确实已经死了。还有其他三名司机至今下落不明。就在我坐直身体的时候，突然觉得脑袋里有什么东西在动，仿佛洋娃娃眼底坠的重物一样，顶在我眼珠后面。我觉得腿上又潮又热，鞋里也一样。我知道我被弹片击中了，于是俯身去摸膝盖，发现膝盖已经炸没了。我把手伸进裤腿里才发现膝盖掉在了小腿上。我在衬衣上擦了擦手，又一个照明弹缓缓降落下来，我看了看自己的腿，心里十分害怕。噢，上帝啊，我说，快把我救出去吧。然而我心里明白，另外三位司机也还在这里。本来一共有四名司机，现在帕西尼死了，只剩三个。终于有人架着我的胳膊和腿，把我抬走。

“这里还有三个人。”我说，“还有一个人已经死了。”

“中尉，是我，马内拉。我们去找担架了，但是没找到。中尉，您怎么样了？”

“戈尔迪尼和加瓦齐在哪里？”

“戈尔迪尼在救护站包扎，加瓦齐正抬着您的腿。抱紧我的脖子，中尉。您伤得严重吗？”

“我的腿伤比较重。戈尔迪尼怎么样了？”

“他还好。这次爆炸的是大型的迫击炮弹。”

“帕西尼死了。”

“是的，他死了。”

又一枚炸弹降落在我们附近，他们两个都扑倒在地上，把我扔在地上。

“对不起，中尉。”马内拉说，“抱紧我的脖子。”

“别再把我扔地上了。”

“都是因为我们太害怕了。”

“你们没受伤吗？”

“我们都只受了一点儿轻伤。”

“戈尔迪尼还能开车吗？”

“恐怕不行了。”

在去往救护站的路上，他们又把我摔在地上一次。

“你们这群狗娘养的。”我说。

“对不起，中尉。”马内拉说，“我们决不会再这样了。”

黑夜中，救护站外面躺了很多伤员。有人负责把伤员抬进抬出。运送病人的时候不免要把救护站的门帘拉开，灯光就从缝隙中露出来。阵亡的士兵被放在一边。医生都把袖子卷到肩膀，满身鲜血，仿佛屠夫一般。担架已经不够用了。少数伤员不停地呻吟惨叫，但是大部分还都比较安静。微风吹动掩盖救护站用的树叶，沙沙作响。夜里越来越凉了，担架员们一直在忙碌，放下担架，卸下病人，然后又匆匆离开。我一到包扎站，马内拉就把一个中士级别的医生喊出来，医生在我的两条腿上都缠了绷带，还说我的伤口上都是土，所以并没有大出血，等下会尽快来医治我。医生又回到屋里。马内拉说，戈尔迪尼不能开车了，因为他的肩膀被炸碎了，头也受伤了。起初他也不觉得很严重，但是现在肩膀根本动不了。他坐靠在一堵砖墙旁边。幸亏马内拉和加瓦齐还都能开车，所以能够运走一批伤员。英国救护队带了三辆救护车来，每辆救护车上配有两个人。其中一个司机向我走来，原来是面色苍白、颇为虚弱的戈尔迪尼把他领过来的。英国人俯身凑近看我。

“你伤得严重吗？”他问。他身材高大，戴着钢框眼镜。

“我的伤口在腿上。”

“希望你伤得不太重。你想抽根烟吗？”

“多谢了。”

“他们跟我说你们失去了两名司机。”

“是的。一个阵亡了，另一个就是刚刚领你来的人。”

“实在是太背了。您愿意让我们来开车吗？”

“正有此意。”

“我们会好好保管救护车，过后就把救护车开回庄园。您的地址是206号对吧？”

“是的。”

“那地方真是漂亮。我见过您。他们跟我说您是美国人。”

“是的。”

“我是英国人。”

“不会吧！”

“我真是英国人。难道您觉得我是意大利人吗？我们有好几个小分队，其中一个小分队里面有意大利人。”

“您能接管我们的救护车那就最好了。”我说。

“我们肯定会非常小心的。”他站起身来，“你手下的这个小伙子非得让我赶紧看看你的状况。”他拍了拍戈尔迪尼的肩膀。戈尔迪尼疼得咧嘴，但还是笑了笑。这个英国人意大利语说得流畅又标准。“现在一切都安排好了。我已经看过了你的中尉，随后还将接管这两辆救护车。现在你不用担心了。”他停了一下又对我说，“我必须得把你弄走。我找一下救护站的负责人，回去的时候把你一并捎走。”

他小心翼翼地避开伤员，朝包扎站里走。我看见门帘又被掀开了，灯光透出来，他走了进去。

“他们会照顾你的，中尉。”戈尔迪尼说。

“你怎么样了，弗兰科？”

“我没事。”他坐在我旁边。没一会儿，包扎站前面的帘子就又打开了，高个子英国人和两个担架员一起出来了。他把他们带到我身边。

“就是这位美国中尉。”他用意大利语说。

“我还是等一会儿吧。”我说，“很多人伤得比我严重。我还可以坚持。”

“快算了吧。”他说，“一身是血还逞什么英雄？”然后，他又用意大利语说：“抬的时候小心点儿他的腿。他的腿很疼。他可是威尔逊总统的亲儿子。”他们把我抬起来，送进包扎站里。所有能利用的桌子都在做手术。矮个子少校生气地看着我。他认出我来了，还用钳子跟我们示意。

“还好吗？”

“还行。”

“我把他带进来了。”高个子英国人用意大利语说。“他是美国大使的独子。我先把他放在屋里，你们一有空就赶快给他治疗。然后就连同第一批伤员一起把他带走。”他俯身跟我说，“我去找他们的副官处理你的病历，这样会快很多。”他弓着身子走出门。少校正在拆钳子，然后扔进盆子里。我盯着他的手部动作看。他正在包扎，随后担架员把伤员抬下桌子。

“我来接手这名美国中尉吧。”一名上尉级别的军医说。他们把我抬到桌子上，桌子又硬又滑。包扎站里有很多刺激的气味，有化学药品的气味，还有血液的腥甜。他们把我的裤子脱下来。上尉医师一边工作一边向助手中士交代情况，“左右大腿、左右膝盖和右脚有多处伤痕，右膝盖和右脚有严重伤痕，头皮撕裂（他用探针查看了一下——疼吗？——天啊，好疼！）头骨疑似骨折。在值班时受伤。加上这一条，省得被军法审判成自残。”他说，“你想喝点儿白兰地吗？你怎么卷进来的？你本来打算干什么呢？自杀？拿破伤风针来，在他的双腿上画十字做记号。谢谢。我先稍稍给你清理一下伤口，洗一下，帮你穿上衣服。你的伤口结痂得很好。”

填病历卡的副手抬头问我：“您是怎么受伤的？”

上尉医师问："你被什么击中了？"

我闭着眼睛说："大型迫击炮弹。"

上尉医师正在切割我的肌肉组织，简直痛彻心扉。他还问我："你确定吗？"

我极力保持躺着不动的姿势，但是切割伤口实在太疼，连胃都跟着不由自主地抽动，"我确定。"

上尉医师（自顾自地找东西，非常沉醉）说："发现敌方迫击炮碎片。如果你有意愿，我可以在你身上多找点儿碎片，不过也不是很有必要。我给你的伤口都涂上药——这样疼吗？好，这点儿疼跟你以后要忍的比起来根本不算什么。真正的疼还没开始呢——给他拿一杯白兰地进来——休克可能会暂缓你的疼痛；但是情况基本不错，如果伤口不感染的话就没什么需要担心的。而且现在基本上没什么人感染了。你的头怎么样了？"

"善良的基督啊。"我说。

"最好还是别喝太多了。你要是真骨折了，可得少喝酒防止发炎。你头上有什么感觉？"

我浑身都出汗了。

"善良的基督！"我说。

"我猜你应该是骨折了。我给你包扎一下，省得磕碰。"他手速很快，绷带缠得又紧又稳，"弄好了，祝你好运，法兰西万岁！"

"他是美国人。"另一名上尉说。

"我以为你说他是法国人呢。"上尉说，"我之前就认得他。我总以为他是法国人。"他喝了半杯科尼亚克白兰地。"送点儿重伤患来。多拿些抵御破伤风的药。"上尉冲我挥挥手。他们把我抬起来，出门的时候，毯子拍在我脸上了。到了外面，助手中士跪在我旁边温柔地问："姓氏？中间名？教名？军衔？出生地？什么等级？什么军团？"还有一些其他问题。"中尉，对于您的头上的伤我很抱歉。我希望您现在好点儿了。现在我就用英国救护车把你送回去。"

"我还行。"我说，"非常感谢你。"少校之前提到的疼痛开始发作了，疼得我对周围的事情都完全提不起兴趣，不想理会。过了一会儿，英国救护车来了，他们把我抬到一个担架上，然后把担架抬到救护车上，推进去。我旁边还有一个担架，上面躺着另外一个伤员，满脸都用绷带包扎起来，我只能看见一个惨白的鼻子。他的呼吸特别沉重。还有的担架在救护车上被悬空吊着。高个子英国司机过来，然后朝里望了望，“我一定慢点儿开。”他说，“尽量让你舒服点儿。”英国司机爬上前座，我感觉到了引擎发动、松开车闸、踩上离合等一系列动作，随后我们就出发了。我躺着不动，任由疼痛肆虐。

救护车沿路爬坡的时候车速很慢，有时候还会停下，拐弯的时候还会倒车。救护车终于开始快速爬坡了。我觉得有什么滴下来。一开始滴得很慢很规律，后来流成一小股。我大声呼喊，请求司机帮忙。他停下车，然后从座位后面的洞往里看。

“怎么了？”

“躺在我上面担架上的人在流血”

“我们离山顶不远了。我自己抬不出去担架。”他再次发动了汽车。血流还在继续。车里很黑，我看不出血是从头顶帆布的哪里流出来的。我妄图往边上挪一挪，尽量不让血流到我身上，然而血已经湿透了我的衬衣，温暖黏腻。我很冷，腿很疼，这一切都令我作呕。过了一会儿，上面担架的血流放慢了，又变成滴滴答答的。我听到也感觉到担架上的帆布移动了，估计是上面的人为了躺得舒服点儿动了一下身体。

“他怎么样了？”英国人回头喊，“我们马上到山顶了！”

“我觉得他已经死了。”我说。

血滴得很慢，就像太阳落山后冰柱上流下来的水滴一样。漫漫长夜，气温很低，救护车仍在路上爬坡。我们终于到了山顶的救护站。他们把担架抬了下来，然后又放进来另外一个担架，继续上路。

第 十 章

我还在野战病房里休养，突然有人过来跟我说，下午会有人来看望我。那天天气很热，房间里苍蝇很多。负责照顾我的护理员把纸裁成条，绑在棍子上做了一个小扫帚唰唰地挥舞，用来驱赶蚊蝇。我眼看着苍蝇落在天花板上。没一会儿护理员就睡着了，没人继续驱赶蚊蝇，它们就都从天花板上飞了下来。起初，我还试图把它们吹走，但是后来我也索性用手护住脸，睡了过去。天气很热，醒来的时候我觉得腿上很痒，于是就叫醒护理员。他往我的绷带上倒了些矿泉水，把床浇得又潮又凉。我们几个醒着的病人就在病房里聊天，下午的时光则比较安静。早上的时候，医生过来巡视病房。三名男护士和一名医生负责把病人从床上扶起来，抬到包扎室换药。去包扎室的路简直就是煎熬。与此同时，还有其他人帮忙重新整理床铺。后来我才知道即使床上躺着病人也能整理床铺。照顾我的护理员已经浇完了水，床又变得凉爽怡人。随后我又指示他帮我挠挠脚心痒的地方，正巧一名医生带着里纳尔迪走进病房。他赶忙跑到病床前吻我。我见他戴着手套。

“宝贝，你可好啊？现在觉得怎么样？我给你带了这个——”原来是一瓶科尼亚克白兰地。护理员给里纳尔迪搬了椅子进来，里纳尔迪顺势坐下，“还有一个好消息。你要被授勋啦。他们想要授予你银质勋章，但是也有可能只给个铜的。”

“为什么呢？”

“因为你受了重伤。他们还说，如果你有证据证明自己有过英勇的事迹就能获得银质奖章，不然就只能拿铜章。快跟我说说，当时究竟发生了什么。你有什么英雄举动吗？”

“哪有什么英雄事迹。”我说，“我被炸飞的时候正在吃干酪呢。”

“你严肃点儿。”

“你仔细想想受伤前后的事情，你肯定有过英雄举动。”

“确实没有。”

“你有没有背过伤员？戈尔迪尼说你背了好几个人，但是急救站的少校军医说不可能。嘉奖令必须得由他签字。”

“我谁也没有背，因为我当时根本动不了。”

“没关系。”里纳尔迪说。

他摘下手套。

“我觉得我们能给你搞来银质勋章。你不是让医生先去救别人了吗？”

“不过态度也没有多坚定。”

“那没关系，看你伤得多重啊，而且你平时又表现英勇，总是要求上前线。对了，这次进攻非常成功。”

“他们渡河顺利吗？”

“那岂是顺利可以形容的！他们俘虏了近一千名奥军士兵。这些都张贴在布告栏了。你没看见吗？”

“没看见。”

“等我给你拿一份过来。这次奇袭非常成功。”

“最近情况怎么样啊？”

“特别好。我们挺好的，大家都以你为傲。快跟我说说当时的情况。我觉得你肯定能得银质奖章。快接着刚才的说，仔仔细细地说。”他停下来想了想，“你应该也能拿到英国奖章，那里也有英国人。我去问问他愿不愿意推荐你，估计他能帮上点儿忙。你疼得厉害吗？喝点儿酒吧。护理员，给我们拿个开瓶器来。对了，你应该看看我给人切除三厘米小肠的手术，那技术简直绝无仅有，估计能发表在《柳叶刀》[1]上了。你给我翻译一下，我就寄给《柳叶刀》。现在我的手术技术可谓是日益精进。可怜的宝贝，你觉得怎么样了？该死的开瓶器怎么还没拿来？你真是太勇敢太淡定了，我都忘了你还在受苦。”他用手套拍打床沿。

“起瓶器来了，中尉先生。”护理员说。

“把酒打开，拿个杯子来。喝点儿吧，宝贝。你的头怎么了？我看过你的病历了，没有骨折。急救站的少校军医简直就是屠夫。要是我来医治你，你肯定不会觉得疼。我从来没有弄疼过任何病人，因为我掌握了特定的技巧。每天我都在学习，所以技术不断地进步。宝贝，千万别怪我话多。见你伤得这么重，我的感触也很多。酒在这儿呢，喝吧，绝对是好酒，花了我 15 里拉呢，应该很不错。这酒我给五星。我走之后就去找那个英国人，看能不能给你弄个英国勋章。”

“他们不会这么轻易地授予勋章的。”

“你太谦虚了。我要给联络官写信。他懂英语，能跟英国人打交道。”

“你见过巴克利小姐了吗？”

“回头我把她带过来吧。我现在就去找她。”

“不急。”我说，“跟我说说戈里齐亚。那些姑娘们怎么样？”

“哪有什么姑娘！到现在都两周了，根本都没什么新妞，我都不去了。太丢脸了。现在都不能说她们是姑娘了，简直是革命老同志。”

“你当真不去了？”

“路过的时候也会歇歇脚，顺便看有没有新来的姑娘。她们在这儿待得太久，大家都混熟了，实在是太难为情了。”

“可能姑娘们再也不想上前线了。”

“她们当然愿意上前线了。姑娘多得是，就是管理有问题。他们都自私地把姑娘留在后方的防空洞里，供自己享乐。”

“可怜的里纳尔迪。”我说，“自己孤军作战，连个新妞都捞不着。”

---

① 世界医疗领域顶级期刊，1823年创刊于荷兰，世界历史最悠久的医学期刊之一。

里纳尔迪又给自己倒了一杯科尼亚克白兰地。

“我觉得这对你也没什么坏处，宝贝。大胆地喝吧。”我喝了科尼亚克白兰地之后，觉得一股暖流流遍全身。里纳尔迪又倒了一杯，变得稍微安静一些。他举着杯子，“敬你英勇负伤！敬银质奖章！宝贝，你跟我说，这么热的天一直躺在这里，就不会兴奋吗？”

“有时也会吧。”

“我可不敢像这样一直躺着，我会疯的。”

“你已经疯了。”

“我希望你能赶快回来。没人晚上半夜三更从外面回来，我没有打趣的对象和借钱的金主了。现在的我既没有好兄弟，也没有好室友。你为什么要受伤呢？”

“你还可以捉弄牧师啊。”

“你说牧师啊。我没想取笑牧师，是上尉取笑他。我很喜欢牧师。如果非得有牧师的话，无疑他是最好的选择。估计不久他也会来看你，不过现在还在准备东西呢，我看他准备了好些。”

“我喜欢他。”

“哦。我知道。有时候我想你们可能有点儿特殊的关系。我就不明说了。”

“不，你误会了。”

“可我就是忍不住这么想。那种微妙的关系就像是阿内奥纳旅第一团的番号。”

“切，去死吧你。”

他站起来戴上手套。

“哦，我就是喜欢戏弄你，宝贝。虽然你有牧师和英国女朋友，但是你本质和我差不多。”

“才不是。”

“我们就是一样的。你其实很像意大利人，都是虚有其表，没有内涵。你只是假装自己是美国人。我们都是相亲相爱的兄弟。”

“我不在的时候你要好好照顾自己。”我说。

“我会让巴克利小姐来看你的。我觉得你俩还是单独见面，别带我比较好。毕竟你比较纯洁，比较贴心。”

“切，去死吧。”

“我会让她来的。你心中高冷迷人的英国女神。我的上帝啊，男人碰上这样的女人估计也只剩膜拜了。英国女人还有什么其他用处吗？”

“你真是个无知透顶、满嘴污秽的意大利佬。”

“你说我什么？”

“愚昧无知的意大利佬。”

“说我是意大利佬。你还是没有表情的面瘫呢……意大利佬。”

“你真是愚蠢无知。”我发现这些话语戳到了他的痛处，所以继续攻击他，“无知。没有经验。正因为你没有经验，所以才特别愚蠢。”

“你当真这么认为？今天我就好好跟你说道说道你的好情人吧，也就是你的女神。找个好姑娘和找个平常女人没什么不一样，只不过找个好姑娘会让人不舒服罢了。这就是我所知道的。”他又用手套抽打病床，“你永远都无法知道好姑娘的偏好。”

“别生气。”

“我没生气。我这么跟你说是为了你好，省得你给自己找麻烦。”

“这是唯一的区别？”

“是啊，但就是有数不清的傻瓜像你一样，看不透这个道理。”

“你能告诉我真相实在是太贴心了。”

“我们别争吵了，宝贝。我非常爱你，你别傻了好吗？”

“嗯，我也希望像你一样睿智。”

“别生气，宝贝。笑一笑，喝点儿酒。我必须得走了，真的。”

“你真是个好大哥。”

“你现在才发现吗？我们本质上是一样的。我们可是战场上的兄弟。跟我吻别吧。”

“你太容易伤感了。”

“没有，我只是比较有爱心。”

我能感觉他的呼吸离我越来越近。“再见。我很快就会再来看你。”他的呼吸渐渐飘远，“如果你不想亲我的话，我也不会勉强你。我会给你把英国妞叫来的。再见，宝贝。科尼亚克白兰地就在床底下呢。祝你早日康复。”

他走了。

第十一章

牧师来的时候已经快傍晚了。医院晚饭时间已过，碗都收走了。我就呆呆地躺在床上看着一排排的病床和窗外的风景。晚风拂过，树枝轻轻摇曳。微风从窗户吹进来，夜晚也变得凉爽了。苍蝇有的落在天花板上，有的落在灯泡上方悬着的电线上。到了晚上，只有送来病人或者治疗病人的时候才开灯。黄昏过后就是无止境的漫漫长夜，一片漆黑中我竟觉得自己又回到了小时候，早早吃完晚饭就上床睡觉。护理员停在了两排病床之间，还带了其他人来。原来是牧师。他局促地站在那里，显得身材有些矮小，脸色也有些暗黄。

“你还好吗？”他问，然后随手把一些行李放在床边的地板上。

“神父，我一切安好。”

他坐在护理员给里纳尔迪搬来的椅子上，羞赧地望向窗外。我看到他一脸疲态。

“我待一会儿就得走了。”他说，“已经很晚了。”

“也不算太晚吧。食堂怎么样了？”

他笑了笑，“我还是大家的笑柄。”他的声音里也透着疲惫。“谢天谢地，他们都没事。”

“知道你没什么大碍，我也就放心了。”他说，“希望你不觉得太疼。”他看上去似乎已经精疲力竭，之前我很少见到他这样。

“已经不怎么疼了。”

“我特别怀念你在食堂的时候。”

“我也希望能早点儿回去。我最爱和你讲话了。”

“我给你带了点儿东西来。”他说着随手把行李拎了起来。

“这是蚊帐。这一瓶是味美思[①]酒。你爱喝味美思吗？我还给你带了点儿英文报纸。”

“请打开让我看看。”

他非常乐意地解开包裹。我双手拿着蚊帐。他还把味美思酒拿起来给我看了一眼，随后又放在床边的地板上。我用手举着一沓英语报纸看。我动了动报纸，借着窗外昏暗的灯光瞧了瞧报纸的标题。原来是《世界新闻报》。

“其他报纸有配图。”他说。

“能读到这些报纸实在是太开心了。你从哪儿搞到的这些报纸？”

“我托人去梅斯特雷[②]找的。回头我再给你弄点儿来。”

“你能来真是太好了，神父。要喝杯味美思酒吗？”

“谢谢你，还是不用了。你自己留着吧，我是专门给你带的。”

“来吧，喝一杯吧。”

“好吧，我下回再带点儿来就是了。”

护理员拿来了杯子，还帮我们开瓶。他把瓶塞给弄断了，所以只能把剩下的一半捅到酒瓶里。我看牧师神情失望，但还是强忍着说：“那好吧，这样其实也没关系。”

“为你的健康干杯，神父。”

“为你能早日恢复健康干杯。”

他把杯子拿在手中，我们互相对视。往常我们都相谈甚欢，但今晚情况却有点儿尴尬。

“神父，你怎么了？你看上去好疲惫。”

---

① 以葡萄酒为酒基，用芳香植物的浸液调制而成的加香葡萄酒。

② 位于威尼斯的一座城市。

“我也觉得挺累，但就是不知道为什么。”

“估计是太热了。”

“不应该，现在才是早春。我只是觉得有点儿沮丧。”

“估计你是厌恶战争吧。”

“也不是，但是我确实讨厌战争。”

“我也不喜欢战争。”我说。他摇了摇头，然后望向窗外。

“你不在乎战争，也不明白。你一定要宽恕我，明知道你受了伤还说这些话。”

“只是个意外。”

“你就算受了伤也不能真切地体会到战争，但我能感觉出来。虽然我也不太明白，但我还是能感觉到一些。”

“我们遇袭的时候正好在讨论战争的话题，当时帕西尼正在高谈阔论。”

牧师放下杯子，很明显他在思索其他的事情。

“我了解他们，因为我跟他们一样。”他说。

“我觉得你与众不同。”

“但是我与他们其实并无二致。”

“军官们什么都不明白。”

“其实有些军官也能明白。他们当中有些人非常敏感，比我们还厌恶战争。”

“但大部分还是不明白。”

“这无关教育也无关金钱，而是另有原因。像帕西尼这种人，即使有钱或者受过良好教育也不愿意当军官。我也不想当军官。”

“你的级别相当于军官，我也是。”

“我算不上军官，你连意大利人都不是。你就是个外国人。但是你应该算军官，而不是普通士兵。”

“有什么区别吗？”

“很难解释。有的人就是爱发动战争。在意大利，这样的人多得是。

当然还有的人不愿意发动战争。”

“但是爱打仗的人会把不爱打仗的人卷入战争。”

“你说得对。”

“我帮助了爱打仗的人。”

“你是个外国人，也是个爱国者。”

“那些不想发动战争的人呢？他们能让战争结束吗？”

“我不知道。”

他再次望向窗外，我看着他的脸。

“他们有没有成功地结束战争？”

“不爱战争的人没有组织，但是，他们一旦组织起来就被领袖出卖了。”

“所以就没有希望了吗？”

“希望永远都在，但有时候我不敢奢望。虽然我总是想着要心怀希望，有时候却就是做不到。”

“但愿战争早日结束。”

“我也希望如此。”

“战争结束后你想干什么？”

“如果可能的话，我想回阿布鲁齐。”

他暗沉的面庞突然变得雀跃了起来。

“你很爱阿布鲁奇吗？”

“是的，我特别热爱阿布鲁奇。”

“那你确实得回去。”

“到那时候，我肯定高兴坏了。多希望我可以在那儿生活，热爱上帝并侍奉上帝。”

“而且受人尊敬。”我说。

“是的，还要受人尊敬。为什么会有人不尊重我呢？”

“没有理由。你值得尊敬。”

“这些都没关系。但是在我的故乡，大家都热爱上帝。这不是什么下流的笑话。”

“我明白。”

他看着我微微一笑。

“你明白，但是你不热爱上帝。”

“确实不爱。”

“你一点儿都不爱上帝吗？”他问。

“晚上有时候还有些惧怕他。”

“你应该热爱上帝。”

“我不是很喜欢爱来爱去的。”

“你喜欢。”他说，“你会爱上一个人。你跟我说过的晚上发生的那些事情，那不是爱，只是激情和欲望。爱是你愿意为对方付出，为对方牺牲，为对方奉献。”

“我谁也不爱。”

“你终究会爱上某个人。我敢肯定。那时候你就会快乐起来。”

“我挺好的，向来都很快乐。”

“爱人的快乐与你现在的快乐完全不同。只有真正爱上一个人才能享受到那种乐趣。”

“好吧。”我说，“我要是真体会到了，肯定告诉你。”

“我待得太久，说得也太多了。”他担心自己待得时间太长。

“你待得不久，别着急走啊。爱上女人算是爱吗？如果我真心爱一个女人会得到你所说的快乐吗？”

“那我就不清楚了。我从来没有爱过任何女人。”

“你不爱你的母亲吗？”

“你说得对，我确实热爱我的母亲。”

“你一直热爱上帝吗？”

“从我很小的时候就开始了。”

“好吧。”我也不知道该怎么接话。“你是个好人。”我说。

“我只是个普通人。”他说，“但是你们得叫我神父。”

“我们是出于礼貌。”

他微微一笑。

“我真得走了。”他说，“你还需要我给你带其他的东西吗？”他用期盼的语气问我。

“没什么了，我就是想和你聊聊天。”

“我会替你向食堂的人问好。”

“谢谢你给我带的礼物。”

“不用客气。”

“一定要再来看我啊。”

“好的，再见。”他拍了拍我的手。

“再见。”我又用方言说了一次。

“再见。”他又用意大利语跟我说了一次。

屋内一片漆黑，坐在床边的护理员起身送牧师出门。我很喜欢牧师，真心希望有一天他能回到阿布鲁齐。他在食堂里过得很糟，但是他并不介意。我想象着他在自己的家乡会是怎样的一番境地。他曾跟我说过，在卡普拉科塔[①]，小镇下面的溪流里有鲑鱼；晚上不能吹长笛，年轻男子可以唱小夜曲，但是不能吹长笛。我问他为什么。他说姑娘们晚上听到长笛声不好。农民们见到其他人都会脱帽致敬，以“老爷”相称。他的父亲终日打猎，经常在农户家中休息吃饭。他们备受尊敬。如果一个外国人想要打猎就必须出示未被逮捕过的证书。意大利的格兰萨索有熊，但是太远了。阿奎拉[②]是个不错的地方，夏天的晚上非常凉爽。但是春天的时候，阿布鲁齐最美。秋天最惬意的事情当属在橡树林中打猎了。那里的鸟儿都很有灵性，因为它们都是吃葡萄长大的。你出去的时候也不需要带饭，因为热情的农民会邀请你去家中做客吃饭。对他们来说，这是光荣的事情。没一会儿我就睡着了。

---

① 意大利的一座小镇。

② 意大利中部城市，阿布鲁佐大区和拉奎拉省的首府。

第十二章

病房很长，右手边有一排窗户，离我较远的地方有一个门，一直通往包扎室。病房里一共有两排病床，一排对着窗户，另一排在窗户下面对着墙。我躺在朝着窗户的那一排，离我较远的地方还有一个门，时不时地也会有人进出。如果有人要死了，他们就会用屏风把病床挡上，这样其他病人就看不见有人病死了，只会看见医生和男护士的鞋、绑腿布从屏风底下露出来，不时地夹杂一些窃窃私语。然后，牧师会从屏风后面出来，随后男护士们又钻到屏风里面，出来的时候抬着病人的尸体。病人身上盖着毯子，护士们将其从病床之间的过道抬出去。最后还有人负责把屏风折起来带走。

早上，负责我所在病房的少校医生问我感觉身体如何，第二天能不能上路。我说没问题。他说第二天一早就会把我送走，现在转院刚好，再等天气就该热了。

护士把病人从床上抬下来送到包扎室的途中可以望见窗外花园里的新墓。病房有个门朝向花园，一个士兵就坐在门口制作十字架，上面用油漆写着花园中埋葬士兵的名字、军阶和所属军团。没事的时候，士兵也为病房里的病人做点儿杂事，比如，他没事的时候就用奥地利步枪弹壳给我做了个打火机。医生们为人亲和，医术看上去也颇为高超。他们急着把我送到米兰去，因为那里的 X 光设备比较好，术后也可以接受更好的治疗。我自己也想去米兰。他们想把病人都运走，越远越好。因为进攻又要开始了，病床还得留给新来的病人。

转院前夜，里纳尔迪带着食堂的少校来看望我了。他们说我将被送往米兰刚刚建好的美国医院。几支美国救护队被下派到前线，负责在新建立的医院里照顾他们和其他在意大利打仗的美国人。红十字会里有很多美国人。美国已经对德国宣战，但是没对奥地利宣战。

意大利人笃信美国也会对奥地利宣战，所以一有美国人来他们就异常兴奋，甚至连红十字会的人来也是。他们问我觉得威尔逊总统会不会对奥地利宣战，我说那是迟早的事。我不知道美国和奥地利之间有何冲突，但是如果对德国宣了战，那么好像也理应对奥地利宣战。他们还问我美国会不会对土耳其宣战。我说那就不一定了，“土耳鸡”是我们的国鸟，但是由于文化差异，他们好像有点儿没听懂。

于是我说：“美国很有可能会对土耳其宣战。”

“那保加利亚呢？”大家已经喝了好几杯白兰地，兴致都很高。我说：“我敢对上帝起誓，美国肯定会对保加利亚宣战，日本也一样。”

他们说：“日本可是英国的同盟。该死的英国人根本不值得信赖。”我说：“日本人想要占领夏威夷。夏威夷在哪里呢？在太平洋上。为什么日本人想要夏威夷呢？他们也不是真的想要，说说罢了。日本人就是一群天真的小矮子，喜欢舞蹈和清酒。”

少校说：“这跟法国人倒挺像。我们要重新夺回法国人占领的尼斯[①]和萨伏伊[②]”。

里纳尔迪说：“我们要占领整个科西嘉岛[③]和亚得里亚海[④]海岸线。”少校说：“意大利人要重回辉煌的罗马时代。”

我说：“我不喜欢罗马，那里又热跳蚤又多。”

---

① 法国东南部城市。

② 法国东南部和意大利西北部的历史地区。

③ 地中海第四大岛，仅次于西西里岛、撒丁岛和塞浦路斯岛。

④ 地中海的一个大海湾。

“你竟然不喜欢罗马？我爱罗马。罗马是所有民族的母亲。我永远无法忘记罗穆卢斯饮水泰伯河的场景。什么？没什么。我们都回罗马吧，今晚就去，再也不回来。”

“罗马是个美丽的城市。”少校说。

我说：“罗马是所有民族的父亲。”

里纳尔迪说：“罗马是阴性词，不可能是父亲。那谁是父亲呢？圣灵？不要亵渎圣灵。我没有，我是虔诚地提问。”

“宝贝，你喝醉了。”

“谁把我灌醉的呢？”

少校说：“是我。我把你灌醉是爱你，因为美国终于参战了。”

我补充道：“而且是全力参战。”

里纳尔迪说：“宝贝，你明早就要走了。”

“对，要去罗马，不对，是去米兰。”

少校说：“敬米兰！敬水晶宫！敬科瓦！敬堪培利[①]！敬比费[②]的画作和风雨商业街廊！你真是太幸运了。”

我说：“敬意大利大饭店，在那里我可以找乔治借钱。”

里纳尔迪说：“敬大剧院。你肯定会去大剧院。”

我说：“每晚都会去。”

少校说：“你可没那个闲钱每晚都去。那里的门票很贵。”

我说：“我可以用我爷爷的即期汇票。”

“即期汇票？那是什么？”

“如果我用这种汇票，要么爷爷付钱，要么就得我坐牢，银行的坎宁安先生帮我操作。我就是靠着即期汇票过活的。慈祥的爷爷怎么忍心让随时可能为意大利捐躯的爱国少年坐牢呢。”

里纳尔迪说：“美国的加里波第万岁！”

---

① 一种开胃酒。

② 法国画家，代表作有《哀悼基督》和《罪恶的战争》。

“我们得小点儿声了。”少校说。“别人已经提过好几次意见了。你真的明天就得走吗，费德里科？”

里纳尔迪说：“他就去我跟你说的那家美国医院。敬美丽的护士！他再也不用对着野战医院里满脸络腮胡子的护士了。”

少校说：“想起来了，想起来了，我知道他要去美国医院。”

我说：“我不在乎他们有胡子。要是有人留胡子，就随他好了。你为什么不留胡子呢，少校？怕戴不进防毒面具吗？能戴进去。防毒面具里什么都塞得进去。我还在防毒面具里面吐过。”

里纳尔迪说：“别那么大声，宝贝。我们都知道你上过前线。宝贝，你不在的时候我可怎么办呢？”

少校说：“我们必须得走了。”气氛突然变得有些伤感。

“你听我说，我有个好消息要告诉你。你的英国女神，你还记得吗？就是你每天晚上去医院见的英国女神，她也要去米兰了。她会和另外一个人一起去美国医院。美国还没有派护士来。我今天和她们的负责人谈过了。前线的姑娘太多了，所以他们得送一批回去。宝贝，你喜欢我的惊喜吗？喜欢，是真的吗？你马上就要去大城市了，还有漂亮的英国姑娘搂着你。为什么受伤的不是我呢？”

我说：“可能你也会受伤吧。”

少校说：“我们必须得走了。我们一直在推杯换盏，声音都吵到费德里科了。”

“不要走。”

“不行，我们必须得走了。再见。祝你好运。一切顺利。”

“再会！再会！再会！早点儿回来，宝贝。”里纳尔迪亲吻了我，“你身上都是来苏水的味道。再见，宝贝。再见。一切顺利。”

少校拍了拍我的肩膀，二人蹑手蹑脚地走出去。我觉得自己已经醉得厉害，就睡着了。

第二天一早我们就动身去了米兰，两天之后顺利到达。路途非常艰苦，我们在梅斯特雷火车站上耽误了很久，老有小孩儿跑过来窥探。我让一个小男孩儿去给我搞点儿科尼亚克白兰地，可是他回来的时候说只有格拉巴白兰地。我说，那也弄点儿来吧。酒来了，我把零钱赏给他了，然后跟旁边的人喝得烂醉，过了维琴察才醒过来。我躺在地板上，大吐特吐。其实也没什么关系，另一边的病人已经在地板上吐了好几次了。后来到了维罗纳[①]城外，我实在是渴得受不了了，就喊车厢里巡逻的士兵，让他给我搞点儿水来。我把与我同醉的乔吉提叫醒，给他也喝了点儿水。他要我把水倒在他肩膀上，然后又睡着了。士兵不愿意接受我给的小费，就给我买了新鲜多汁的橙子。我吮吸着里面的果汁，把核吐出来，看着士兵在外面的车厢里走动。过了一会儿，火车动了一下，开动了。

① 意大利的北部城市，历史十分悠久。

第十三章

我们一早就到了米兰，他们把病人卸到了货场。紧接着一辆救护车把我送到了美国医院。我躺在救护车的担架上，根本分辨不出路过了哪里，但是他们把我抬下来的时候我看到了一个市场，还有一个开张的酒铺，酒铺的姑娘正在打扫卫生。有人在往街上洒水，空气里都弥漫着清晨的味道。他们把担架放下，然后进了门。随后，门卫跟他们一起出来。门卫有着灰色的小胡子，戴着工作帽，穿着长袖衬衣。电梯里放不开担架，于是他们在商量，究竟是把我从担架上抬下来，坐电梯上去，还是直接抬着担架从楼梯上去。我听着他们的讨论。最终他们还是决定乘电梯。他们把我从担架上抬下来。“小心点儿。”我说，“轻着点儿。”

电梯里很挤，我的腿伸不开，所以疼得厉害。“把我的腿放平。”我说。

“对不起，中尉先生。我们不能把您的腿放平，因为实在是没地方。”回答我的人用双手抱着我，我的手则抱住他的脖子。他说话的时候，口气喷到我的脸上，混着大蒜和红酒的浓烈味道。

“动作轻一点儿。”另一个人说。

“混蛋，说谁不小心呢。”

“我是说动作尽量轻一点儿。”抬着我脚的人说。

我看着电梯门合上，铁栅栏也关上了，门卫按亮了四层的按钮。他看上去有点儿担心。电梯上升得很慢。

“沉吗？”我问满嘴大蒜味的人。

“没事。”他说。他的脸出汗了，喉咙里发出闷哼声。电梯匀速上升，然后停下。抬着我脚的人把电梯打开然后走出去。我们来到了一个阳台上，放眼望去有好几个带着铜把手的房门。搬着我脚的人按响了电铃。我能听见从门里传来的铃声。没人应门，随后门卫从楼梯上来。

“人都去哪儿了？”抬担架的人问。

“我不知道。”门卫说，“他们睡觉的地方在楼下。”

“快喊人来。”

门卫又按响了门铃，还敲了敲门，然后推门进去。他出来的时候身后跟了一个戴眼镜的老妇人。她的头发松松垮垮地半垂着，穿着护士的制服。

“我听不懂。”她说，“我听不懂意大利语。”

“我会说英语。”我说，“他们想把我安置下来。”

“病房都没准备好呢，没人跟我说要来新病人。”她用手重新整理了一下头发，然后近视似的看着我。

“请您帮忙找一个安置我的房间”

“我不知道。”她说，“没人跟我说要收病人。”

“什么房间都行。”我说。然后，我又用意大利语跟门卫说了一遍：“找个空房间。”

“房间都是空的。”门卫说，“你是第一个病人。”他把帽子拿在手里，看着年迈的护士。

“看在上帝的面子上，就给我一个房间吧。”我的腿一直弯曲着，疼得越来越厉害，我甚至能觉出疼痛在骨头里来回穿梭。随后门卫先进门，头发花白的老护士跟在后面，没过多久他们就匆匆回来。“跟我来吧。”他说。他们沿着走廊一路把我抬到一个拉着百叶窗的房间。屋里弥漫着新家具的味道，房间里有一张床、一个带镜子的大衣柜。他们把我放到床上躺平。

“我没法给你铺床。”老护士说，“床单都锁起来了。”

我没回话。“我口袋里有钱。”我跟门卫说，“就在扣着的衬衣口袋里。”门卫把钱拿出来。两个担架员站在床边，手里拿着帽子。“给他们二人每人5里拉，给你自己也拿5里拉。我的病历在衣服另一个口袋里，请你拿给护士。”

担架员敬礼道谢。“再见。”我说，“非常感谢。”他们再次敬礼后就出去了。

“病历。”我跟护士说，“上面写着我的病情和已经接受过的治疗。”

老护士拿起我的病历，戴上眼镜看了看。我的病历是折起来的，一共三页。“我也帮不上什么忙。”她说，“我不懂意大利语。没有医生的命令我什么也不能做。”她开始哭，然后把我的病历放到她的裙子口袋里。“你是美国人吗？”她哭着问。

“是的，请把我的病历放在床边的桌子上。”

房间十分阴冷。我躺在床上能望见房间另一边的镜子，但是看不清上面有什么。门卫站在我床边。他长得很好看，为人也亲和。

“你可以走了。”我跟他说。“你也走吧。”我跟护士说，“请问您贵姓？”

“沃克夫人。”

“您可以走了，沃克夫人。我想睡觉了。”

我独自待在房间里，屋里很凉爽，也没有医院的味道。床垫坚固舒适，我就老老实实地躺着，基本不动弹，呼吸也放慢了。痛感终于有所缓解，我的心情也好了起来。过了一会儿，我想喝点儿水，按铃系在床旁边的绳子上，我按了按，没人来。我索性直接睡觉。

醒来之后，我环顾了一下四周。阳光透过百叶窗照了进来。我看见屋里有大衣柜、光秃秃的墙和两把椅子。我的腿上裹着脏兮兮的绷带，脚直接伸到床外。我很小心，生怕碰着腿。我很渴，于是再次伸手够铃，按响。门开了，一名年轻貌美的护士走了进来。

“早上好。”我说。

“早上好。”她说着，然后朝床走过来，“医生现在过不来，他去科莫湖[1]了。没人知道医院要来病人。您哪里不舒服？”

“我被炸伤了。伤口主要在腿上和脚上，头也很疼。”

“您叫什么名字？”

“亨利。弗雷德里克·亨利。”

“我给您擦洗一下吧，但是只有医生才能给您包扎。”

“巴克利小姐在这里吗？”

“不好意思，这里没人叫巴克利。”

“我进来的时候哭哭啼啼的女人是谁？”

护士哈哈地笑起来。“那是沃克夫人。她刚刚值完夜班，正睡觉呢，不知道有病人要来。”

在聊天的同时，护士还帮我脱了衣服，除了绷带。她帮我擦洗了身体，动作轻柔熟练。我觉得非常舒服。我头上有绷带，她把边上都擦了一遍。

“你在哪儿受伤的？”

“在伊孙左河的附近，普拉瓦河的北岸。”

“这个地方在哪儿呢？”

“在戈里齐亚北边。”

我发现这些地方她一个都不知道。

“你疼得厉害吗？”

“不是很疼，现在已经好多了。”

她把体温计放到我的嘴里。

“意大利人都把温度计夹在腋下。”我说。

“别说话。”

她把体温计拿出来，看了看读数，然后甩了甩。

“多少度？”

“这个不能告诉您。”

---

① 意大利第三大湖，又称拉里奥湖。

“跟我说说吧。”

“接近正常。”

“我从来都没有发过烧。我的腿里都是烂铁。”

“你这是什么意思？”

“我的腿里都是迫击炮碎片、旧螺丝钉、床垫弹簧一类乱七八糟的东西。”

她摇了摇头，然后微微一笑。

“你的腿里要是有异物就会诱发炎症，导致你发烧。”

“好吧。”我说，“我们就等着瞧。”

她走出病房把早上碰见的老护士带了回来。我还在床上躺着，她们帮我整理了床铺。我还是第一次受到这种待遇，非常乐在其中。

“谁是这里的负责人？”

“万坎培女士。”

“你们这里总共有多少护士？”

“就我们两个。”

“不再来新人了吗？”

“还有一些在路上。”

“新护士什么时候能到呢？”

“我不知道。作为一个病人来说，你的问题好像有点儿太多了。”

“我不是病人。”我说，“我是受伤。”

她们整理好了床铺，我再次躺在了干净平整的床单上，身上也盖了一条床单。沃克夫人走出病房，回来的时候给我带了个睡衣，又帮我穿上。我觉得浑身清爽，不再是衣不蔽体的状态了。

“你们对我太好了。”我说。名叫盖奇小姐的护士咯咯地笑了起来。“我能再要一杯水吗？”我问。

“当然了，然后我再给你拿点儿早饭来。”

“我不想吃早饭，能帮我把百叶窗打开吗？”

百叶窗打开后，明亮的阳光照进阴暗的房间，我看到了窗外的窗台，更远处是人家的砖瓦屋顶和烟囱。屋顶上空是洁白的云朵和湛蓝的天空。

“你知道其他护士什么时候来吗？”

“您老问这个干什么呀？您觉得我们照顾不周吗？”

“你们做得非常好。”

“你想用便盆吗？”

“试试也无妨。”

她们给我拿来，扶我坐起来，但没什么用。于是我就又躺下，透过打开的门看门外的窗台。

“医生什么时候能来呢？”

“他回来的时候你自然就知道了。我们已经给科莫湖那边打过电话找他了。”

“这边就没有其他医生了吗？”

“他是医院的住院医师。”

盖奇小姐拿来了一罐水和一个杯子来。我喝过三杯水后，她们就又留我一个人在房间，我朝窗外望了一会儿就又睡着了。午饭时候我稍微吃了点儿东西，下午的时候，护士长万坎培小姐来看望了我。她不喜欢我，我也不喜欢她。她长得不高，生性多疑，当个护士长真是屈才了。她问了我很多问题，好像跟意大利人为伍很丢脸一样。

“我吃饭的时候能喝点儿酒吗？”我问她。

“必须得有医生开处方。”

“所以医生来之前我都不能喝酒吗？”

“绝对不行。”

“你真觉得医生会回来吗？”

“我们已经给科莫湖那边打过电话了。”

她出去了，盖奇小姐来了。

“为什么你对万坎培女士如此无礼呢？”她熟练地帮我进行了护理后问。

“我不是故意的，是她太傲慢。”

“她说是你盛气凌人，不讲道理。”

“我没有。医院没有医生是怎么回事？”

“医生马上就回来了，我们已经给科莫湖那边打过电话了。”

“医生在那里干什么呢？游泳吗？”

“不是的，他在那边有个诊所。”

“医院为什么不另找一名医生来呢？”

“好啦，好啦，别吵了。乖乖的，医生很快就来了。”

我把门卫叫来，然后用意大利语跟他说，请他帮我在酒铺里买一瓶沁扎诺酒、一瓶基安蒂红葡萄酒，然后再买点儿晚报。他出去了，回来的时候用报纸包着酒。我让他把报纸摊开，拔掉瓶塞，把红酒和味美思酒都放在床下。门卫走后，我一个人在房间里看了会儿报纸。我浏览了前线的消息、阵亡士兵名单及奖章，然后把手伸到床下拿了一瓶沁扎诺酒放在肚子上，任由凉凉的酒瓶顶在肚子上，一口一口地喝着，肚子上都留下了瓶印。外面天色已黑。我看着镇上的屋顶，燕子们围着屋顶盘旋。我一边看着燕子和夜鹰在屋顶飞过，一边喝着沁扎诺酒。盖奇小姐端了一杯蛋酒来。她进来的时候，我赶紧把味美思酒放在床下她看不见的一边。

“万坎培往里兑了点儿雪利酒。”她说，“你不应该对她如此无礼。她年纪不小了，管理一家医院也确实不轻松。沃克夫人年纪太大了，根本帮不上忙。”

“她真是太好了。”我说，“我非常感激她。”

“我马上就给你拿晚饭来。”

“不着急。”我说，“我还不太饿。”

她还是拿了餐盘来，放在床边的桌子上。我向她道谢，然后稍微吃了一点儿。后来，我发现外面天色已晚，探照灯的强光在天空中来回移动。我看了一会儿就睡觉了。我睡得很沉，中间只惊醒了一次，浑身是汗，然后继续睡，极力想要摆脱之前的梦境。我听见了公鸡打鸣，醒来时天还没亮。我一直睁着眼直到天亮。我很累，外面也很亮，我却又睡下了。

第十四章

我再次醒来的时候屋里已经很亮了。我还以为自己在前线，于是就伸展了一下身体，结果双腿突然觉得刺痛。原来我还在医院里，腿上裹着脏兮兮的绷带。我起身抓电线，按下电铃按钮。我听见楼道里的铃响了，有人穿着橡胶鞋底的鞋沿着走廊走过来。原来是盖奇小姐。在明亮的阳光照耀下，她有点儿显老，也不那么漂亮了。

"早上好。"她说，"晚上睡得可好？"

"很好，谢谢。"我说，"您能帮我请个理发师来吗？"

"刚才你睡着的时候我来看过你，发现你床上有这个。"

她打开柜门拿出味美思酒瓶。瓶子几乎都空了。"我把你床下那一瓶也放在柜子里了。"她说，"为什么不跟我要个杯子呢？"

"我以为你们不让我喝酒。"

"我会陪你一起喝。"

"你真是个好姑娘。"

"独自饮酒可不好。"她说，"最好别这样。"

"好的。"

"你的朋友巴克利小姐来了。"她说。

"真的吗？"

"真的，但是我不大喜欢她。"

"你会喜欢她的，她人特别好。"

她摇了摇头。“我知道她是好人。你可以往这边挪点儿吗？这样就行。我给你擦洗干净，你就可以吃早饭了。”她用布、肥皂和温水给我擦洗了身体。“把肩膀抬起来。”她说，“很好。”

“早饭前可以让理发师过来吗？”

“我吩咐门卫去给你找。”她出去了，随后又回来，“门卫已经去了。”她边说着边把布放到盆里沾湿。

门卫领着理发师来了。理发师看上去约莫五十岁，留着两撇上翘的小胡子。盖奇小姐帮我擦洗完身体就出去了。理发师在我脸上抹了泡泡，然后开始刮胡子。他很严肃，不爱聊天。

“怎么了？最近有什么新消息吗？”我问。

“什么消息？”

“什么消息都行。镇上发生什么事情了吗？”

“现在是战争时期。”他说，“到处都是敌人的眼线。”

我抬头看了看他。“脸别动。”他说完后继续给我刮脸，“我什么都不会说的。”

“你怎么了？”

“我是一个意大利人。我不和敌人说话。”

索性我就任由他摆布，想着让他赶快刮完走人。万一他疯了，手里还拿着刀，那可就坏了。有一会儿，我想仔细看看他。“小心点儿。”他说，“剃刀可不长眼。”

完事之后，我付钱给他，还给了半里拉小费。结果他把小费退了回来。

“我不能要。虽然我没上前线，但我也是个意大利人。”

“滚出去。”

“恭敬不如从命。”他边说边用报纸把剃刀裹了起来，出门的时候还把半里拉小费放在了床边的桌子上。我按响了电铃。盖奇小姐进来了。“你能把门卫喊进来吗？”

“好的。”

门卫进来了。我看得出他在憋笑。

“那个理发师精神是不是有点儿不正常？”

“不是的，长官。他误会您了。他没弄懂我的意思，以为我说您是奥军军官呢。”

“原来如此。”我说。

“哈哈哈。”门卫大笑，“他真有意思。他说您要是一动，他就——”他用食指划过喉咙。

“哈哈哈。”他努力憋着笑，但还是没忍住，“后来我跟他说，您不是奥地利人。哈哈哈。”

“呵呵。”我也苦笑，“他要是把我喉咙割破了也好笑吗？”

“不会的，中尉先生。绝对不会。他特别害怕奥地利人。哈哈哈。”

“哈哈哈。”我说，“滚出去。”

他出去后我还能听到走廊里的笑声。我听见有人沿着走廊走过来，于是望向门口。原来是凯瑟琳·巴克利。

她走进病房，直奔病床。

“亲爱的，你还好吗？”她说。她看上去气色不错，依旧光彩照人。我突然觉得自己从未见过这么美丽的姑娘。

“你好。”我说。看着她，我发现自己已经爱上她了。我的心里翻江倒海。她朝门口看了看，发现没人之后就坐在床边，俯身吻我。我把她拉向怀里，回吻她，感受着她的心跳。

“你真好。”我说，“你能来这儿我太开心了。”

“来这里倒也不难，留下就比较困难了。”

“你必须得留下来陪我。”我说，“哦，你太好了。”我开始疯狂地迷恋她。我根本不敢相信她真的来了，只能紧紧地抱住她。

“轻点儿。”她说，“你还没完全恢复呢。”

“没关系，我已经好了，来吧。”

“不行。你还很虚弱呢。”

“我壮着呢。我很好，快来吧。”

“你真的爱我吗？”

“我真的特别爱你，简直要为你着魔了。快来吧。”

“我们的心都跳得好厉害呀。”

“我才不管什么心跳呢。我只想要你。我爱你爱得要疯了。”

“你真的爱我吗？”

“不要一直问这种蠢问题了。来吧，求求你了，求求你了，凯瑟琳。”

“好吧，但是只能抱一会儿。”

“好的。”我说，“把门关上。”

“不能关门，我们不应该这样。”

“来吧。别说话，就抱抱我。”

凯瑟琳坐在床边的椅子上。门大敞着，门外就是走廊。疯狂的情绪过去，我感受到了前所未有的畅快。

她问：“现在你相信我爱你了吗？”

“哦，你真美。”我说，“你必须得留下。他们不能把你送走。我已经疯狂地爱上你了。”

“我们必须得格外小心。刚才只是一时激动，我们不能这么不理智。”

“晚上的时候可以。”

“我们必须得非常小心，尤其是在别人面前的时候。”

“我会的。”

“你必须得保证。你这么贴心，又爱我，不是吗？”

“别再说这个了。你不知道我听了多难受。”

“好吧，我会注意的。我不想再对你做其他的事情了。我必须得马上走了，亲爱的，真的。”

“快点儿回来。”

“能过来的时候我一定过来。”

“再见。”

“再见，亲爱的。”

她出去了。上帝明鉴，我根本没料到自己会爱上她。我根本没想过会爱上任何人。但是上帝知道我会躺在米兰医院的病床上爱上一个人。我的内心百感交集，但还是觉得十分开心。盖奇小姐终于来了。

“医生要回来了。”她说，“他从科莫湖打回电话来了。”

“他什么时候能到？”

“下午吧。”

第十五章

下午之前一直都风平浪静。医生很瘦，沉默寡言，估计是被战争烦得焦头烂额。他小心翼翼地从我的大腿里取出了一些铁弹片，脸上略有不悦。他用了一种叫作“雪”还是什么的局部麻醉剂。这种麻醉剂可以令肌肉组织麻木，但探针、手术刀和镊子伸到麻醉区域下还是会觉得疼。病人可以明显感觉出哪些地方被麻醉了。过了一会儿，医生终于没耐心了，于是建议还是拍X光片吧。“只用探头还是不太行。”他说。

我在马乔里医院拍了X光片。帮我拍片的医生容易兴奋，效率很高，令人心情愉悦。他尽量把我的肩膀提高，这样病人就能亲眼通过机器看到屏幕上放大的异物。片子随后会送来。医生要求我在他随身携带的笔记本上写清我的名字、番号和意见。他说我体内的异物恶心、丑陋、粗鲁。奥军真是一群混蛋。我杀了多少敌军？其实我根本没有杀过敌人，但是我想要讨好医生——于是就说杀了很多。盖奇小姐跟我在一起，医生用手环着她，说她比克莉奥帕特拉还漂亮。她明白了吗？克莉奥帕特拉曾是埃及的王后。是的，她当然比王后更美。我们乘坐救护车回到了小医院，然后照例又是搬搬抬抬，我终于又躺在楼上的病床上休息了。下午片子就送来了。医生曾向上帝起誓，说下午肯定送来，结果还真送来了。凯瑟琳·巴克利给我看了看。片子装在红色信封里。她从信封里拿出来，对着光看，我们两个都看了看。

“这是你的右腿。”她说，然后又把片子放回信封里，“这是你的左腿。”

“把这些都收起来，”我说，“快来床边。”

“不行。”她说，“我就是过来让你看一眼片子。”

于是她就又出去了，留我继续躺着。那天下午很热，我在床上躺烦了，就又打发门卫去买报纸，各种各样的报纸。

门卫回来之前，有三个医生来了我的病房。我发现医术不高明的大夫就爱找其他人来商量。一个不会切除盲肠的医生会把你推荐给一个不会摘除扁桃体的大夫。实则二人都是庸医。

“这就是我跟你提过的年轻人。”双手纤细的住院医师说。

“你觉得怎么样？”又高又憔悴的小胡子医生说。第三个医生手里拿着装X光片的信封，什么也没说。

“拆掉纱布？”小胡子医生问。

“当然了，护士小姐，请拆掉纱布吧。”住院医师对盖奇小姐说。盖奇小姐拆掉了我腿上的纱布。我看着自己的腿。早在野战医院的时候，我的腿就已经像是不新鲜的牛肉汉堡了。现在我的腿已经结痂，膝盖肿得发白。小腿凹陷，但没有化脓。

“很干净。”住院医生说，“很好，很干净。”

“嗯。”小胡子医生说。第三个医生透过住院医生的肩膀朝这边张望。

“请动一下膝盖。”小胡子医生说。

“动不了。”

“测试一下关节？”小胡子医生问。他的袖子上有一杠三星，说明他是一名上尉。

“当然可以。”住院医师说。二人小心翼翼地弯折我的右腿。

“很疼。”我说。

“没事，没事，继续，医生。”

“已经够了。这样已经是极限了。”我说。

“部分关节存在问题。”上尉说。他站起身来。“请问医生，我可以再看看片子吗？”第三个医生把其中一张片子递给他，“不是这张，请给我左腿的。”

“这就是左腿的，医生。”

“你说得对。我刚才看的角度有问题。”他把片子还回去，又看了一会儿另一张片子。“看见了吗，医生？”他指着其中一个异物，异物在光线下呈现球形，十分清晰。他们一起看了会儿片子。

“我只能确定一点。”长着小胡子的上尉说，“一切都只是时间的问题。可能三个月，也有可能六个月。”

“关节滑液到时候肯定已经恢复。”

“当然了。这只是时间的问题。弹片还没有形成孢囊，我不能在你的膝盖上动手术。”

“我同意，医生。”

“为什么要等六个月？”我问。

“弹片形成孢囊需要六个月，之后动手术才安全。”

“我不信。”我说。

“你还想要膝盖吗，年轻人？”

“不想。”我说。

“什么？”

“直接切掉膝盖。”我说，“然后装个钩子就行了。”

“你什么意思？装个钩子？”

“他开玩笑的。”住院医师说。他轻轻地拍了拍我的肩膀，“他当然还想要留着膝盖。这个年轻人很勇敢，已经在申请银质勇敢勋章了。”

“恭喜你。”上尉说。他握了握我的手，“我只能说这是为了你好，最好还是等六个月再动手术。当然，你也可以另寻高人。”

“谢谢。”我说，“我尊重你们的意见。”

上尉看了看手表。

“我们得走了。”他说，“祝你好运。”

“也祝你好运，非常感谢。”我说。我跟第三名医生握了握手。

“盖奇小姐！”我喊。她进来了。“请让住院医师来一下。”

他手里拿着帽子，站在我的床边，“你想见我吗？”

“是的，我不能等六个月再做手术。我的上帝啊，医生，你有没有在床上躺过六个月？”

“你不一定总得在床上待着。你可以先让伤口晒晒太阳，之后还能拄着拐杖走走。”

“等六个月后做手术？”

“这样比较保险。体内的异物必须形成孢囊，之后滑液才能恢复，再开刀做手术就比较安全了。”

“你真觉得我得等那么长时间吗？”

“这样才比较保险。”

“上尉是干什么的？”

“在米兰他算得上很棒的外科医生了。”

“他是上尉，不是吗？”

“他是，但也是一名优秀的外科医生。”

“我不想被一个上尉糊弄了。他要真是医术高明的话，早就当上少校了。我知道上尉的含义，医生。”

“他是一名优秀的外科医生，不管有多少医生，我都还是选择相信他的判断。”

“能不能再请一个外科医师来？”

“如果你想的话，当然可以。但我还是认同弗雷拉医生的意见。”

“你能请另外一名外科医生来看吗？”

“那我请瓦伦丁医生来好了。”

“瓦伦丁是谁？”

“他是马乔里医院的外科医生。”

“好的，非常感谢。你懂的，医生，我没法在床上躺六个月。”

“你不需要总是躺在床上，你需要先晒太阳，然后就能稍稍活动了。随后关节孢囊就形成了，我们就可以做手术了。”

“但我等不了六个月。”医生把纤细的手指摊开在帽子上，微笑了一下。

“你就这么着急回前线吗？”

“为什么不呢？”

“真是精神可嘉。”他说，“你真是个高尚的年轻人。”他停了停，轻轻地吻了我的额头，“我这就派人找瓦伦丁医生来。别担心，振作起来。乖乖的。”

“喝点儿酒吗？”我问。

“不用了，谢谢。我从来都不喝酒。”

“就喝一杯。”我按铃叫门卫拿杯子来。

“不用了，不用了，谢谢你。他们在等我呢。”

“再见。”我说。

“再见。”

两个小时后，瓦伦丁医生到了我的病房。他看上去非常着急，胡子都有些立起来了。他是一名少校，脸很黑，非常爱笑。

“你是怎么搞成这样的？”他问，“让我看看片子。嗯，嗯，原来是这么回事。你看上去跟山羊一样壮。那个漂亮姑娘是谁？是你女朋友吗？我猜肯定是。战争太残酷了，对吧？你现在感觉怎么样。你是个好孩子。我肯定让你恢复得比之前都好。疼吗？我觉得你肯定很疼。他们是怎么伤害你的，这些庸医。他们怎么治疗你了？那个姑娘不会说意大利语吗？她应该学学。多么可爱的姑娘啊。我可以教她。我也想来这边当病人。不，还是等你们生孩子的时候，我免费服务。她能听懂吗？她会给你生一个好宝宝，跟她一样金发碧眼。那就好了，完全没问题。多可爱的姑娘啊，问问她想不想和我一起共进晚餐。不，我不会把她从你身边抢走的。谢谢。非常感谢你，女士。就这样。”

“我想知道的已经了解清楚了。”他拍了拍我的肩膀，“别扎绷带了。”

“要喝一杯吗，瓦伦丁医生？”

“喝一杯？当然了。我要喝十杯。酒在哪里呢？”

“在衣柜里。让巴克利小姐去拿就行了。”

“干杯，干杯，女士。多么可爱的姑娘啊。我要给你带点儿好的科尼亚克酒。”他摸了摸小胡子。

“你觉得什么时候手术合适呢？”

“明天早上，再早就不行了。你必须得灌肠排空肠胃。我去会会楼下的老护士，跟她交代怎么做。再见。”明天见。“回头我给你带点儿好的科尼亚克酒。你在这里很舒服。再见。明早就见到了。好好睡一觉。明天一早我就来。”他站在门口向我挥手再见，他的胡子翘了起来，黑黑的脸庞挂满微笑。他的袖章上有颗星星，因为他是少校。

第十六章

那天晚上，通往阳台的门敞开着，一只蝙蝠飞了进来。我们透过同一扇门望着镇上的屋顶。屋里很黑，只有镇上的路灯洒进来些许灯光，所以蝙蝠也不害怕，就像在外面一样飞来飞去。我们躺着看它，觉得它好像没看见我们，因为我们一动不动。它飞走以后，我们看到一束探照灯的光束在天空中移动，随后就熄灭了，天再次暗了下来。夜晚，微风吹进来，我们听到旁边高射炮队员在交谈。晚上很凉快，他们披上了斗篷。我担心晚上有人会上来，但是凯瑟琳说他们都睡着了。一天晚上，我们一起睡去，醒来的时候凯瑟琳却不在，但我听见她沿着走廊过来的声音。没一会儿门开了，是她回来睡觉了。她说已经去过楼下了，大家都睡着了。她还特意在万坎培夫人门外逗留了一下，里面传来的是熟睡的鼾声。她拿来了小饼干，我们吃了之后又喝了点儿味美思酒。我们很饿，但是她说我吃了也没用，因为早上要清理肠胃。

早上天一亮我就又睡着了，醒来的时候凯瑟琳再次不见了。直到太阳出来她才回来。意气风发、年轻貌美的她坐在我的床边，而我嘴里正叼着温度计。我们一起闻着屋顶上露水的味道，也闻得到旁边高射炮队员的咖啡味。

“我希望能和你一起散步。”凯瑟琳说，“要是有轮椅的话，我就能推着你。”

“我能坐到轮椅上吗？”

“我们能搞定。”

“我们可以去公园，然后在户外吃早餐。”我朝外门外望去。

“我们真正要做的是，”她说，“帮你准备好，然后让你的朋友瓦伦丁医生来做手术。”

“我觉得他很棒。”

“我没你那么喜欢他。但是我也觉得他应该很不错。”

“到床这边来，凯瑟琳，求求你了。”我说。

“不行。难道昨晚我们过得不愉快吗？”

“你今晚能值班吗？”

“有可能会，但你不一定会需要我。”

“不，我想让你值班。”

“不，你不想。你没有做过手术。你不知道手术后会发生什么情况。”

“我会没事的。”

“你会觉得不舒服，我也帮不上你什么忙。”

“那现在快来床上嘛。”

“不，”她说，“亲爱的，我得给你填表，然后帮你做准备。”

“你肯定不是真心爱我，不然你一定会来床上。”

“傻孩子。”她吻了吻我，“表已经填得差不多了。你的体温也都正常了。你的体温非常好。”

“你什么都好。”

“你又说笑了。你体温很不错。我为你骄傲。”

“估计我们的孩子体温也会不错。”

“我们孩子的体温估计会像野兽一样。”

“瓦伦丁要给我做手术，你得准备什么呢？”

“要做的不是很多，但可能会让你很不舒服。”

“我不希望你来做这些事。”

“我也不想做，但我不想让其他人碰你。我很傻，别人碰你我会生气。”

“弗格森小姐也不行吗？”

“尤其是弗格森、盖奇和另外一个人，她叫什么来着？”

“沃克。”

“就是她，这里护士太多了。必须得多来点儿病人，不然他们会把我们送走的。这里已经有四个护士了。”

“病人会有的。他们至少需要四个护士。这个医院挺大的。”

“我也希望多来点儿病人，但如果他们非要把我送走怎么办呢？要是不多收点儿病人的话，他们肯定会把我送走。”

“我也跟你一起走。”

“别傻了，你还不能走呢。亲爱的，你得快点儿好起来，我们再去其他的地方。”

“然后呢？”

“或许战争就结束了，总不能一直打下去吧。”

“我会康复的。”我说，“瓦伦丁大夫会把我治好的。”

“他那么多胡子，肯定医术很高明。亲爱的，人家给你注射乙醚的时候，你就想点儿其他的事情——不要想我们。因为人被麻醉的时候很容易泄露秘密。”

“那我应该想什么呢？”

“想什么都行，别想我和你就行。想想你的战友，甚至其他姑娘都行。不然祷告一下好了。估计这样能给人留下好印象。”

“也许我不会说话呢。”

“那倒是，很多人都不会说话。”

“我肯定不会说话。”

“亲爱的，你可别吹牛。千万别说大话。你已经这么好了，不需要说大话。”

“我一句话都不会说。”

“你又在说大话了，亲爱的。在我面前你无须吹牛。他们让你深呼吸的时候你就祷告一下，或者念诗。到时候你肯定会很乖，我会很骄傲的。不管怎么样我都以你为傲。你的体温正常，你睡得像个小男孩儿，双手抱着枕头，还以为是抱着我，也可能是其他姑娘。其他漂亮的意大利姑娘。”

“我想的是你。”

“当然是我了。我特别爱你，瓦伦丁会把你的腿治好。还好我不用在手术现场。”

“你今晚会值班。”

“是的，但跟你关系不是很大。”

“你等着看。”

“亲爱的，你现在里里外外都清干净了。跟我说说，你爱过多少人？”

“从没有过。”

“连我也不爱吗？”

“当然不是，我爱你。”

“说真话，爱过多少人？”

“真的没有。”

“或者说你怎么定义这种行为？你跟多少人在一起过？”

“一个也没有。”

“你在撒谎。”

“是的。”

“没关系。你继续说谎好了。我就想让你撒谎。她们漂亮吗？”

“我没有和其他人在一起过。”

“那好吧。她们迷人吗？”

“你在说些什么，我完全不知道。”

“你只属于我。这是真真实实的，你从未属于过其他人。即使有过我也不在乎。我不怕她们。但是千万别跟我说。一个男人和一个姑娘在一起的时候，姑娘会什么时候提价钱？”

“我不知道。”

“你当然不知道了。姑娘会说爱男人吗？跟我说说，我想知道。”

“当然会说。如果男人想让姑娘说的话。”

“那男人要说爱女人吗？跟我说说，这很重要。”

“如果男人想说自然就会说。”

“你没说过？真的吗？”

“没有。”

“真的没有？跟我说实话。”

“真的没有。”我撒谎说。

“你不会的。”她说，“我就知道你不会。哦，我爱你，亲爱的。”窗外太阳已经升到屋顶上，我看到教堂的尖顶上沐浴着阳光。我里里外外都已经收拾干净，等着医生来。

“就这样？”凯瑟琳说，“姑娘们只说男人想听的话？”

“也不总是这样。”

“但是我会说。你喜欢的我都会说。你想做的我都会做，这样你就不会想其他姑娘了，对吧？”她高兴地看着我，“我只做你喜欢的事，说你想说的话，然后我就成功了，对吗？”

“是的。”

“既然你现在都准备好了，还想让我做什么？”

“来床这边。”

“好的，我来了。”

“哦，亲爱的，亲爱的，亲爱的。”我说。

“你看吧。”她说，“你喜欢的事情我都会做。”

“你真好。”

“我还担心自己做得不够好呢。”

“你已经够好了。”

“你喜欢的事情我都想做。我已经完全失去自我了。我只想做你想做的事。”

“你真好。”

“我很好。我真的好吗？你再也不会想其他的姑娘了，对吗？”

“不会了。”

“你看，我真的很棒。你喜欢的事情我都会做。”

第十七章

手术过后，我终于醒了过来，发现自己还没死。我确实没死，他们只是利用化学方法让我失去知觉。这种感觉跟死不一样。麻醉过后，病人觉得跟宿醉没什么区别，只不过想吐的时候只能吐出胆汁，吐完之后也不会舒服。我见床尾有些沙袋，随意堆叠在石膏下的管子里。过了一会儿，我看见了盖奇小姐，她问："你现在感觉怎么样？"

"好些了。"我说。

"手术非常成功。"

"花了多长时间？"

"两个半小时。"

"我有没有说胡话？"

"你什么都没说。别说话，安心静养。"

凯瑟琳说得对，我确实非常难受，晚上谁值班都没有区别。

医院里又来了三个病人，一个得了疟疾的红十字会青年，体型瘦弱，从乔治亚州来；还有一个也很瘦，得了疟疾和黄疸，是个不错的小伙子，从纽约来；第三个男孩儿想从榴霰弹和烈性炸药混合弹上拧下火雷管来作纪念，结果他拆的榴霰弹是奥军在山区专用的，爆炸以后也不会熄灭，一经接触立刻再次爆炸。

凯瑟琳·巴克利很受护士们的欢迎，因为她愿意值夜班。得了疟疾的两个病人总是给她找事干，但是拧火雷管的病人跟我们成了朋友，晚上几乎不按铃，除非确有必要。只要巴克利不在工作，就一定是和我待在一起。我爱她，她也爱我。我有时候会在白天睡觉。醒着的时候就写纸条，让弗格森小姐送信。弗格森小姐人很好，但我却对她知之甚少，只知道她有个兄弟在美索不达米亚的第 52 师当兵，她对凯瑟琳很好。

“你会来参加我们的婚礼吗，弗格森小姐？”我问过她一次。

“你们不会结婚的。”

“我们会的。”

“不，你们不会。”

“为什么呢？”

“结婚之前你们就会吵得不可开交了。”

“我们从不过架。”

“日子还长着呢。”

“我们不会吵架。”

“那不然你就是死了。要么死要么吵架。人们都是这样，不爱结婚。”

我伸手去够她的手。“别拉我。”她说，“我没哭。可能你们两个不会出现这种问题。但你可千万要当心，别给她惹麻烦，不然我一定不会放过你。”

“我不会让她为难的。”

“好吧，但你还是要小心。我希望你们好好在一起，生活美满。”

“我们相处得确实很愉快。”

“不要吵架，别给她惹麻烦。”

“绝对不会。”

“你最好还是小心点儿。我可不想让她在战争期间生个私生子。”

“你真是个好姑娘，弗格森小姐。”

“才不是，你别奉承我了。你的腿怎么样了？”

“还不错。”

“你的头呢？”她用手指摸了摸我的头顶。我的头就像是睡着时候的脚一样敏感。

“我从来不会因为头疼而困扰。”

“可是你头上有个包，有可能让你精神癫狂。你从来没觉得哪里不舒服吗？”

“没有。”

“你真幸运。你的信写完了吗？我要下楼了。”

“写完了。”我说。

“你应该劝劝她别老值夜班。她太累了。”

“好的，我会的。”

“我本想帮她值夜班，但是她不肯。其他人都盼着她值夜班。你应该让她稍微休息一下。”

“好的。”

“万坎培夫人说你每天上午都在睡觉。”

“我就知道她会这么说我。”

“晚上最好能让她休息一会儿。”

“我当然想让她好好休息。”

“才不是。如果你能让她休息，才配得起我的敬佩。”

“我会让她休息的。”

“我不信。”她拿了纸条然后出门了。我按响电铃，没一会儿盖奇小姐就来了。

“有什么事吗？”

“我就是想跟你聊聊。你不觉得巴克利小姐应该少值一些夜班吗？她看上去非常疲惫。为什么她老得值夜班呢？”

盖奇小姐看着我。

“我是你的朋友。”她说，“你不需要用这样的语气跟我说话。”

“你什么意思？”

“别装傻了。你就是想说这些吗？”

“你想喝点儿味美思酒吗？”

“好啊。喝完我就走。”她从柜子里拿出酒和一个杯子来。

“你拿着杯子。”我说，“我用瓶子喝就行。”

“敬你。”盖奇小姐说。

“关于我早上起得晚的事情，万坎培夫人还说什么了？”

“她就是随便唠叨两句。她说你是特殊病号。”

“真是该死。”

“她人不坏。”盖奇小姐说，“只是上了年纪，性格比较古怪，不太喜欢你。”

“她确实不喜欢我。”

“但是我喜欢你啊，还有，别忘了，我是你的朋友。”

“你人真是太好了。”

“才不是。我知道你觉得谁好。但我还是你的朋友。你的腿怎么样了？”

“并无大碍。”

“我给你拿点儿冰水来洒上。石膏底下肯定很痒吧。外面特别热。”

“你太好了。”

“痒得厉害吗？”

“也不是，还可以吧。”

“我给你把这些沙袋摆好。”她凑过来，“我是你的朋友。”

“我知道你是我的朋友。”

“不，你不知道，但你总有一天会知道。”

凯瑟琳·巴克利三天没有值夜班，第四个夜晚，她来了。我们的心情如同各自作了长途旅行后的再相见。

第十八章

那年夏天我们过得非常开心。能出门以后，我就和凯瑟琳乘着马车去公园玩。我清楚地记得当时的场景，那马车和慢慢溜达的马、那坐在前面高座上的车夫、那车夫亮闪闪的帽子，当然还有坐在我身边的凯瑟琳·巴克利，即使是手掌侧面的接触都能让我们兴奋不已。当我能拄着拐杖到处走动时，我们就去比菲或者意大利大饭店，坐在风雨商业街廊外面的位子上。服务员进进出出，行人川流不息，桌布上的蜡烛罩着罩子。后来，我们一致得出了意大利大饭店最好的结论。餐厅领班服务员乔治还会帮我们预留座位。他人很好，因此我们就让他帮着点餐，自己则看看来往的行人，看看薄暮笼罩下的风雨商业街廊，看看彼此。我们喝冻在冰桶里的卡普里干白。当然我们也喝过很多种其他红酒，例如弗雷萨、巴贝拉和甜味白酒。鉴于当时战事频仍，饭店没有安排专门倒酒的服务员。每当我问及弗雷萨这类酒的时候，乔治都会羞赧地笑笑。

“您自己想象一下，怎么会有国家因为食物是草莓味的就拿来酿酒呢？”他问。

“为什么不可能呢？”凯瑟琳问，“这酒听上去就觉得很不错。”

“女士，如果您想的话，”乔治说，“可以尝试一下，但请允许我给中尉拿一小瓶玛尔戈红葡萄酒。”

“我也想尝尝弗雷萨。”

“先生，我可不敢为您推荐这款酒，因为它根本就没有草莓味。”

“兴许有呢。”凯瑟琳说，“如果是草莓味的话那就太棒了。”

“那我给二位拿点儿来。”乔治说，“等这位女士满意了，我就拿走。”

这种酒尝起来不太像红酒，也没有一丁点儿草莓味，跟乔治说的一样。所以我们还是选择喝凯普里。有天晚上，我没带够钱，乔治还借了我100里拉。“没关系的，中尉。”他说，“我明白这种心情，我知道男人手头窘迫的感受。但凡您和女朋友缺钱，请不吝开口。”

晚饭过后，我们漫步在风雨商业街廊，走过路边的饭店，商店都已经关门卷起了铁栅栏。后来，我们停在了一个卖三明治的小店前，买了火腿生菜三明治和鳀鱼三明治，准备晚上饿了吃。鳀鱼三明治是棕色的面包卷，跟手指差不多长。我们再次来到风雨商业街廊外面的教堂，坐上一辆敞篷马车回到医院。到了医院门口，门卫出来帮我们调整拐杖。我给车夫付了钱，和凯瑟琳一同乘坐电梯上楼。凯瑟琳在护士住的低层下了电梯，我则继续上楼，拄着拐杖穿过走廊，回到房间；有时候我直接脱了衣服上床，有的时候则坐在外面的阳台上，把腿搭在另一个椅子上，看着燕子飞过屋顶，等着凯瑟琳来。每次等她上楼都觉得她仿佛出了远门一样，我架着拐杖和她在走廊上走，帮她拎着盆，在病房门外等候，有时候也跟她一起进去；进不进主要取决于病人是不是我们的朋友，等她完成所有工作，我们就坐在我房间外面的阳台上。过后我上床睡觉，凯瑟琳则得等所有人都睡着了，没人再叫护士帮忙，才能进来睡觉。我喜欢把她的头发放下来。她坐在床上，一动不动。我把发卡挨个拿下来，放在床单上，等到拿出最后两个发卡，她的头发就全散下来了。我就这样看着她，她则一动不动，除非是突然俯身亲我一下。她低下头，把我们两个人都罩在头发里，就像是在帐篷里或者瀑布后面。

她的头发特别好看，阳光从敞开的门照进来，有时候我就躺在床上看着她在阳光下把头发绾起来。晚上，她的头发也光泽柔顺，就如黎明之前波光潋滟的湖水一般。她长得娇俏可爱，皮肤光滑细腻，身材也很动人。一块儿躺着的时候，我会用指尖划过她的脸庞、额头、眼睛下方、下巴和喉咙，对她说：“像钢琴键一样光滑。”她也轻抚我的下巴，说：“像砂纸一样粗糙，跟钢琴键一样坚硬。”

“这么粗糙吗？”

“没有，亲爱的。我就是跟你开玩笑的。”

晚上的时光非常惬意，因为我们可以互相接触，所以特别开心。除了晚上的大把时光，我们还有很多联络感情的小方法。即使身处不同房间，我们竟然也能心意相通。有时候，我真觉得我们达到了神交，因为我们想的是同一件事情。

我们彼此说好，她来医院的那天就是我们的结婚纪念日。这样算来，我们已经结婚数月。我还是想举行真正的婚礼，但凯瑟琳说，如果我们结婚的话，他们会把她送走。只要我们一开始办理手续，他们就会监视她，然后把我们拆散。我们必须得按照意大利法律结婚，但手续着实非常烦琐。我之所以想要正式结婚是担心她会怀孕，不过我们早已假装结婚，倒也并不十分担忧。我想我真正喜欢的是这种不结婚的状态。有天晚上，我和凯瑟琳讨论了这个事情，凯瑟琳说：“但是，亲爱的，他们会把我送走的。”因此，我就更加确定了自己的心意。

“也许不会呢？”

“他们肯定会，我们就会被迫分离，直到战争结束。”

“那我就休假的时候来看你。”

“休假太短了，根本不够从苏格兰来回。而且我绝对不会离开你。现在结婚有什么好处呢？我们已经是事实婚姻了，不是吗？这在我心中已然是最神圣的婚姻了。”

“我只是想让你开心。”

“我已经不是我了。我就是你。不要把我跟你分开。”

“我还以为姑娘们都会想结婚呢。”

“姑娘们是会想要结婚，但是亲爱的我已经结婚了。我已经跟你结婚了。难道我不是一个合格的妻子吗？”

“你当然是可人的妻子。”

“亲爱的，你也知道，我有过一段等待结婚的经历。”

“我不想再听了。”

“你知道的，我谁也不爱，只爱你。你不应该介意有人爱过我。”

“但是我确实介意。”

“已经离开的人，你不应该再吃醋，你已经拥有全部的我了。”

“我不是嫉妒，我就是不想听。”

“可怜的爱人，我知道你和各种各样的姑娘厮混过。但对我来说，这都没什么。”

“我们就不能私下里悄悄结婚吗？万一我遭遇不测或者你怀孕了可怎么办？”

“要结婚就得通过教堂或者按照州政府法律注册，其他方法都行不通。我们已经私下结婚了。亲爱的，你应该懂的，如果我有信仰的话，这样的婚姻就是我的全部了。但是我确实没有信仰。”

“可是你给过我圣安东尼像。”

“那是为了给你带来好运气，是别人给我的。”

“你没有什么不放心的吗？”

“我只怕他们把我送走，那样我就不能跟你在一起了。你就是我的信仰，我的全部。”

“好吧，那等你什么时候想结婚了我们再结婚。”

“不要这样说，好像非得给我一个名分。亲爱的，我觉得自己已经有了名分。但凡真心喜欢一件事情并引以为豪，你就不会觉得羞于启齿的。难道你不觉得开心吗？”

“你不会因为别人离开我吧。”

“不会的，亲爱的。我不会为了任何人离开你。我们可能会遇到各种各样的事情。但是这一点你绝对不要担心。”

“我不是担心。我这么爱你，但是你之前又爱过其他人。”

“他后来怎么样了？”

“他死了。”

“是的，如果他没死，我也不会遇见你。我很忠诚，亲爱的。虽然我有很多缺点，但我绝不会三心二意。即使有一天你厌倦我了，我还会始终如一地爱你。”

“不久之后我就要回前线了。”

“走之前都不要想这些事情，好吗？你看，我很高兴，亲爱的，我们一起度过了欢乐的时光。我已经很久没有这么开心了。遇到你之前，我觉得自己都快要疯了。可能我当时已经疯了吧。现在我们这么快乐又彼此相爱，所以就干脆继续快乐下去吧。你也很快乐，对吧？我做的事情惹你不开心了吗？我要做什么你才能开心呢？你想让我把头发放下来吗？你想摸摸我的头发吗？”

“是的，过来床边。”

“好的，等我先去看看其他病人。”

第十九章

夏天就这样过去了，我对那段时间的记忆也并不深刻，只记得当时天气很热，报纸满是军队打了胜仗的消息。我的身体已经非常健康了，腿伤也愈合得很快，没多久就不用拄拐杖了，拿着拐棍就能活动。之后我就开始在马乔里医院进行机械治疗，帮助膝盖重新弯曲。治疗过程中需要待在一个满是镜子的房间里用紫外线烘烤、按摩和沐浴。下午是我去医院治疗的时间，结束后我就在咖啡馆歇脚，喝酒读报。我没有在城里游荡，只想赶紧从咖啡馆回到医院，见到凯瑟琳。剩下的时间我就随意消磨。一般来说，我早上都会睡觉，到了下午，可能去看赛马，之后再去接受机械治疗。有时候，我也会去英美俱乐部晃一圈，瘫坐在窗前带皮垫子的椅子上，读读杂志。自从我不拄拐杖之后，他们就不让我和凯瑟琳一同出门了。虽然我还是病人，但也不太需要特殊照顾了。让一个年轻貌美的护士陪同出门，又没有年长妇女的陪伴，似乎并不十分妥当，所以下午的时候我们不怎么在一起。如果弗格森小姐也跟着的话，我们也可以一起出去吃饭。万坎培夫人乐得承认我们是好朋友，因为凯瑟琳替她承担了一大部分工作。她以为凯瑟琳出身高贵，终于开始喜欢她了。万坎培夫人本身就出身高贵，所以也愿意高看上等人家的孩子。医院十分忙碌，她根本没空理会闲事。那年夏天很热，我在米兰也有很多熟人，但是下午一过，我还是想要赶回医院。前线意军一路高歌猛进挺进卡索高原，他们已经占领了普拉瓦河对岸的库克，正在进攻贝恩西撒高原。西线的消息则不太乐观，战争好像还要持续很长时间。虽然美军已经参战，但我认为如果要把大队人马运过来并加以训练，怎么也得花上一年。第二年的形势吉凶难料。意军损耗颇多，实在不知他们何以为继。不过即使他们真的占据了贝恩西撒高原和圣加布里埃莱山区，奥军也还拥有多个山头，而且高山都还在后面呢。意军在卡索高原不断前进，但是下面的海边有很多湿地和沼泽。如果是拿破仑，他肯定会在平原上痛击奥军。他才不想在山地作战。他会先诱敌下山，然后在维罗纳附近痛击敌人。发生在西线的战事因势均力敌，难分胜负。可能谁也不会打赢，可能战争会一直继续下去，也可能这就是第二个百年战争。我把报纸放回到架子上，离开了俱乐部，小心翼翼地下台阶，沿着曼佐尼大街一直走。我在大酒店外面碰到了老迈耶斯及其夫人从马车上下来。他们是刚刚看完赛马回来。迈耶斯年事已高，身材矮小，长着白色的八字胡，拄着拐杖，蹒跚行走。他的夫人身穿黑色连衣裙，胸部十分丰满。

“你好吗？”她跟我握了握手。“你好。”迈耶斯说。

“赛马怎么样？”

“还可以。赛马向来有趣。我赢了三场。”

“你怎么样？”我问迈耶斯。

“还行吧，我赢了一场。”

“我老是搞不清楚他在干什么。”迈耶斯夫人说，“他从来不跟我说。”

“我还可以。”迈耶斯说。他热心地介绍。“你也应该常来玩。”每当他跟你说话的时候，你都会觉得他并没有看着你，或者把你误认成别人了。

“回头我也去看看。”我说。

“我本打算去医院看望你们。”迈耶斯夫人说，“我要给我的孩子们带点儿东西。你们就是我的孩子，我的好孩子。”

“大家见到您肯定会非常高兴。”

“可爱的孩子们呐，当然，你也是我的孩子。”

“我得回去了。”我说。

“替我向所有孩子问好。我有好多东西要带给他们。我有一些上好的马沙拉白葡萄酒和蛋糕。”

“再见。”我说，“大家见到您肯定会开心得难以自持。”

“再见。”迈耶斯说，“记得经常来风雨商业街廊，你知道我爱坐在哪一桌。我们每天下午都在那儿。”

我继续沿着街道往前走。我想在科瓦给凯瑟琳买点儿东西，于是就走进科瓦商店买了一盒巧克力。女服务员帮我打包的间隙，我径直走到了酒吧间，里面有一些英国人和几个飞行员。我独自喝了一杯马丁尼，付了钱，去吧台外面拿巧克力回医院。我在斯卡拉旁边街上的酒吧外碰见了几个熟人，一个副领事、两个学唱歌的年轻人，还有从旧金山来的意大利人埃托雷·莫雷蒂，现在他在意军服役。我跟他们喝了一杯。有一位歌手名叫拉尔夫·西蒙斯，艺名是恩里科·德尔克里多，他总说要有大事发生，我并不知道他唱歌水平如何。他很胖，鼻子和嘴边仿佛花粉过敏一样，显现出历尽沧桑的样子。他从皮亚琴察演唱回来。他演唱了《托斯卡》[①]，反响特别好。

“你当然没听过我唱歌。”他说。

“你什么时候在这里登台献唱？”

“秋天的时候，就在斯卡拉。”

“我打赌，他们肯定会朝你扔椅子。”埃托雷说，“你们听说在摩德纳人们怎么朝他扔椅子的吗？”

“一派胡言。”

“人们真的朝他扔椅子。”埃托雷说，“我当时就在场。我自己就扔了六把椅子。”

“你就是一个来自旧金山的意大利佬。”

“他不会说意大利语。”埃托雷说，“每到一处，人们都会朝他扔椅子。”

“在意大利北部，皮亚琴察是最难应对的。”另一个男高音说，“相信

① 普契尼创作的意大利歌剧。

我，那里剧场虽小，但是很难应对。”这个男高音的名字是埃德加·桑德斯，艺名是爱德华多·乔瓦尼。

“我倒想去现场看看他们怎么朝你扔椅子。”埃托雷说，“你不会唱意大利歌曲。”

“他疯了。”埃德加·桑德斯说，“他就会说扔椅子。”

“你们唱歌的时候，大家就只会扔椅子。”埃托雷说，“你们到了美国肯定会吹嘘在斯卡拉的成就，但其实连第一个音符都没唱完。”

“我就要在斯卡拉演唱了。”西蒙斯说，“十月份的时候我要唱《托斯卡》。”

“我们到时候肯定去，对吧，马克？”埃托雷对副理事说，“他们肯定需要保镖。”

“估计得派美国军队才能保护他们。”副理事说，“要不要再来一杯，西蒙斯？你呢，桑德斯？”

“好吧。”桑德斯说。

“我听说你要得银质勋章了。”埃托雷跟我说，“你知道自己要受何种嘉奖吗？”

“我不知道。我都不知道自己要得奖章。”

“我觉得你肯定能得。哦，孩子，科瓦的姑娘们肯定会觉得你是个好小伙子。她们肯定觉得你杀死了奥军二百余人或者单枪匹马地占领了一个战壕。相信我，我也得为了勋章多多努力了。”

“你得了多少勋章了，埃托雷？”副理事问。

“他什么都有。”西蒙斯说，“战争就是为了他这样的人而发动的。”

“我得过两次铜制勋章和三次银质勋章。”埃托雷说，“但是公文上只写了一个。”

“其他的勋章怎么了？”西蒙斯问。

“军事行动失利。”埃托雷说，“战败的时候他们就会把所有勋章都扣下。”

“你负过几次伤，埃托雷？”

“三次重伤，所以我有三道杠，看见了吗？”他卷起袖子。原来是缝在黑布上三条平行的银线，离肩膀大概八英寸[①]。

“你也有。”埃托雷对我说，“相信我，这可是好东西。我觉得这种杠杠比勋章强。小伙子，相信我，等你有了这样三条，肯定会跟现在不一样。只有重伤在医院里住三个月才能有这么一条杠。”

“你伤在哪里了，埃托雷？”副理事问。

埃托雷卷起袖子，“这里。”他让我们看了看光滑的深红色疤痕。“我的腿上还有，但是没法给你看，因为裹着绑腿布呢，脚上也有。我的脚上有根坏死的骨头，现在还会发臭呢。每天早上我都会摘出一些新的骨渣，但还是会发臭。”

“你被什么击中了？”西蒙斯问。

“手榴弹，长得跟捣碎土豆的工具似的，就在我脚边爆炸了。你知道捣碎土豆的工具吗？”他跟我说。

“当然知道。”

“我看见扔手榴弹的贱人了。”埃托雷说，“我把他击毙了，我当时以为自己必死无疑，结果那些该死的手榴弹里面没有火药。我用步枪击毙了那个贱人。我总是扛着步枪，所以他们看不出我是个军官。”

“他什么表情？”西蒙斯说。

“他只有一个手榴弹。”埃托雷说，“我也不知道他为什么要扔。我猜他早就想扔了。他估计从来没打过仗，我一枪就把他解决了。”

“你开枪的时候，他是什么表情？”西蒙斯问。

“见鬼！我怎么知道？”埃托雷说，“我打的是他的肚子。我怕打头打不中。”

“你当军官多久了，埃托雷？”我问。

“两年了，很快就要升为上尉了。你当中尉多久了？”

“马上三年了。”

---

① 1英寸≈2.54厘米。

“你当不了上尉，因为你的意大利语还不够好。”埃托雷说，“你会说，但读写还不够好。你得多受点儿教育才能当上尉。你为什么不参加美国军队？”

“可能会转过去吧。”

“祈求上帝行行好，让我去吧。对了，小伙子，上尉能挣多少钱，马克？”

“具体我也说不好，我觉得大概有 250 美元吧。”

“上帝啊，250 美元能干多少事呀。你最好还是赶快加入美国军队吧，再看看能不能把我也弄进去。”

“好嘞。”

“我能用意大利语指挥一个连，应该也能很快学会用英语指挥。”

“你肯定能当上将军。”西蒙斯说。

“不，我知道的还不够，当不了将军。将军要知道的太多了。你们都参不透战争的奥秘，就这觉悟连二级下士都不够。”

“谢天谢地我不用当兵。”西蒙斯说。

“如果人家要把你们这些懒鬼集中起来，你们也能当兵。哦，小伙子，最好让你俩来我的队伍里，马克也来。我要让你当我的勤务兵，马克。”

“你真是个好人，埃托雷。”马克说，“但是我怕你是战争贩子。”

“战争结束之前我肯定能当上上校。”埃托雷说。

“要是你没有战死的话。”

“他们打不死我。”他用大拇指和食指摸了摸领子上的星星。

“看见了吗？一有人说战死的事情，我们都会摸摸自己的星星。”

“我们走，西蒙斯。”桑德斯边站起来边说。

“好的。”

“都这么久了。”我说，“我也得走了。”酒吧里的钟表显示已经下午五点四十五了。

“再见，埃托雷。”

“再见，弗雷德。”埃托雷说，“你能得银质勋章实在是太好了。”

“我还不知道自己能不能得呢。”

“你肯定能得，弗雷德。我听说你稳拿奖章。”

“好的，再见。”我说，“多多保重，埃托雷。”

“别担心我了。我不喝酒，也不爱乱搞。我不是酒鬼也不是嫖客。我知道应该做什么。”

“再见。”我说，“很高兴你要被晋升为上尉了。”

“我单凭军功就能上位，不用熬年头。你知道的，领章上有三颗星，交叉的刺刀上面是皇冠。到时候我就那样。”

“祝你好运。”

“你也是。你什么时候回前线？”

“很快就回去了。”

“后会有期。”

“再见。”

“再见。别把坏运气带回去。”

我走到后街上，选择了一条回医院的捷径。埃托雷只有二十三岁，由旧金山的叔叔养大的。宣战的时候，他正在托里诺看望亲生父母。他还有个妹妹，也跟他一起被送到美国跟叔叔一起生活，今年即将从师范学校毕业。他是个典型的英雄，大家见了都会觉得厌倦。凯瑟琳就受不了他。

“我们也有英雄。”她说，“但是亲爱的，我见到的英雄话都很少。”

“我不是很在意。”

“我也不是很在乎他，但他实在是太自负了，实在是惹人烦，烦透了。”

“我也烦他。”

“你能这样说实在是太贴心了。其实你也不必专门附和我。你知道，他很骁勇善战，在前线可以把他当作榜样，但他不是我喜欢的那类男人。”

“我知道。”

“你能了解我的心意实在是太好了。我也试过喜欢他，但是他实在太烦人了。”

“他下午还说自己要当上尉了。”

“我很高兴。”凯瑟琳说，“估计他也很开心吧。”

“你不想让我升职吗？”

“我觉得军衔够用就好，能进好一点儿的饭馆就行了。”

“我的军衔刚好够用。”

“你的军衔刚刚好。我不想让你升职，我怕你会被胜利冲昏头脑。哦，亲爱的，你不自负，我很高兴。不过即使你自负我也想嫁给你，但丈夫野心不大倒也安逸。”

我们在阳台上讲着悄悄话。月亮早就应该升起，但是镇上笼罩着薄雾，所以看不到月亮。过了一会儿，开始下小雨了，我们索性回房间了。薄雾变成了小雨，没一会儿雨又下大了，房顶传来仿佛鼓点一般的声音。我起身站在门口看有没有往里漏雨，结果没有，所以就任由门开着。

“你还看见谁了？”凯瑟琳问。

“迈耶斯先生和迈耶斯夫人。”

“他们太奇怪了。”

“要是在美国的话，他应该会进监狱。但是政府却让他到国外来死。”

“结果他却在米兰过上了幸福生活。”

“能有多幸福？”

“我觉得进过监狱的人在哪里都觉得开心吧。”

“她要送点儿东西来。”

“她带来了好东西。你不是她的乖孩子吗？”

“乖孩子之一。”

“你们都是她的乖孩子。”凯瑟琳说，“她偏爱你们这些乖孩子。听，下雨的声音。”

“外面雨下得很大。”

“你会一直爱我，对吗？”

“当然了。”

“下雨也爱吗？”

“当然也爱。”

“太好了。因为我很怕下雨。”

“为什么？”我有点儿困了。外面雨还下得很密。

“我不知道，亲爱的。我一直都很怕下雨。”

“我倒是喜欢下雨。”

“我喜欢雨中漫步。但是现在的雨太大了，让人实在爱不起来。”

“我会一直爱你。”

“不管雨雪雹霜，我都依然爱你——还有什么呢？”

“我也不知道。我觉得有点儿困了。”

“去睡吧，亲爱的，不管怎样我都会爱你。”

“你真的不怕雨，对吗？”

“跟你在一起我就不怕。”

“你为什么怕雨呢？”

“我不知道。”

“跟我说说吧。”

“别逼我”

“跟我说说吧。”

“不行。”

“告诉我吧。”

“好吧。我之所以怕雨是因为有时候会看到自己死在雨里。”

“不可能的事。”

“有时候我也会看到你死在雨里。”

“那倒比较有可能。”

“不，才不是。我能保证你的安全。我知道我可以，但是没人能够自救。”

“请不要说了。别跟其他苏格兰人一样发脾气，我们在一起的时间不多了。”

“不行，我就是苏格兰人，会发疯的苏格兰人。不过我能忍住。这些都是胡言乱语。”

“是的，都是胡言乱语。”

“都是胡言乱语，胡言乱语而已。我不怕下雨，我不怕下雨。哦，上帝啊。我多希望自己不怕下雨。”她哭了。我安慰了她一番，她才不哭了。外面的雨依旧没停。

第二十章

一天下午，我们又去了赛马场。弗格森也来了，还有拧火雷管时炸伤了眼睛的克罗韦尔·罗杰斯，他也来了。吃过午饭后，姑娘们精心打扮，克罗韦尔和我则坐在他房间的床上翻阅赛马报纸，了解赛马之前的成绩和本次预测。克罗韦尔的头上还绑着绷带，他对赛马也不是很感兴趣，只不过闲来无事就看看赛马报纸，了解各匹赛马的有关信息。他说今天的马都很差，但也没有其他的可选了。老迈耶斯很喜欢他，经常给他一些意见。迈耶斯几乎逢赌必赢，但是口风很紧，因为买的人多了，他的奖金会变少。赛马其实都是骗局。有些骑师在其他地方被赶走，结果在意大利却风生水起。迈耶斯的情报很准，但我不喜欢问他，因为他经常爱搭不理，就算告诉你也是面露难色。但是出于某些原因，迈耶斯先生又觉得有义务告诉我们，尤其是克罗韦尔。克罗韦尔的眼睛受了伤，有一只伤得特别厉害。迈耶斯眼睛也不好，所以他很喜欢克罗韦尔。迈耶斯从不跟妻子分享赌马信息，任由她或输或赢，长舌唠叨。迈耶斯夫人大部分时候都是输。

我们四个人乘敞篷马车赶往圣西罗体育场。那天天气很好，我们穿过公园，出来后沿着有轨电车的轨道出城，一路尘土飞扬。城外有一些庄园，里面的大花园杂草丛生，围着铁栅栏，沟渠里水流潺潺，青翠的菜园里菜叶落满灰尘。越过平原，我们就能看见农舍、青葱的农场、灌溉的沟渠和北边的高山。去看赛马的马车很多，守卫见我们穿着制服，索性没要邀请信就放行了。我们下了马车，买了节目单，穿过内场，走过平整厚实的马道，来到小围场。木制看台已经有些年头了，卖马票的地方就在看台下面的马厩旁边，排成一排。内场的栅栏旁边有一群士兵。小围场里满是人。还有人在看台后面的树下绕圈遛马。我们看见了熟人，还给弗格森和凯瑟琳找了凳子，然后便开始看马。

骑手在赛道上牵着赛马。赛马低着头，一个挨着一个，其中有一匹马是紫黑色的，克罗韦尔说这颜色肯定是染上去的。我们看了看，觉得也不无可能。这匹马姗姗来迟，响铃之后才上场。我们按照骑手手臂上的号码在节目单上寻找马的名字，发现这是一匹阉割过的黑马，名叫贾帕拉克。参加这次比赛的马几乎没有赢过1000里拉以上的。凯瑟琳断定马毛的颜色是后染的。弗格森说自己看不出来。我则觉得马毛的颜色很可疑。我们一致决定买这匹马赢，押了100里拉。赔率表显示，这匹马的赔率是35:1。克罗韦尔去买了票，我们看着赛马师骑着马溜达，从树下进入赛道，慢慢地跑到拐弯处的起点。

我们走到看台上观看比赛。圣西罗没有弹性栅栏。发令员让所有马都排成一排。一声鞭响，赛马齐奔。我们离赛道很远，这些马看着都很小。随后，赛马在我们面前跑过，黑马遥遥领先，在拐弯的地方已经将马群远远地甩在了后面。赛马跑到离我们比较远的赛道上，我只能拿着望远镜看，只见骑手努力拉紧缰绳，但马根本不受控制。当他们再次拐弯跑到最后一圈的时候，黑马已经领先其他赛马十五个身位了。冲过终点后，黑马还跑了好一段才在拐弯的地方停了下来。

“太棒了，不是吗？”凯瑟琳说，“我们赢了3000多里拉。这一定是匹最棒的马。”

“我希望在领奖金之前，”克罗韦尔说，“它可别掉色。”

“真是一匹可爱的马，”凯瑟琳说，“不知道迈耶斯有没有押这匹马。”

“你买第一名的马赢了吗？”我冲迈耶斯喊。他点了点头。

“我没有。”迈耶斯夫人说，“你们这群小朋友押了哪匹马？”

“贾帕拉克。”

“真的？它的赔率可是35:1呢！”

“我们喜欢他的毛色。”

“我不喜欢，我觉得它的颜色脏兮兮的。人家都跟我说别押这匹马。”

“赢不了多少钱的。”迈耶斯说。

“彩票上的赔率可是 35:1 呢。”我说。

“他们不会付这么多钱的。”迈耶斯说，“有人在最后时刻在这匹马身上押了很多钱。”

“谁？”

“肯普顿和那群小伙子。等着瞧吧，最后的赔率不会超过 2:1。”

“那我们就赢不了 3000 里拉了。”凯瑟琳说，“这比赛简直就是骗局，我讨厌赛马！”

“我们还是能拿到 200 里拉。”

“那有什么了不起的，也没多大的好处。我还以为我们要赢 3000 里拉呢。”

“真是混蛋，简直恶心。”弗格森说。

“当然，”凯瑟琳说，“如果有人捣鬼露出马脚，我们也不会押这匹马。要是真能赢 3000 里拉我就太开心了。”

“我们下去买点儿喝的，顺便看看赔率到底是多少。”克罗韦尔说。我们来到张贴号码和响铃付钱的地方，按照他们贴出来的信息，贾帕拉克赢了的赔率是押 10 里拉赢 18.5 里拉，赔率连 2:1 都不到。

我们来到看台下面的酒吧，各喝了一杯威士忌苏打。我们碰上了两个相识的意大利人和领事麦克亚当斯。他们跟我们一起去找姑娘们。意大利人很有礼貌。我们再次去下注的时候，麦克亚当斯已经在跟凯瑟琳侃侃而谈了。迈耶斯先生则站在彩池旁边。

“问他押的谁。”我跟克罗韦尔说。

“迈耶斯先生，你押了哪匹马？”克罗韦尔问。迈耶斯拿出表格，用铅笔指了指 5 号。

“我们也押它行吗？”克罗韦尔问。

“请便，随意。别跟我妻子说我跟你们透口风了就行。”

“要不要喝一杯？”我问。

“不用了，谢谢。我从不饮酒。”

我们又押了100里拉，赌5号跑第一，又押了100里拉赌5号跑第二，然后各喝了一杯威士忌苏打水。我感觉良好，这和喝酒的时候认识了两个意大利人有关。之后，我们又回去找凯瑟琳她们。这些意大利人也很有礼貌，跟我之前认识的并无二致。没过多会儿就没位子坐了，我把票给了凯瑟琳。

“买的哪匹马？”

“我不知道，迈耶斯先生选的。”

“你连名字都不知道吗？”

“不知道，彩票上不是都有嘛。我记得是5号。”

“你对迈耶斯先生的信任真是感人。”她说。5号确实赢了，但是赔的钱不多。迈耶斯先生非常生气。

“押了200里拉，才能赚20里拉。”他说，“花10里拉赚12里拉根本不值得。我的妻子还输了20里拉呢。”

“我跟你一起下去。”凯瑟琳对我说。意大利人都站了起来。我们下楼去小围场。

“你喜欢赛马吗？”凯瑟琳问。

“嗯，我觉得挺喜欢的。”

“我也觉得不错，”她说，“但是亲爱的，见这么多人我有点儿受不了。”

“也没多少人呀。”

“虽然不多，但是我们见了迈耶斯夫妇、银行员工及妻女——”

“是他给我兑的即期汇票。”我说。

“是这样，但即使他不给你兑别人也会给你兑呀。最后见的四个小伙子更是让人难受。”

“那我们就待在外面，从围栏外面看赛马。”

“那就最好了。亲爱的，我们挑一匹迈耶斯先生从来没押过的马吧。”

“没问题。”

我们押了一匹名叫“为我发光”的马，结果它在五匹马的比赛中位列第四。我们靠在围栏上看着赛马跑过，马蹄发出嗒嗒的响声。向远处望去，我们看见了山脉、树林、田野和更远处的米兰。

“我觉得清爽多了。”凯瑟琳说。赛马们正在往回走，穿过大门，浑身汗湿，骑手们将马骑到树下，让它们安静下来。

“你不想喝一杯吗？我们可以在外面喝一杯再去看赛马。”

“我去买点儿酒。”我说。

“服务员会送来。”凯瑟琳说。她把手举高，马棚旁边的酒亭就出来了个小伙子。我们坐在一张圆形铁桌子旁边。

“你不喜欢我们两个独处吗？”

“当然喜欢了。”我说。

“大家都在的时候，我觉得非常寂寞。”

“这里很宏伟呀。”我说。

“是的，这赛马场很漂亮。”

“嗯，非常不错。”

“别坏了你的兴致，亲爱的。你想回去我们就回去。”

“不。”我说，“我们就在这里喝点儿酒，再下去在水沟旁边看障碍赛。”

“你对我实在是太好了。”她说。

我们独处了一会儿就又高高兴兴地去见大家，玩得十分尽兴。

第二十一章

九月到了，夜晚开始转凉，白天也开渐渐变得凉爽，公园里的树叶也失去了往昔的颜色。我们意识到夏天结束了。前线的形势颇为不利，他们没能占领圣加布里埃莱。贝恩西撒高原的战斗结束了，截止到月中，圣加布里埃莱的战斗也快结束了。他们根本拿不下这座山。埃托雷已经回前线了，赛马也被送回罗马，米兰已经看不到比赛了。克罗韦尔也去了罗马，等着从那儿启程回美国。城里发生了两次反战暴动，都灵也发生了一次严重的暴乱。一名英国少校在酒吧里告诉我，意军在贝恩西撒高原战场和圣加布里埃莱战场的损失已经高达十五万人，在卡索还失去了四万人马。我们喝了一杯，他的话匣子就关不上了。据他说，今年的战争差不多也就这样了，意军的贪心导致他们进攻佛兰德斯不会太顺利。如果意军还像今年秋天一样损兵折将，盟军明年就得溃败。他说我们都泥足深陷，只是大家装作不知道罢了。确实，我们都深陷其中，想要弄清这个问题也并非难事。然而事实却是，能坚持到最后的国家就是胜者。我们又喝了一杯。我是不是谁的参谋？我不是，但他是。一切都是虚无的。酒吧里空落落的，只有我们两个人靠在一张皮沙发上。他穿了一双漂亮的暗色的皮靴，擦得铿亮。他说这些都是胡闹。军队只关注师团和人力，甚至还因此起争执。但是增援的师团也只是去战场上送命。他们一击即溃，德军却节节胜利。德国人都是天生的战士，不过也快撑不住了。我问俄罗斯那边情况如何。他说俄军早已水深火热。我倒是乐见其成。奥军也沦陷了，要是能有些德国官兵可能也不至于如此。他们今年秋天会来进攻吗？当然了。意军一败涂地，人尽皆知。届时，德国佬从特伦蒂诺南下，切断维琴察的铁路，意军还能去哪儿呢？我说，他们在一九一六年就试过了，不过不是跟德国人。是的，我说。不过他们可能不会这么做，他说。那太简单了。他们想要搞得复杂一点儿，然后胜利回国。我说，我得走了，还得赶回医院。“再见，”他说，然后又高兴地说，“一切顺利！”他对世界的悲观与个人的乐观形成了鲜明的对比。

我在理发店停了一下，修剪了胡子后回到医院。经过一段时间的治疗，我的腿恢复得不错。三天前，我检查过一次，接下来还得再去几趟马乔里医院接受一些治疗。

从马乔里出来后，我抄近路走，练习尽量不跛脚走路。拱廊里有个老人在帮人剪影。我停下来看着他剪。两个姑娘正摆着造型，他一边侧脸看她们，一边快速剪出轮廓。两个姑娘咯咯地笑个不停。他先给我看了看，才贴在白纸上递给两个姑娘。

“她们真美。”他说，“中尉，您要不要也来一个？”

姑娘们拿着剪影笑着走远。她们都非常漂亮，其中一个姑娘在医院对面的酒铺工作。

“好的。”我说。

“把帽子取下来吧。”

“没关系，我戴着就好。”

“那可能就没那么好看了。”老人说，“但是，”他又面露喜色，“会显得更有军人气概。”

他在一张黑纸上剪来剪去，最后分开两层厚纸，把剪影贴在一个卡片上递给我。

“多少钱？”

“算了吧。”他摆了摆手，“乐意为您效劳。”

“这可使不得。”我拿出几个铜板，“小小心意，不成敬意。”

“不用了，我剪纸本就图个高兴，还是留着给女朋友买礼物吧。”

“非常感谢，再见。”

“再见。”

我继续往医院走。到了医院，我发现有几封来信，其中一封是正式的公函，其余的都是一些无关紧要的信件。根据公函指示，我有三个星期的“康复假”，之后就得回前线。我读得非常仔细。好吧，就这样吧。我的机械治疗十月四日结束，康复假由此正式开始。三周就是二十一天，那我十月二十五号就得走了。我跟他们说出去一趟，然后去了医院北边的饭馆吃晚饭，在桌边看信、读《意大利晚邮报》。爷爷给我写了一封信，告知了我家里的近况，还鼓励我英勇斗争，随信寄来的还有一张 200 美元的支票跟一些剪报。除此之外，还有来自食堂牧师的一封无聊信件；一封来自法军空军的朋友的信，信中说他交了一帮疯狂的朋友，每天混在一起，干了很多荒唐的事；里纳尔迪也写来一封短信，问我还要在米兰混多久，有没有什么新鲜事。他想让我带一些留声机唱片回去，还列了一个清单。吃饭的时候我喝了一小瓶基安蒂酒和一杯干邑白兰地，饭后则是一杯咖啡。我读完了报纸，把信件放在口袋里，把报纸和小费留在桌上就出门了。回到医院的房间里，我换上了睡衣和睡袍，拉上阳台上的门帘，坐在床上读迈耶斯夫人给医院的孩子们送来的波士顿报纸：芝加哥白袜队夺得了美国棒球联赛冠军；纽约巨人队在职业棒球联盟遥遥领先；宝贝鲁斯当时正担任波士顿队的投手。报纸内容很无聊，都是一些无趣的地方新闻，有关战争的新闻都已经过时了。美国新闻说了一些训练营的情况。我很庆幸自己没有进训练营。整份报纸只有棒球新闻能勉强看看，奈何我对棒球根本不感兴趣。虽然报纸内容陈旧，但我还是读了一会儿。我想，如果美国真的卷入战争，会不会叫停这两个重要的联赛？可能也不会。虽然战事严峻，但是米兰依旧能看赛马。法国已经没有赛马可以看了，我们下注的贾帕拉克就是从法国来的马。凯瑟琳晚上九点开始值班。她一开始工作，我就能听到她在地板上走路的声音，有时候还能看见过她从门外走过，她去了好几个房间，最后才来我的病房。

“亲爱的，我来晚了。”她说，“要忙的事情太多了。你怎么样？”

我跟她说了公函和假期的事情。

“那太好了。”她说，“你想去哪里？”

“我哪儿也不想去，就想待在这儿。”

“别傻了。你挑个好地方，我跟你一起去。”

“你要怎么去？”

“我也不知道，但是我肯定能去。”

“你太好了。”

“不，我还不够好。人要是一无所有了，生活倒也容易对付。”

“你这话是什么意思？”

“没什么。我在想，曾经我们觉得克服不了的困难，现在看来是多么渺小。”

“我还是觉得很难搞定。”

“不，不会的，亲爱的。如果需要的话，大不了我一走了之。不过应该不用闹到这个地步的。”

“那我们去哪里呢？”

“我不在乎。你想去哪里我们就去哪里。去一个谁也不认识我们的地方。”

“你一点儿也不在乎去哪里吗？”

“不在乎，我哪里都想去。”

凯瑟琳看上去有点儿沮丧紧张。

“凯瑟琳，你怎么了？”

“没事，没什么。”

“你肯定有事瞒着我。”

“没有，真的没有。”

“肯定有，告诉我，亲爱的，有什么话不能跟我说呢？”

“真没什么。”

“跟我说说吧。”

“我不想说。我怕让你担心难过。”

“不会的。”

“你确定？我倒是不担心，但我怕你会担心。”

“你要是不担心，我自然也就不会担心。”

“我不想说。”

“说说吧。”

“必须得说吗？”

“是的。”

“亲爱的，我怀孕了。已经三个月了，你不会因此而焦虑吧？千万不要焦虑，也千万不要担心。”

“好的。”

“真的吗？”

“当然了。”

“能试的方法我都试了，能做的事情我都做了，但是都无济于事。”

“我不担心。”

“我忍不住去想，亲爱的，我并不担心，你千万不要担心或者沮丧。”

“我只担心你。”

“我怕的就是这个。你千万不要担心我。人总会生孩子，每个女人都会生孩子。这是很自然的事情。”

“你太好了。”

“不，我不够好。你千万不要把这件事放在心上，亲爱的。我一定会努力不给你添麻烦。我知道，我已经给你惹了麻烦，但是我之前一直都乖乖的，对吧？你都没有察觉，对吗？”

“没有。”

“这样就好了。你不要担心。我看得出你已经有点儿担心了。快放宽心，立刻放宽心。你不想喝一杯吗，亲爱的？我知道你喝点儿酒就会高兴了。”

“不，我很高兴。你也很好。”

“不，我够不够好。你要是选好了我们要去的地方，我会把一切都安排妥当跟你去。十月天气应该非常不错。我们会度过一段快乐的时光。亲爱的，等你回了前线，我会天天给你写信。”

“那你要去哪里？”

“现在还不知道，但肯定是个好地方。我会搞定的。”

我们安静了一会儿，彼此都沉默不语。凯瑟琳坐在床上，我看着她，我们并没有其他接触。看上去，我们显得有些隔阂，仿佛有其他人在房间里，搞得我们很难为情。她伸出手握住我的手。

“你没生气吧，亲爱的？”

“没有。”

“你不会觉得我是故意的吧？”

“可能有一点儿，但不是因为你。”

“我不是说我自己。你千万别犯傻。我是说这一切。”

“从生理上讲，人们总会受到一些限制。”

虽然她受没有动，身体没有挪开，但我知道她的心已经离我远去。

“‘总’不是个好字。”

“对不起。”

“没关系。你看，我从来没有怀过小孩儿，也没有爱过别人，但我想要变成你喜欢的样子，你却说了人‘总’是怎么样。”

“我恨不能把自己的舌头割下来。”我说。

“噢，亲爱的！”她的心再次回到我的身边，“你千万不要太在意我。”方才难为情的气氛消失了，我们又重新回到一起，“我们都是一样的，千万不要故意曲解对方。”

“我们不会的。”

“但是人们终究会吵架。情侣固然彼此相爱，但是还是会有误解和争吵，感情突然就变了。”

“我们不会吵架的。”

“我们一定不能吵架。因为我们只有彼此，世界上其他人都与我们作对。如果我们再产生隔阂，那一切都完了，我们就被俘虏了。”

“他们不会俘虏我们的，”我说，“因为我们太勇敢了。勇敢的人什么都不怕。”

“但勇敢的人也会死。”

“人们只死一次。”

“我不知道。谁说的？”

“懦夫在心里早已死了千百次，但勇敢的人只会光荣地死一次。”

“就是这句话，是谁说的？”

“不知道。”

“可能是个懦夫。”她说，“他对懦夫颇为了解，但对勇士一无所知。聪明又勇敢的人可能会死两千次，只是不说罢了。”

“我不知道。勇士的心理很难猜测。”

“是的。他们就是这样。”

“原来你才是权威。”

“你说的对，亲爱的。我也算得上是权威了。”

“你很勇敢。”

“不，”她说，“但是我想要变勇敢。”

“我不勇敢，”我说，“我知道自己是什么样的人。我在外面待得太久了，我很了解自己。我就像一个挥棒击球得二百三十分的棒球运动员，再努力也不会提高。”

“击球得二百三十分大概是个什么概念呢？听上去挺不错的。”

“才不是。不过是棒球比赛中资质平平的击球手。”

“但还是击球手呀。”她鼓励我说。

“我猜我们都很自负，”我说，“但你是真的勇敢。”

“不，但是我想要变得勇敢。”

“我们都很勇敢，”我说，“尤其是我喝了酒之后。”

“我们都是很好。”凯瑟琳说。她走到衣柜旁边给我拿了科尼亚克白兰地和杯子。“喝一杯吧，亲爱的。”她说，“你真的太好了。”

“我不是很想喝。”

“来一杯吧。”

“好吧。”我倒了三分之一杯科尼亚克，一口喝光。

“太豪迈了。”她说，“我知道白兰地都是给英雄喝的。但也不必这么夸张。”

“战后结束后我们去哪里呢？”

“可能是养老院吧。”她说。“三年来，我天真地以为战争会在圣诞节结束。但是现在我希望战争打得久一点儿，让儿子当上海军少校好了。”

“没准还能当上将军呢。”

“如果百年战争的话，估计他能尝试两个兵种。”

“你不想喝一杯吗？”

“不了，亲爱的。酒能让你兴奋，但只会让我头晕。”

“你没喝过白兰地吗？”

“不，亲爱的。我是个很传统的妻子。”

我伸手去够地上的瓶子，又倒了一杯酒。

“我还是去看看你的战友们吧。”凯瑟琳说，“我回来之前你可以先读读报纸。”

“你真的要走吗？”

“现在不走一会儿也要走。”

“好吧，那还是现在去吧。”

“我一会儿就回来。”

“等你回来我就看完报纸了。”我说。

第二十二章

那晚天气突然转凉，第二天便下起了雨。我从马乔里医院回来的时候雨下得很大，回医院的时候浑身都湿透了。上楼回到房间，我发现雨下得实在太大了，甚至从阳台上漏了进来，夹风带雨地打在玻璃门上。我换了衣服，喝了点儿白兰地，但总觉得欠点儿滋味。到了晚上，我觉得有点儿不舒服，第二天吃过早饭还觉得有点儿恶心。

“这还有什么好怀疑的呢？”住院医生说，“看看他的眼白，姑娘。”

盖奇小姐看了看，然后他们让我自己照镜子。我发现我的眼白泛黄，原来是黄疸。我已经因为黄疸难受了两周，耽误了和凯瑟琳的康复假出行计划。我们本打算去马乔里湖上的帕兰扎度假。秋天来了，树叶变黄，景色十分怡人。我们可以尽情地在林间漫步，在湖上泛舟钓鱼。帕兰扎可比斯特雷萨好多了，因为帕兰扎的人比较少。米兰到斯特雷萨的交通非常方便，所以总能在那儿碰到熟人。帕兰扎还有个漂亮的村子，人们可以划船到渔民住的小岛上，其中最大的岛上还有一家餐馆，但是我们没去成。

我正因为得了黄疸难受地躺在床上的某一天，万坎培夫人来到了我的病房，打开柜门，看到了里面的空酒瓶。其实，我已经让门卫拿下去很多了，但是肯定被她撞见了，所以她上来看看还有没有罪证。衣柜里大部分都是味美思酒的酒瓶、马沙拉白葡萄酒的酒瓶、凯普里酒的酒瓶，还有空的基安蒂酒瓶和一些科尼亚克白兰地酒瓶。门卫先把大瓶子拿出去了，比如盛味美思酒的酒瓶和裹着稻草的基安蒂酒瓶，剩下的白兰地酒瓶准备最后拿出去。万坎培夫人看到的正是剩下的白兰地酒瓶和狗熊形状的酒瓶，里面盛的是莳萝利口酒。狗熊形状的酒瓶尤其让她恼火。她把酒瓶拿起来，狗熊是蹲着的样子，高高举起爪子，熊头部分有个软木塞，瓶底有一些黏黏的晶体。我大声笑起来。

“这是莳萝利口酒。”我说，“最好的莳萝利口酒都是用这种熊形瓶子装的，来自俄罗斯。”

“那些都是白兰地瓶子，对吧？”万坎培夫人问。

“有些我看不到。”我说，“不过大多数应该都是。”

“这种情况持续多久了？”

“这些酒都是我自己买了带进来的。”我说，“我经常邀请一些意大利军官来，白兰地是用来招待他们的。”

“难道不是你自己一直在喝？”她说。

“我自己也喝点儿。”

“白兰地。”她说。“十一个空白兰地瓶子，还有那瓶有酒的狗熊瓶。”

“是莳萝利口酒。”

“我会派人来把这些拿走。全部的空瓶子都在这儿了吗？”

“目前就这些。”

“本来我还同情你得了黄疸。现在想来同情你真是浪费了。”

“谢谢您。”

“你不想回前线，这也不怪你。但我觉得你应该想点儿更聪明的办法，而不是靠着嗜酒得黄疸。”

“靠什么？”

“靠酗酒，明知故问。”

我一声不吭。

“除非你有其他理由，不然黄疸一好你就得回前线，而且黄疸是你自己惹上的，额外的康复假可就泡汤了。”

“您当真不相信我？”

“确实不相信。”

“万坎培夫人，您得过黄疸吗？”

“没有，但是我见得可多了。”

“您觉得病人得了黄疸会好过吗？”

“至少比待在前线强。”

“万坎培夫人，”我说，“您听没听说过有人为了逃避兵役自毁阴囊？”

万坎培夫人没搭理我这个问题。她只能不理我，要么就得离开我的病房，但是她没打算离开。她看不惯我已经很久了，现在得到了机会可不会轻易放过我。

“我听说过很多人都会自残，就是为了不回前线。”

“您没有正面回答我的问题。自残的我也见过，但我问您有没有见过有人踢爆阴囊自残。因为这种感觉跟黄疸最为接近。很少有女性经历过这种感觉。所以我问您有没有得过黄疸，万坎培夫人，因为——”万坎培夫人径直离开了病房，没过多久盖奇小姐就进来了。

“你跟万坎培夫人说什么了？她快要气死了。”

“我们正在比较各种感觉。我本来还想说她没有经历过生孩子呢——”

“你这个笨蛋。”盖奇说，“她本来就想着整你呢。”

“她手里有我的把柄。”我说，“她让我丢了假，还想把我交由军事法庭裁判。她可真够卑鄙的。”

“她向来不喜欢你。”盖奇说，“你们为什么争执？”

“她说我故意酗酒得黄疸，躲避回前线。”

“哼。”盖奇说，“我去跟她说你从来没有喝过酒。让大家都帮你作证，说你没喝过酒。”

“她发现了空瓶子。”

“我跟你说了多少次，让你把空瓶子清走。瓶子现在都在哪儿呢？”

“在衣柜里。”

“你有箱子吗？”

“没有。那把空瓶都装在背包里吧。”

盖奇小姐把空瓶装到背包里。“我去拿给门卫。”她边说边往门边走。

“留步。”万坎培夫人说，“瓶子就交给我处理吧。”她让门卫跟她一起过来的。“请拿上瓶子。”她说，“我在写报告的时候要让医生看看。”

她沿着走廊走了。门卫拿着背包。他知道里面是什么。

这件事情害我丢了假，其他的倒也没什么。

第二十三章

回前线的那晚，我先派门卫去帮我在都灵来的火车上占个位子。火车从都灵出发，大概晚上十点半到达米兰，经停一个半小时，原定午夜出发。火车一到，人们就得赶忙过去，不然铁定没有座位。门卫还带了个朋友一起去。他的朋友原来在裁缝铺工作，现在是机枪手，正在休假。他俩联手肯定能帮我占到一个位置。我给他们钱买站台票，还让他们帮我拿着行李：一个大背包和两个野战背包。

我五点左右在医院与大家道别，行李放在门卫的门房里。我跟他说我凌晨十二点之前能赶到。他的妻子叫我"少爷"，送别时她哭了。她擦了擦眼睛，跟我握手，然后又哭了。我拍了拍她的后背，她又哭了一次。她一直帮我缝缝补补，是个矮胖、笑脸盈盈的白发妇人。她哭的时候整个脸像是碎裂了。我走到街角的酒铺，在里面边等边向窗外望。外面漆黑一片，雾气蒙蒙，非常寒冷。我付了咖啡和格拉巴酒的钱，借着窗子里透出去的光看着外面的人匆匆赶路。我终于看见了凯瑟琳，于是敲了敲窗户。她看了一下，发现是我，微微一笑。我随即出去与她碰面。她穿着一件深蓝色的披风，戴着一顶柔软的毡帽。我们沿着人行道走过酒铺，穿过集市，拐到大街上，经过拱门，到达教堂广场。广场上有电车轨道，再后面就是教堂，在雾气的笼罩下，显得洁白而潮湿。我们穿过电车轨道，左边是灯火通明的商铺和通往风雨商业街廊的入口。广场上笼罩着一层雾，站在教堂前面的时候，教堂显得高大宏伟，石头做的墙壁也都湿漉漉的。

“你想进去吗？”

“不。”凯瑟琳说。我们继续往前走。前面有一个士兵与他的爱人站在石头桥墩的阴影里，我们迅速走了过去。他们紧贴着墙壁，士兵把自己的斗篷披在爱人身上。

“他们跟我们一样。”

“我们跟大家都不一样。”凯瑟琳说。她的话语间透露出些许不悦。

“我希望他们有地方可以去。”

“这对他们可能也没什么好处。”

“我也说不好。人总得有个去处呀。”

“他们可以去教堂。”凯瑟琳说。我们已经走过教堂了。我们穿过广场的另一头，回望教堂。迷雾中的教堂也非常美丽，我们站在皮货摊前面。橱窗里摆着马靴、帆布背包和滑雪靴。每件物品都作为展品分开摆放。皮货颜色很深，上油之后特别光滑，就像旧马鞍似的，再由电灯一照，深色的皮具散发出皮货的光泽。

“等有机会去滑雪吧。”

“再过两个月穆伦山上就会白雪皑皑。”凯瑟琳说。

“那我们就一起去那儿。”

“好的。”她说。我们路过了一些橱窗，拐到一条小街上。

“我从来没有走过这条路。”

“这是我回医院的近路。”我说。这条街很窄，我们就一直靠着右边走。很多人都在大雾里赶路。路边有不少商店和亮着灯的橱窗，有个橱窗里放着芝士。我在一家军械商店前停了下来。

“进来待一会儿吧，我得买把枪。”

“什么样的枪？”

“手枪。”我们进了商店，我解开皮带的扣子，连同手枪皮套一起放到柜台上。柜台后面有两个女人，拿出了几把枪。

“手枪得跟枪套搭配。”我边说边把枪套打开。枪套是灰色的，我买的是二手货，用来在镇上佩戴。

“她们有没有好点儿的手枪？”凯瑟琳问。

“都差不多。我能不能试试这个？”我问了问女售货员。

“这里可没有试枪的地方。”她说，“这把枪可挺不错的。保证没问题。”

我扣上扳机，拉回弹机。弹簧有点儿紧，但也还算顺畅。我瞄了瞄准，然后又扣了一下扳机。

“这不是新枪。”女售货员说，“之前是一个军官在用，他枪法很好。”

“是你卖给他的吗？”

“是的。”

“你怎么又收回来了？”

“从他的勤务兵那儿。”

“说不定你也会把我的枪收回来。”我说。“这把枪多少钱？”

“50 里拉。价格非常便宜。”

“可以，再给我拿两个弹夹，一盒子弹。”

她把我要的东西从柜台下面拿了出来。

“要不要再来把佩剑？”她问，“我们这里也有一些二手剑，价格也很便宜。”

“我要去前线了。”我说。

“哦，是这样啊，那就用不到剑了。”她说。

我付了子弹和手枪的钱，填上子弹装好枪，然后把手枪放在枪套里，多余的弹夹也都装满了子弹，放在枪套的皮槽里，最后重新把皮带系在身上。手枪别在腰带上还真是沉甸甸的。不过最好还是用军队提供的手枪，这样子弹供应就不会有问题。

“现在我已经全副武装好了。”我说，“这是我必须完成的事情。有人来医院看我，把我的配枪拿走了。”

“希望这是把好手枪。”凯瑟琳说。

“还需要什么其他的吗？”女售货员问。

“不需要了。”

“手枪上还有挂绳。”她说。

“我看见了。”售货员还想卖给我点儿其他东西。

“要不要带个哨子？”

“不用了。”

跟女售货员道别后，我们又走到了外面的人行道上。凯瑟琳望望橱窗。女售货员也朝外望望，向我们鞠躬。

“木框的小镜子是干什么用的？”

“是吸引鸟用的。他们拿着这种小镜子在田野里晃来晃去的，云雀看见之后就会飞出来，然后意大利人就会开枪把它们打死。”

“他们真是太聪明了。”凯瑟琳说，“你在美国不会打云雀吧，亲爱的？”

“不会。”

我们穿过街道，开始在街对面走。

“我现在觉得好多了。”凯瑟琳说，“刚出来的时候我觉得特别难受。”

“我们在一起的时候总是很好。”

“我们会永远在一起的。”

“是的，不过我午夜的时候就得走了。”

“亲爱的，先别想这些了，好吗？”

我们继续沿着街道走。薄雾下的路灯显现出黄晕。

“你不累吗？”凯瑟琳问。

“你呢？”

“我还好，走走也挺好。”

“我们也别走太久了吧。”

“不会的。”

我们拐到旁边一条没有路灯的小街上走了一会儿。我停下来亲吻了凯瑟琳。我亲吻她的时候，她把手搭在我的肩膀上。我把披风披在她身上，她扯了扯披风，同时裹住我们两个人。我们站在街上，靠着一堵高墙。

“找个地方待会儿吧。”我说。

“好啊。”凯瑟琳说。我们沿着街道一直走，走到河边一条较为宽阔的街上。街道另一边有一个砖墙和一些高楼。我看见前面一辆有轨电车正在过桥。

“我们可以在桥上雇个车。”我说。雾天里，我们就站在桥上等车。几辆电车满载着回家的人驶过去了。随后来了一辆马车，但是里面有人。雾慢慢变成了雨。

“我们可以走回去，或者搭电车。”凯瑟琳说。

“总会有车来的，”我说，“马车经常路过这里。”

“来了一辆。”她说。

车夫停下马，放下出租的金属招牌。马车顶棚已经放下来了，车夫外套上沾了雨水，湿了水的帽子更是闪闪发亮。我和凯瑟琳一起坐在后座上，顶棚让后座显得很暗。

“你让他去哪里？”

“去车站。车站对面有一家酒店，我们可以过去。”

“我们就这样去可以吗？不带行李？”

“可以。”我说。

雨天湿滑，去车站的路显得尤其远。

“我们不吃晚饭吗？”凯瑟琳问，“我怕我会饿。”

“我们可以在酒店房间里吃。”

“我没有衣服穿，连睡衣都没带。”

“我们可以买一件。”我说，然后叫住车夫。

“在曼佐尼大街绕一下。”他点点头，接下来就往左拐到了一条大街上。凯瑟琳踅摸着街上的商店。

“这儿有一家。”她说。我让车夫停下。凯瑟琳下车，穿过人行道，进了商店。我坐在马车后面等她。雨还在下，湿漉漉的街道发出潮湿的味道，马也在雨中冒着热气。凯瑟琳拿着一个包裹回来了。她上车以后我们继续出发。

“我太奢侈了。”她说，“但是这件睡衣很好。”

到了酒店，我让凯瑟琳在马车上等着，自己先进去跟经理交涉。酒店还剩很多房间。我回到马车那里，付了车夫的车钱，然后跟凯瑟琳一起进了酒店。酒店的小伙子穿着纽扣很多的制服，帮我们拿了包裹。经理殷勤地把我们领到电梯处。酒店里有很多红色长毛绒帷幕和黄铜饰品。经理跟我们一起进电梯上楼。

“先生、夫人，你们要在房间里用餐吗？”

“是的。可否帮忙把菜单拿上来？”我说。

“晚餐要来点儿特色的吗？来点儿野味或者舒芙蕾？”

电梯往上了走三层，每层都会响一下，在四层停住了。

“你们这里有什么野味？”

“有野鸡或者山鹬。”

“那来只山鹬吧。”我说。我们沿着这条两侧有很多门的走廊走着。走廊里的毯子已经磨破了。经理在一间房前停下，开了锁，推门而进。

“请进，这就是您的房间了，还满意吗？”

房间正中间有个桌子，身着制服的小哥把包裹放在了桌上。经理拉开了窗帘。

“外面雾很大。”他说。屋子有红色的长毛绒帷幕，还有好几面镜子、两把椅子、一张大床，床上铺的是绸缎的床罩。屋里还有一扇门，里面是浴室。

“等下我派人把菜单送上来。”经理说。他鞠躬后离开了。我走到窗边朝外看，又拉了拉线绳，厚重的长毛绒红窗帘合上了。凯瑟琳坐在床上，看着雕花的枝形吊灯。她把帽子摘了下来，头发在灯光下显得光彩熠熠。她对着一面镜子伸手梳理头发，我从其他三面镜子里看她。她面露不悦，任由披风散在床上。

“亲爱的，你怎么了？”

“之前我从来不觉得自己是妓女。”她说。我走到窗边，拉开一边的窗帘朝外看。我从来没想过凯瑟琳会这么认为。

“你当然不是妓女。”

“亲爱的，我知道，但我就是觉得自己像妓女，心里非常难受。”她的声音枯燥而平淡。

“这是我们能住的最好的酒店了。”我说。我望向窗外，广场对面是车站的灯光。马车在街上来来往往，公园里种着一些树。酒店里的灯光照在湿漉漉的人行道上。哦，见鬼，我想，我们非得现在吵架吗？

“过来好吗？”凯瑟琳说。她话语里的平淡已经全然不见，“请过来，我又是个好姑娘了。”我看向床边，她在笑。

我走过去，坐在她身边亲吻她。

“你真是我的好姑娘。”

“我当然是你的。”她说。

酒足饭饱之后我们觉得神清气爽，非常开心。我们终于可以在房间里独处一会儿了，就跟在家里一样。曾几何时，我在医院的病房就是我们的家，现在这个房间也是一样的。

凯瑟琳吃饭的时候披着我的外套。我们很饿，饭又好吃，我们喝了一瓶凯普里酒和一瓶圣埃斯泰夫酒。酒大部分都是我喝的，但凯瑟琳也喝了一些。酒精让她心神荡漾。我们晚饭吃了山鹬、舒芙蕾、土豆、栗子酱和沙拉，甜点是萨芭雍[①]。

“这个房间真不错。”凯瑟琳说，“房间很漂亮，我们在米兰的时候应该一直住在这里。”

“房间布置得有些奇怪，但整体还不错。”

“缺憾真是件神奇的事情。”凯瑟琳说，“经营这类行业的人好像品味都不错。红色长毛绒真好看，放在这里刚好合适。这里的镜子也好看。”

“你真是个好姑娘。”

“早上在这样的房间起床是什么样的感觉呢？我好想知道呀。这个房间真的太棒了。”我又倒了一杯圣埃斯泰夫酒。

“我希望我们可以做一些应该受到谴责的事情。”凯瑟琳说，“我们做

---

① 意大利的一种甜品，主要特点是酒香浓郁。

的每件事好像都太简单、太单纯了。我想象不出我们做错事是什么样的。”

“你真是个好姑娘。”

“我觉得饿，特别饿。”

“你真是个单纯的好姑娘。”我说。

“确实如此。但是别人都不知道，只有你懂我。”

“我第一次见到你的时候就花了一下午思考怎么跟你一起去加富尔的酒店，去了又会是怎样的结果。”

“你真是太放肆了。这不是加富尔，对吧？”

“不。他们不会接受我们的。”

“总有一天他们会接受我们。这就是我们不一样的地方，亲爱的。我从来都不想事情。”

“从来都不想吗？”

“也想一点点。”她说。

“哦，你真是个可爱的姑娘。”

我又倒了一杯酒。

“我是个简单的姑娘。”凯瑟琳说。

“一开始我并不这么认为。我觉得你是个疯癫的姑娘。”

“我是有点儿疯狂，但我疯得不复杂，我没把你搞糊涂吧，亲爱的？”

“酒真是好东西，”我说，“能让人忘记所有烦心事。”

“酒确实好，”凯瑟琳说，“但是却让我父亲患上严重的痛风。”

“你父亲还在世吗？”

“是的。”凯瑟琳说，“他有痛风。你不用见他。你父亲还在吗？”

“不在。”我说，“只有一个继父。”

“我会喜欢他吗？”

“你也不用见他。”

“我们过得太开心了。”凯瑟琳说，“我现在对其他事情都不感兴趣。能够跟你结婚，我已经觉得很幸福了。”

服务员来了，把东西都收走了。过了一会儿，我们都不作声，在房间里能清晰听到外面的雨声。楼下的街上有一辆汽车在鸣笛。

“我总能听见身后有时间的声音，驾着马车，张开双翼，滚滚而来。”我说。

“我知道这首诗。”凯瑟琳说。“是马维尔写的。但内容说的是一个姑娘不愿意和一个男人住在一起。”

我的大脑清醒而冷静，想要讨论一下要紧的事情。

“你想在哪里生孩子？”

“我也不知道。尽量找个好地方吧。”

“你打算怎么安排？”

“尽力而为吧。不要担心，亲爱的。没准战争结束之前我们要生好几个孩子呢。”

“快到走的时间了。”

“我知道。如果你想多跟我待一会儿，我还可以挤出时间来。”

“不用。”

“不需要担心，亲爱的。之前你都好好的，现在怎么又开始担心了呢。”

“我没有担心。你多久给我写一次信？”

“每天。他们会看你的信吗？”

“他们不太懂英语，看了也无妨。”

“那我尽量写得模糊一点儿。”凯瑟琳说。

“但也不要太难懂了。”

“好吧，我就稍微写模糊一点儿。”

“好的，亲爱的。”

“我不想离开我们漂亮的家。”

“我也不想。”

“但我们必须得走了。”

“好吧。我们在家总是待不久。”

“以后会的。”

“你回来的时候肯定有个很温馨的家等着你。”

“可能我马上就会回来。”

“可能你的脚会受点儿轻伤。”

“或者耳垂受点儿轻伤。”

“不，我想让你的耳朵好好的。”

“那我的脚受伤就没关系了？”

“你的脚已经受过伤了。”

“亲爱的，我们真得走了。”

“好，你先走。”

第二十四章

我们一起走下楼梯，没有坐电梯。楼梯上的地毯也都磨破了。晚饭来的时候我就付了饭钱，给我们端菜的服务员就坐在门口旁边的椅子上。他突然起身向我们鞠躬，我随他到旁边的小房间里付了房费。经理还记得我是他的朋友，坚持不让我先付钱。不过他不在的时候又让服务员在门边等着，以防我不付钱就跑。我觉得之前可能有人跑过单，包括他的朋友。毕竟战争时期大家朋友都很多。

我让服务员帮我们叫了一辆马车，他从我手里接过凯瑟琳的行李，然后打着伞出门了。我们站在小屋子里透过窗户往外看，只见他在雨中穿过街道。

“你觉得怎么样，凯瑟琳？”

“好困。”

“我觉得空虚、饥饿。”

“你带吃的了吗？”

“带了，在我包里。”

我看见马车来了，停在酒店前面。马头低垂在雨中，服务员下车，打开雨伞，朝酒店方向走。我们在门口等着他，打着伞沿着潮湿的街道走到路边的马车上。水哗哗地流到排水沟里。

“二位的行李已经在座位上了。”服务员说。他一直举着雨伞站着，直到我们都上了车。我给了他一些小费。

“非常感谢，祝您旅途愉快。”他说。车夫拉起缰绳，马车开始前进。举着伞的服务员也转身往酒店方向走。我们沿着街道一路走，先向左拐，再向右拐，来到车站前面。灯下有两名宪兵站在了雨淋不到的地方，灯光打在他们的帽子上。在车站灯光的照射下，雨水显得清澈透明。一个小工从淋不到雨的地方走了出来，肩膀都淋湿了。

“不用了。”我说。“谢谢了，我不需要搬行李。”

他又回到拱桥下面避雨的地方。我转身面向凯瑟琳。她的脸藏在马车车棚的阴影里。

“是时候说再见了。”

“我不能进去吗？”

“不能。”

“再见，凯瑟琳。”

“你跟他说医院的地址了吗？”

“我会跟他讲的。”

我跟车夫说了目的地。他点了点头。

“再见。”我说，“照顾好自己和小小凯瑟琳。”

“再见，亲爱的。”

“再见。”我说。我冲进雨里，马车也走了。凯瑟琳向外探身。我借着灯光看见了她的脸。她微笑挥手。马车沿着街道方向一路驶远，凯瑟琳指着拱桥的方向。我顺着她手指的方向看了看，原来是两个宪兵和拱桥的位置。她是让我进去躲雨。随后我穿过车站，沿着跑道找火车。

门卫正在站台上找我。我跟着他上了火车，顺着过道一直往前，挤过人群，进了个门才找到机枪兵坐的地方。车厢里已经满是人了。我的背包和野战背包在他头上的行李架上。过道里都站了很多人。我们进来的时候，车厢里的人都望向我们。车上空间有限，因此大家都一脸敌意。机枪兵站起来让我坐下。有人拍了拍我的肩膀。我回头一看，原来是高大枯瘦的炮兵上尉，下巴上有一条红色疤痕。他先透过走廊上的玻璃看了看，才走进来。

“你说什么？”我问。我转过脸面向他。他比我高，脸在帽子的遮挡下显得更为瘦削，下巴上有一道新的疤痕。车厢里的人都看着我。

“你不能这样做。”他说，“你不能让别的士兵帮你占位子。”

“我就这么做了。”

他吞了一口口水，喉结上下移动了一次。机枪兵站在座位前面，其他人也透过玻璃看过来。车厢里没人说话。

“你没有权力这样做。你两个小时之前就在这里等了。”

“你想要什么？”

“座位。”

“我也是。”

我看着他的脸，隐隐觉得整个车厢的人都对我有敌意。我不怪他们。他是对的，但是我想要座位。大家依旧沉默不语。

哦，见鬼去吧，我想。

“坐吧，上尉先生。”我说。机枪手挪开，让高个上尉坐下。他看着我，表情很扭曲，但座位归他了。“把我的东西拿过来。”我跟机枪手说。我们走出去，来到走廊里。火车上都是人，我知道肯定没有机会找到座位了。我给门卫和机枪手各10里拉。他们沿着过道下了车，来到站台上，朝窗户里面看，但是根本没有位置。

“兴许有人会在布雷西亚下车。”门卫说。

“但在布雷西亚上车的人更多。”机枪手说。我们握手道别后，他们就离开了。他们都觉得很内疚。火车上，大家都站在走廊里。火车开了，我看着车站的灯光以及我们开出去的距离。外面还在下雨，没多久窗户就湿了，看不见外面的情况。后来，我就睡在了过道的地板上。我先把随身携带的笔记本、现金和证件放到了衬衣和裤子里、夹在裤子的裤腿里。我睡了一晚，在布雷西亚和维罗纳醒来了一下，有些人上了火车，但是我马上就又睡着了。我头枕着一个野战背包，两手抱着另一个，还得顾着另一个背包。我不介意别人从我身上跨过去，只要不踩着我就行。人们都沿着走廊席地而睡。有的人握住了窗户上的把手，有的靠着门。这趟火车总是那么拥挤。

第二十五章

秋天到了，树叶都落光了，道路非常泥泞。我乘卡车从乌迪内出发，一路到了戈里齐亚，途中还碰到了其他卡车。我看着乡村的景色。桑树的叶子已经都落光了，田野也呈现出一片金色。路边是一排光秃秃的树，路上都是潮湿的落叶。有些人在忙着修路。路边的树丛里都是码好的碎石，他们把石头夯实，填补车辙。雾气笼罩着戈里齐亚，甚至连高山都遮住了。我们穿过了一条河，河水一路上涨，可能是因为山里一直在下雨。我们终于来到了镇上，路过了一些工厂、农舍和庄园，这里损毁的房屋比之前更多了。我们在一条狭窄的街道上遇见了一辆英国红十字会的救护车。司机戴着一顶帽子，脸庞瘦削黝黑。我不认识他。我在大广场上镇政府楼前下了车，司机把背包递给我。我背上之后，带着两个野战背包朝我们的庄园走去，丝毫没有回家的感觉。

我沿着潮湿的石子路走，透过树木的缝隙望见庄园。庄园窗户紧闭，但门是开着的。我进去之后发现少校坐在一间空屋子里。房间里除了墙上挂的地图和打印的材料，别无他物。

“你好。”他说，“你怎么样了？”他看上去比之前更老更干瘪了。

“我很好。”我说，“这里战事进展如何？”

“都结束了。”他说，“把包放下吧，请坐。”我把背包和两个野战背包放在地上，帽子放在包上，从墙边拿了一把椅子过来，坐在桌边。

“今年夏天的战局实在是太糟糕了。”少校说，“你现在体力恢复了吗？”

“已经恢复了。”

“你得到勋章了吗？”

“是的，得到了。非常感谢。”

“拿来看看。”

我把斗篷打开，向他展示两个绶带。

“你有没有拿到带盒子的奖章？”

“没有，只拿到了证书。”

“盒子估计之后会到。奖章花的时间比较长。”

“您需要我做什么吗？”

“救护车都没在这儿。有六辆在北部的卡波雷托。你知道卡波雷托吗？”

“知道。”我说，“如果没记错的话应该是一个白色的小镇，在一个小山谷里。这个小镇很干净，城里有个钟楼，广场上有个漂亮的喷泉。”

“他们在那边工作。很多人都病倒了。战斗结束了。”

“其他救护车在哪儿呢？”

“两辆在山区，还有四辆留在贝恩西撒高原，另两个救护车车队在卡索高原上，和第三军在一起。”

“您想让我干什么？”

“如果你愿意的话，可以去接管贝恩西撒的那四辆救护车。吉诺已经在那边待了很久了。你还没去过那边吧？”

“是的。”

“那里形势非常严峻，我们失去了三辆救护车。”

“我听说了。”

“也对，里纳尔迪经常给你写信。”

“里纳尔迪在哪儿？”

“他在这边的医院里。他一整个夏天和秋天都在忙活。”

“这一点我倒是不怀疑。”

“情况太艰苦了。”少校说，“艰苦得你都想象不出。我总是想，你被弹片击中负伤实在是太幸运了。”

“我也这么认为。”

“明年的情况肯定会更恶劣。”少校说，“他们可能现在就要发动进攻了。这些都是他们自己说的，我并不太相信。现在已经太晚了，你看见河了吗？”

“看见了，水已经涨得很高了。”

“雨季已经开始了，我不相信他们现在会进攻。再过不久就要下雪了。你的同胞怎么样了？除了你还会来其他的美国军人吗？”

“美国正在训练一支一千万人的军队。”

“我希望能派点儿美国士兵来。但是法国人肯定会独占美国大兵。我们这里一个人都分不到。好吧。你今晚就待在这儿，明天乘小车出发，然后把吉诺换回来。我会派个认路的人送你过去。吉诺会把事情跟你交代好。最近还有一些轰炸，但战斗基本已经结束了。你会喜欢贝恩西撒高原的。”

“我很乐意去。能回来跟您共事，我实在是太高兴了，少校先生。”

他微微一笑。“听你这样说我就放心了。我已经非常厌倦战争了。要是我有机会走的话，肯定不会再回来。”

“有这么严重吗？”

“当然严重，比我说得更严重。去洗漱一下，找你的朋友里纳尔迪去吧。”

我拿上包出门上楼。里纳尔迪没在屋里，但是东西都在。我坐在床上，拆开绑腿布，脱下右脚的鞋，躺在床上。我很累，右脚也疼。脱一只鞋躺在床上有点儿傻乎乎的，所以我就坐起来，把另一只鞋也脱了放在地上，才又躺到毯子上。窗户都关着，所以屋里很闷，但我实在是太累了，懒得起床开窗。我看见我的东西都堆在房间一角。外面越来越黑。我躺在床上思念凯瑟琳，等着里纳尔迪回来。我试着只在晚上睡觉之前想她，其他时间都不想。但我现在太累，又无事可做，只能躺着想她。我正想着凯瑟琳的时候，里纳尔迪回来了。他看上去跟之前没什么两样，可能瘦了一点儿。

“哦，宝贝。”他说。我起身坐在床上。他过来坐下拥抱我。“我的大宝贝。”他用力拍了拍我的后背，我抱住他的两个胳膊。

“大宝贝，”他说，“让我看看你的膝盖。”

“那我还得脱裤子。”

“那就脱吧，宝贝。回到这儿又没有生人。我看看他们的医术。”我站起来，拉开裤子，解下护膝。里纳尔迪坐在地上，轻轻地弯折我的膝盖。他用手指摸了摸我的伤口，将双手拇指一起放到膝盖骨上，轻轻地敲击膝盖。

“这是最大活动范围了？”

“没错。”

“这样就把你送回来，简直是犯罪，应该等到你的膝盖可以自如活动再把你送回来。”

“这已经比之前好很多了，之前硬得跟木板一样。”

里纳尔迪又弯折了一下我的膝盖。我看着他的手。他的手很好，非常适合当外科医生。我看着他的头顶，头发油光锃亮，纹路清晰。他把我的膝盖弯得太厉害了。

“噢，疼。”我说。

“你应该多接受一些机械治疗。”里纳尔迪说。

“已经比之前好多了。”

“宝贝，我知道。这方面我可比你懂得多。”看完我的恢复状况，他站起来坐在床上，“膝盖本身处理得不错，跟我说说都发生什么了。”

“没什么好说的。”我说，“没什么新鲜的。”

“说得跟个已婚男人似的。”他说，“你到底怎么了？”

“没什么。”我说，“你怎么样了？”

“战争要把我逼死了。”里纳尔迪说，“我都快绝望了。”他把手交叉放在膝盖上。

“哦。”我说。

“怎么了，难道我不能有点儿正常人的血性吗？”

“开玩笑，我觉得你一整个夏天都过得很快活，快跟我说说。”

“我整个夏天和秋天都在做手术，一刻都没停歇。所有的活都压在我一个人身上，尤其是苦难的手术。上帝啊，宝贝，我已经成了一个医术高超的外科医生了。”

“这倒像句人话。”

“我都没时间思考。不，上帝啊，我根本无暇思考，我就是个手术机器。”

“不错。”

“宝贝，但是现在工作都结束了。我已经不做手术了，闲得发慌。战争真是残酷。你一定得相信我。现在你来了，我很高兴。你带留声机唱片了吗？”

“当然了。”

唱片都在我背包里，在硬纸盒里，用纸包着。我太累了，不想去拿。

“你觉得不舒服吗，宝贝？”

“我觉得生不如死。”

“战争糟透了。”里纳尔迪说，“别想了，让我们一醉方休，忘记烦恼，然后再找点儿东西解闷，一切都会好起来的。”

“我得了黄疸，”我说，“不能喝酒。”

“哦，宝贝。你怎么回来变成这样了呢？一回来就这么严肃，还染了肝病。我告诉你战争可不是好事，我们为什么要打仗呢？”

“我们一块儿喝一杯吧，但我不想喝醉，喝一杯倒也无妨。”

里纳尔迪走到房间另一头的盥洗台，拿回来两个杯子和一瓶科尼亚克白兰地。

“这是奥地利的科尼亚克。”他说，“七星级。他们占领了圣加布里埃莱，就搞了点儿这个。”

“你去过那边吗？”

“没有。我哪里也没去，一直都在这边做手术。你看，宝贝，这是你的旧牙杯。我一直都留着，时常提醒自己想你。”

“是提醒你经常刷牙。”

“才不是，我自己也有牙杯。我留着这个杯子是为了提醒自己，你每天早上是怎么刷掉‘玫瑰别墅’残留的气息。诅咒阿司匹林，又服用阿司匹林，还诅咒那些妓女。每次看到那个牙杯，我就想起你用牙刷洗刷良心的样子。”他来到床边，“吻我一次，告诉我说你没那么严肃。”

“我才不亲你，你就是个猴子。”

“我知道，你是血统良好的盎格鲁—撒克逊人。我知道，你也后悔了，我都知道。我就等着看你用牙刷洗刷走妓女的痕迹。”

“往杯里倒点儿科尼亚克白兰地。”

我们碰杯饮酒。里纳尔迪对我大笑。

“我要把你灌醉，然后取出来你的肝，再植入一个意大利人的好肝，这样你就又是男子汉了。”

我举着杯子，等里纳尔迪帮我倒酒。外面已经很黑了。我手里拿着酒杯，走到窗边打开窗户。雨已经停了，外面更冷了，树林里弥绕着薄雾。

“千万别把科尼亚克白兰地倒到窗外。”里纳尔迪说，“喝不了给我就好了。”

“去你的。”我说。再次见到里纳尔迪我非常开心。两年多来，他一直取笑我，我也乐在其中，谁让我们惺惺相惜呢。

“你结婚了吗？”他在床上跟我对话，我正站在窗边，靠在墙上

“还没。”

“在恋爱期？”

“是的。”

“还是那个英国姑娘吗？”

“是的。”

“可怜的宝贝。她对你好吗？”

“当然了。”

“我是说，从实际的角度考虑她行吗？”

“闭嘴。”

“好，好。你知道我谨慎又委婉。她呢？”

“里纳尔迪，”我说，“别说了。你要是还想跟我做朋友的话就闭嘴。”

“我不想当你的朋友，宝贝。我本来就是你的朋友。”

“那就乖乖闭嘴。”

“好的。”

我走到床边，坐在里纳尔迪旁边。他拿着自己的杯子，看着地板。

“你明白我的处境吗，里纳尔迪？”

“哦，我懂，我也碰到过一些神圣不可侵犯的事情。你倒是少见。现在你也遇到了神圣的事情。”他看着地板。

“你从没遇到过吗？”

“没有。”

“一次也没有？”

“完全没有。”

“我可以对你的母亲姐妹大放厥词？”

“还有你的姐妹。”里纳尔迪说。我们都笑了。

“那是老超人的事情。”我说。

“可能我是嫉妒你，”里纳尔迪说。

“不，你不是嫉妒。”

“我不是这个意思，我指的是其他的事情。你有没有结了婚的朋友？”

“有啊。”我说。

“我没有。”里纳尔迪说，“有也不是彼此相爱的夫妻。”

“为什么呢？”

“他们不喜欢我。”

“有什么原因吗？”

“我是毒蛇。从某些方面来说，我就是毒蛇。”

“你搞错了。苹果才是万恶之源。”

“不，毒蛇才是罪魁祸首。”他开心一点儿了。

“你不思考这些沉重问题的时候可爱多了。”我说。

“宝贝，我爱你。”他说，“我总想成为伟大的意大利思想家，但都被你搅和了。但其实我都明白，有很多事情我不能说。我比你更了解你自己。”

“是的，的确如此。”

“你会过得更好。就算你后悔也过得比现在好。”

“我不这么认为。”

“哦，好。我是真心这么认为。我只有工作的时候才能感觉到愉快。”他再次望向地板。

“会过去的。”

“不会。我只喜欢两件事；一件对我的工作有害，另一件就是一时的快活，或者半小时，或者十五分钟。有时候还到不了这么长时间。”

“有时候要短得多吧。”

“兴许我技术变好了呢，宝贝。你不知道。让我快乐的只有两件事情，另外还有我的工作。”

“你会找到其他乐趣的。”

“不，我们得不到其他的东西。我们生下来什么样就是什么样。我们学不会别的，也得不到新东西。我们始终都是生下来的样子。你应该庆幸自己不是拉丁人。”

“哪有拉丁人这么一说，只有‘拉丁式’思维。你对自己的缺点倒是引以为傲。”里纳尔迪仰头大笑。

“到此为止吧，宝贝。想这么多我都累坏了。”他进来的时候就一脸疲态，“快到吃饭的时间了。你回来了，我很高兴，因为你是我最亲爱的朋友和战友。”

“那我的战友，咱们什么时候吃饭？”我问。

“立刻就去，为了你的肝，我们再喝一杯。”

“像圣保罗一样。”

“你说得不准。那个故事讲的是酒和胃。你可以为了你的胃喝点儿酒。”

“不管瓶子里是什么，”我说，“也不管祝酒的原因是什么。”

“敬你的姑娘。”里纳尔迪说。他举起酒杯。

“好的。”

“我绝不会再说她的坏话。”

“别给自己太大压力。”

他喝光了科尼亚克白兰地。“我很纯洁。”他说，“我跟你一样，宝贝。我也去找一个英国姑娘。实际上，是我先认识你的女朋友，但她配我有点儿太高了。长得高的人只适合当姐妹。”他引用了一个典故说

“你的思想单纯又可爱，”我说。

“可不是嘛。所以大家都叫我纯情男里纳尔迪。”

“是肮脏的里纳尔迪才对。”

“来吧，宝贝，趁我思想还纯洁的时候，下去吃饭吧。”

我洗了脸，梳了头，跟里纳尔迪一起下楼。他有点儿醉了。我们到食堂的时候，饭还没有准备好。

“我去拿瓶酒。”里纳尔迪说，然后就上楼去了。我坐在桌边，他拿了酒回来，给我们俩各倒了半杯科尼亚克白兰地。

“太多了。”我说，然后举起杯子，对着桌上的台灯照。

“没吃饭的时候这点儿酒不算多。酒精多么美妙呀，烧光你胃里的东西。没有什么比这危害更大了。”

“说得对。”

“每日自毁。”里纳尔迪说，“酒会让你的胃不舒服，双手发抖。省得外科医生没饭吃。”

“你真的觉得这样好？”

“真心推荐。我只信这一种方法。喝光它，宝贝，然后等着生病就好了。”

我喝了半杯后听见勤务兵在楼道里喊：“汤！汤好了！”

少校进来了，冲我们点头示意，然后坐下。他在餐桌旁显得很矮小。

“就我们这几个人吗？”勤务兵把汤碗放下，他盛出一整盘。

“就我们这些了。”里纳尔迪说，“最多再加上牧师。他要是知道弗雷德里克在这儿的话，应该也会过来。”

“他现在人在哪儿呢？”

“他在307阵地。”少校一边喝汤一边说。他擦了擦嘴，然后小心翼翼地擦了擦上翘的灰色胡子，“我觉得他会过来。我通知过他们了，嘱咐大家告诉他你来了。”

“我好怀念之前热闹的食堂啊。”

“是的，现在太安静了。”少校说。

“我可憋了很多话要说。”里纳尔迪说。

“喝点儿酒吧，恩里科。”少校说。他往我的杯子里倒满酒。意大利面来了，大家都忙着吃面。我们快吃完了牧师才来。他跟之前一样，还是小个子，黑皮肤，挺结实。我站起来跟他握手。他把手放在我的肩膀上。

“我一听说你在就过来了。”他说。

“请坐。”少校说，“你可来晚了。”

“晚安，牧师。”里纳尔迪用英语说。之前有个上尉会说一点儿英语，专爱打趣牧师。他们是从他那里学的。“晚安，里纳尔迪。”牧师说。勤务兵给他拿了点儿汤，但他说想先吃意大利面。

“近来可好？”他问我。

“挺好的。”我说，“你怎么样啊？”

“喝点儿酒吧，牧师。”里纳尔迪说，“给你的胃里添点儿酒。这是圣保罗教的，你知道的。”

“是的，我知道。”牧师礼貌地说。里纳尔迪倒了一杯酒。

“圣保罗。”里纳尔迪说，“麻烦都是他惹出来的。”牧师看着我，微微一笑。看得出这样的撩逗对他已经不起作用了。

“圣保罗这个坏蛋。”里纳尔迪说，“他就是个酒鬼，专门迫害教会，风头过了就说这也不好，那也不行。他自己坏事做尽之后，才定了这些规则。对吧，弗雷德里克。”

少校微微一笑，我们正在吃炖肉。

“天黑以后我从不讨论圣人。”我说。牧师吃着炖肉抬头看我，对我微笑。

“他也站在牧师那边了。”里纳尔迪说，“之前那些喜欢挑逗牧师的人都去哪里了？卡瓦尔坎蒂在哪儿呢？布兰迪呢？还有塞萨雷？难道我要自己挑逗牧师，没人帮腔吗？”

“他是个好牧师。”少校说。

“他是个好牧师，”里纳尔迪说，“但终究还是个牧师。我想让食堂恢复往日的模样。我想让弗雷德里克开心。去你的吧，牧师！”

我见少校望着他。他已经醉了，头发在惨白的额头映衬下显得愈发乌黑。

“没关系，里纳尔迪。”牧师说。“没关系。”

“去你的吧，”里纳尔迪说。“还有这该死的一切。”他靠在椅子上说。

“他压力太大，累得不行。”少校跟我说。他把肉吃完了，还用面包把肉汁抹干净了。

“我才不管呢。”里纳尔迪跟在座的人说，“所有的事情都该死。”他敌对地看着桌上的人，眼神呆滞，面色苍白。

“好的。”我说，“这些事情都该滚蛋。”

“不，不。”里纳尔迪说，“你不行。你不用滚。我说你不能走开。你又空虚又沉闷才会这样，我没有别的意思。我跟你说，我没有别的意思，一点儿也没有。我知道，我不工作的时候就会这样。”

牧师摇摇头。勤务兵拿走了炖肉碟。

“你为什么要吃肉？”里纳尔迪对牧师说，“你不知道今天是周五吗？”

“今天是周四。”牧师说。

“撒谎，明明是周五。你吃的是上帝的身体。这是上帝的肉。我知道。是战死的奥军。你吃的就是这个。”

“白肉是军官的。”我说，帮着他把旧段子说完。

里纳尔迪大笑，又倒了一杯酒。

“不要管我。”他说，“我就是有点儿疯癫了。”

“你应该休个假。”牧师说。

少校冲他摇了摇头。里纳尔迪看着牧师。

“你觉得我应该休假？”

少校冲着牧师摇了摇头。里纳尔迪看着牧师。“看你的意愿。”牧师说，“你不想就算了。”

“去你的吧。”里纳尔迪说，“他们就想摆脱我，他们每天晚上都琢磨着怎么抛弃我。我会击退他们的。我得了隐疾又怎么样？大家都有。一开始，”他继续用老师的语气说，“是小脓包。然后，我们会发现肩膀之间会长出丘疹，之后就什么也看不到了。我相信水银能治好。”

“或者撒尔佛散[①]。”少校静静地打断。

“一种水银药品。”里纳尔迪说。他表现得非常兴奋，“我知道有种药，药效是其他药品的两倍。善良的牧师啊。”他说，“你永远不会得这种病。乖乖们都会染上。这是工业事故，只是简单的工业事故。”

勤务兵拿来了甜品和咖啡。甜品是浇了酱料的黑面包布丁。台灯在冒烟，黑烟在灯罩上方飘动。

“拿两个蜡烛，把台灯拿走。”少校说。勤务兵拿了两个点燃的蜡烛放在碟子里，把台灯拿出来吹灭。里纳尔迪不说话了。他看上去已经没事了。我们聊了一会儿，喝完咖啡后，都走到大厅里。

“你去跟牧师聊天吧。我还得进城。”里纳尔迪说。

“晚安，牧师。”

“晚安，里纳尔迪。”牧师说。

“回见，弗雷迪。”里纳尔迪说。

“好的。”我说，“早点儿回来。”他做了个鬼脸就出门了。少校和我们

① 1909年发明的一种含砷药物，是20世纪40年代之前治疗梅毒的主要药物。

一起站着。“他太累了，工作太繁重。”他说，“他觉得自己得了梅毒，但我不这么认为，不过他也可能真得了。他正在给自己治病。晚安。你天亮之前就得离开。”

“好的。”

“那就再见啦。”他说，“祝你好运。贝鲁奇会来叫你，然后跟你一起过去。”

“再见，少校先生。”

“再见。他们说奥军要发动进攻了，但是我不信。我希望奥军不要进攻。但是无论如何，这里都不会打仗。吉诺会把所有事情都告诉你。电话现在可以用了。”

“那我就定期打电话。”

“一定要记得。晚安。别让里纳尔迪喝这么多白兰地。”

“我尽量。”

“晚安，牧师。”

“晚安，少校。”

他回了自己的办公室。

第二十六章

我走到门口朝外看，外面已经不下雨了，但还是有雾。

“要不要上楼待会儿？”我问牧师。

“只能待一小会儿。”

“那来吧。”

我们爬上楼梯，来到我的房间。我躺在里纳尔迪的床上。牧师坐在勤务兵帮我搭的简易床上。屋里很黑。

“好吧。”他说，“你最近究竟感觉如何？”

“挺好的，就是今晚有点儿累。”

“我也累了，不过没有什么缘由。”

“你对战争有什么看法？”

“我觉得战争就快结束了。我也说不出为什么，个人感觉而已。”

“你怎么感觉出来的？”

“你没有察觉少校的变化吗？是不是温和了一些？现在很多人都发生了类似的转变。”

“我也发现了。”我说。

“今年夏天实在是太糟糕了。”牧师说。他比我离开之前更自信了。“说出来你可能都不信。不在这儿的人都体会不到。直到今年夏天，很多人才真切地体会到了战争。以前我总觉得军官在战争中都置身事外，现在连他们都醒悟了。”

“之后会怎么样？”我用手摸着毯子。

“我不知道，但是我觉得战争撑不了多久了。”

“然后呢？”

“然后就停战啦。”

“谁？”

“双方。”

“但愿如此。”

“你不相信？”

“我不相信双方会立刻停战。”

“我同意你的观点。立刻停战确实是奢望。但我已经看到人们心里的变化了，所以我觉得战争不会一直持续下去。”

“今年夏天的战争谁赢了？”

“谁也没赢。”

“奥军赢了。”我说，“他们成功抵挡了妄图占领圣加布里埃莱的意军。他们赢了，不会停战。”

“如果奥军能够感同身受，就会停战。”我说。“毕竟他们跟我们经历了同样的事情。”

“连打胜仗的队伍不会轻易停手的。”

“老是拆我的台。”

“我就是表达一下个人意见。”

“所以你觉得战争会没完没了地打下去？没什么能改变？”

“我不知道。我只知道奥军打了胜仗，不会就此收手。我们也是打了败仗才会表现出基督徒的模样。”

“奥军也是基督徒——除了那些波西尼亚人。”

“我指的不是字面上的基督徒。我是说像主一般心存怜悯。”

他什么也没说。

“我们因为打败仗才变得温和一些。如果彼得在花园里救了我们的主，事情将如何发展呢？”

“还是会一样。”

“我不这么认为。”我说。

“你又让我泄气。”他说，“我相信会有好事发生并为之祈祷。我觉得好事就要来了。”

“也有可能吧。”我说，“但只会发生在我们这一方。如果他们跟我们想法契合，那就好办了。但事实是他们打败了我们，他们跟我们想得并不一样。”

“很多士兵一向都反对战争，并不是因为打了败仗。”

“士兵们打从一开始就一败涂地。先是有人夺走了他们的田地，然后将他们强征入伍。他们从那时候就已经败了。农民看上去比较有智慧，是因为他们从一开始就败了。倘若让他们掌权的话，也不见得有多聪明。”

他什么也没说，而是努力思考着。

“现在连我自己都绝望了，”我说，“所以我从来都不想这些事，从来都不。但跟你聊天的时候，我就会不假思索地说出我的想法。”

“我本来还有所期待。”

“战败？”

“不，比战败好一点儿。”

“没有更好的情况了，除了胜利。其实，胜了有可能更糟。”

“我盼着打胜仗已经好久了。”

“我也是。”

“现在我也说不清。”

“不是赢就是输。”

“我对打胜仗没什么信心。”

“我也不相信。但现在我也不相信战败了，虽然失败可能会好一点儿。”

“那你相信什么？”

“睡觉。”我说。他站起身来。

“不好意思，我待了这么久，主要因为我太爱跟你聊天了。”

“能够有机会跟你聊天，我也觉得很高兴。我刚才说的睡觉，就是睡觉，没有别的意思。”

我们站起来，在黑暗中握手。

“我现在睡在 307 阵地。”他说。

“我明天一早就去救护站了。”

“那等你回来我们再见。”

“我们可以一起散步聊天。”我送他到门口。

“不用下楼了。”他说，“你回来了，真好。虽然你身体还没有完全恢复好。”他把手放在我的肩膀上。

“我也觉得回来不错。”我说，“晚安。”

“晚安，再见！”

“再见！”我说。我已经困极了。

第二十七章

里纳尔迪进来的时候我就醒了，但是我们没有谈话，于是我索性继续睡。早上天没亮我就穿好衣服走了。我走的时候，里纳尔迪也没有醒。

我之前没有去过贝恩西撒高原。想要抵达贝恩西撒高原需要经过奥军之前到过的山坡，河对岸就是我当时受伤的地方，我的心里感觉怪怪的。这里新修了一条陡峭的公路，路上有很多卡车。过去之后路就平整了，雾气蒙蒙中，我看见了树林和陡峭的山峰。树林已被迅速占领，所以尚未被炸毁。车继续往前开就到了没有山坡掩映的路段，所以在两边和顶上盖了垫子保护。路的尽头是一个损毁严重的村子。过了村子就是前线了，路边有很多大炮。村子里房屋损坏非常严重，但是秩序还不错，到处都有路牌。我们找到了吉诺，他给我们弄了点儿咖啡，然后我跟他一起见了一些人，去了包扎站。吉诺说英国救护车在贝恩西撒高原以外的拉夫纳服役。他非常喜欢英国人。他说这里还会遭到轰炸，但是受伤的人已经不多了。不过雨季开始了，很多人会生病。奥军可能要来进攻，但是他不大相信。我们也说要进攻，但是新的军队还没来，估计是没戏了。这里食物稀缺，他很想在戈里齐亚吃一顿饱饭。他问我昨天晚饭吃了什么。我如实回答。他说简直太好了。他对甜点尤其感兴趣。我也没有具体描述，就简单提了一句有甜品。他可能误以为有什么精致的甜点，其实不过就是面包布丁而已。

他问我知不知道他要被派到哪里，我说我不知道，但是目前有一些救护车在卡波雷托。他希望去那里，卡波雷托是个美丽的镇子，那里的高山高耸入云，他尤其中意。吉诺人很好，大家好像都很喜欢他。他说过去的一段时间，圣加布里埃莱简直就像地狱。罗姆地区的进攻也很猛烈。他说奥军在我们前面特尔诺瓦山的树林里排布了许多大炮，到了晚上就对道路狂轰滥炸。这里还有海军排炮，搞得他心神不宁。他能凭借笔直的弹道判断出这种炮弹。先是开炮的声音响起，随后是尖锐的炮弹声音。他们通常双炮齐发，一炮接着一炮，炮弹的爆炸碎片很多很大。他给我看了一个一英尺多长的金属碎片，看起来像巴氏合金[①]。

“我觉得炮弹实际可能没有那么厉害。”吉诺说，“但确实吓着我了，因为炮弹的响声就像直接来轰炸我的。先是轰隆一声，然后马上就是尖锐的发射声音和爆炸声。就算不受伤，也把人吓个半死。”

他说对面阵营里有一些克罗地亚人和马扎尔人。我方军队目前仍旧处于进攻的状态。如果奥军攻来，我们既没有通话设备，也没有地方撤退。高原上有一片低矮的山区，是个防御的好地点，但是没人组织。他问我对贝恩西撒高原有什么看法。

我本以为这里很平坦，像其他高原一样，没想到地形如此支离破碎。

“山地上的平地，”吉诺说，“其实根本不平。”

我们回到所住房子的地窖。我说：“我本以为山顶平坦，再加上有点儿深度的山脉会比一系列的小山峰更容易防守，山地进攻不比平原进攻困难。”“主要取决于山的具体情况。”他说，“你看看圣加布里埃莱。”

“进攻那里可不容易。”他说。

“是的。”我说，“但这是特例，圣加布里埃莱不像山，更像是堡垒。奥军一直都在那里加固防守。”从战术层面讲，占领一系列山没什么必要，因为在运动战中太容易被敌人重新占领了。打仗应该有一定的机动性，但山不能动。此外，从山上射击山下目标是最容易命中的。如果敌军实行侧翼包抄，那么最精锐的部队就会被围困在最高的山上。我不相信山里能打

---

① 一种低熔点合金，用于制造滑动轴承。

好仗。我说："这方面我想了很多。你抢占一个山头又抢占一个山头，但是真正开始进攻的时候，所有人都得从山上下来。"

"如果前线是山地呢？"他问。

"我还没有想出应对的策略。"我说。我们都笑了。"但是，"我说，"之前奥军总是在维罗纳地区被四面围住，遭受痛击。对方先把他们引到平原上来，然后迎头痛击。"

"是的。"吉诺说，"但是那些是法国人，你在别的国家领土上作战的时候，总能弄清所有军事问题。"

"是的。"我同意，"在自己的国家很难做到科学地使用作战方法。"

"俄罗斯人倒是用得出神入化，围堵了拿破仑。"

"但是他们国土辽阔。如果想在意大利围堵拿破仑，估计得要撤到布林迪西[①]。"

"那里太糟糕了。"吉诺说，"你去过那儿吗？"

"没有长待过。"

"我是个爱国主义者。"吉诺说，"但对布林迪西和塔兰托都爱不起来。"

"你喜欢贝恩西撒高原吗？"我问。

"这片土地是神圣的。"他说，"但是我希望这里能多长点儿土豆。你知道的，我们到这儿的时候发现地里长满了奥军种的土豆。"

"这里食物真的这么短缺吗？"

"我从来没有吃饱过，不过我食量也比较大，但也不至于挨饿。食堂无功无过。前线士兵吃得比较好，但后勤部门就没有那么多食物了。肯定是供给环节出了问题，不然食物应该是够的。"

"一定是有人在别的地方贩卖粮食。"

"是的，他们尽可能多地补给前线军营，后方食物自然就短缺了，只得吃光奥军在树林里种的土豆和坚果。其实，应该让他们吃得好点儿。我

① 意大利东南部城市，位于普利亚大区。

们的饭量都很大。我相信食物肯定够，但士兵们吃到嘴里的却很差。你有没有发现食物短缺已经严重到了改变人们思维方式的程度？”

“是的。”我说，“仅靠食物不一定能打胜仗，但没有食物铁定会失去兄弟。”

“还是别谈败仗的事情了，已经说得够多了。夏天的战斗不能白白进行。”

我什么也没说，因为一听到神圣、光荣、牺牲和白费功夫就会觉得窘迫。这些字眼我们早就听过，有时候站在雨里，几乎听不见声音，只能听到喊话；我们也在布告栏上见过这些词句。但已经这么久了，我鲜少看到神圣的事情，光荣的事情也并不光荣；如果没人掩埋尸体，牺牲跟芝加哥屠宰场有何区别？有些字眼我现在已经耳不忍闻；一些数字和特定日期也是如此。这些和地名就是你故事的全部。当光荣、荣誉和勇气这样抽象的词汇与村庄的名字、公路编号、河流名字、士兵编号和重要日期等具体信息联系在一起的时候，简直让人觉得烂俗恶心。吉诺很爱国，所以他说有些事情会让我们有分歧。他人确实不错，所以我能明白一个爱国者的心态。他天生就是爱国者。他把佩杜齐留在车里，回到了戈里齐亚。

一整天都在下暴雨。风吹着雨，到处都是积水和烂泥。损毁房子的石膏又灰又湿。下午晚些时候，雨停了。我从二号救护站看到了光秃潮湿的乡村，山顶上都是云，遮路用的草垫子都被淋湿了，在滴着水。太阳落山之前又出来了一下，照在山脊后面的光秃树林上，没多久就落下去了。山脊上的树林里有很多奥军的大炮，但开炮的只有一部分。我看见破旧的农舍上方突然出现一团烟圈，柔软的烟圈中间闪着黄白相间的火光，这意味着开炮地点离我很近。闪光先于爆炸声出现，然后烟雾逐渐变形并消散在风中。房屋废墟里有很多铁制弹球。破败房子旁边的路上就是救护站，那里也有不少，那天下午敌军没有向救护站周围开炮。我们将两辆救护车装满伤员，行驶在草垫掩映的道路上，阳光照进草垫之间的缝隙。我们还没有开到露天路段的时候，太阳就已经下山了。我们继续沿着没有遮挡的道路行驶，拐了个弯就从豁然开朗的大道行驶进了盖着草垫的方形隧道。雨又开始下了。

夜里风更大了，凌晨三点的时候又开始下雨，敌人也开始了新一轮的轰炸。克罗地亚的士兵穿过山区草地和大片树林来到前线。双方在黑夜里冒雨战斗，胆战心惊的二线士兵发起反击才将敌人击退。雨还在下，两军交火的前线，轰炸火炮响个不停，机枪步枪齐鸣。敌军安静了一会儿，没有再来，周围也随之变得安静了。风雨交加之中我们依稀听到北边远处还有大规模的轰炸。

伤员被送到救护站，有的是被担架抬来的，有的是自己走来的，还有的是被人穿越野地背来的。他们浑身都湿透了，心里也很怕。伤员被从地窖抬上来，我们立刻将伤员装车。最终，两辆救护车都装满了。就在关第二辆车的车门时，我发现落在脸上的雨已经变成雪了。雨里的雪花变得越来越大，落得越来越快。

天亮了，风还在刮，但雪已经停了。雪花一落到地上就化了，现在又开始下雨了。天亮以后，敌人又发动了一次进攻，但仍旧没有成功。我们一整天都在等着敌人进攻，但一直到太阳落山了都没等到。南边的山区树木茂盛，奥军的火力都集中在那边了。天色渐暗，村庄后面的田野里又响起了炮声。听见大炮是射向远处的，我们的心里也有了些许安慰。

我们听说南边的进攻失利了。那晚他们没有再进攻，但他们已经攻破我方北边。晚上，有消息传来要我们准备撤退，是救护站的上尉告诉我的。他是从旅里听来的消息。旅里接到命令，无论发生什么事情，都要顶住压力，坚守贝恩西撒高原。我问了问关于突破的事情。他听旅里说，奥军已经突破了第二十七军团，开始向卡波雷托进发了。北面一整天都在打仗。

“要是那些畜生挡不住他们我们就完了。”他说。

“进攻的是德军部队。”一名医务官说。大家盛传德军骁勇善战，令人闻风丧胆。谁都不想跟德军扯上关系。

“德军一共有十五个师。”医务官说，“他们已经突破了防线，我们马上要被截断了。”

“他们在旅里还说要坚守防线。敌人还没有彻底突破防线，我们可以守住以马乔里山为界线的新山地防线。”

“你从哪儿听说的？”

“从师里。”

“让我们撤退的就是师里的命令。”

“我们听从集团军的命令。”我说，“但在这里我听你的。你跟我说什么时候走，我就什么时候走。但是走是留要弄清楚。”

“目前的命令是让我们守在这里。你把这里的伤员全部送到转运站去。”

“有时候我们也把转运站的伤员送到野战医院去。”我说，“跟我说说撤退的时候要怎么带上全部伤员呢？我还没见过撤退呢！”

“伤员根本没办法全都带走。能带多少带多少，带不走的就只能留下了。”

“救护车里要装什么呢？”

“医疗设备。”

“好的。”我说。

第二天早上，撤退开始了。我们听说德军和奥军已经突破了北方的防线，要沿着山间的河谷一路挺进奇维达莱和乌迪内了。我们的撤退过程很有秩序。潮湿、沉闷的晚上，我们慢慢地开着车行进在拥挤的道路上，我们超过了雨中行军的部队、大炮、运货的马车、骡子和卡车。大家都是从前线撤下来的。因为提前都通知了，所以撤退井然有序。

那天晚上，我们帮助野战医院将伤员运到河床旁边的普拉瓦。医院建在高原上损毁最轻的村子里。第二天，我们又在雨中协助普拉瓦医院和转运站撤退。十月的秋雨下个不停，贝恩西撒高原的军队从高原陆续撤退下来，穿过河流，经过春天打了胜仗的地方。第二天中午，我们来到戈里齐亚。雨已经停了，小镇基本都空了。我们上街的时候，他们正在往车上装军官妓院的姑娘，一共七个人，她们都穿戴着大衣和帽子，拎着小箱子。其中的两个姑娘在哭，还有一个有着丰满的嘴唇和黑色眼睛的姑娘在冲我们微笑。她伸出舌头，上下拨弄。

我在车前停住，跟管事的讲话。她说军官妓院里的姑娘一早就走了。“她们去哪里了？”“科内利亚诺。”她说。卡车启动了。那个厚嘴唇的姑娘还在对着我们伸舌头。管事的挥了挥手。两个姑娘仍然在哭，其他人则满心好奇地看着镇子。我又回到了车上。

“我们应该跟她们一起走。”波尼洛说，“这样旅程肯定会很惬意。”

“我们的旅途肯定会趣味无穷。”我说。

“明明会很糟糕。”

“我就是这个意思。”我说。我们把车开到庄园前。

“好想看看壮汉爬上车扑向她们的样子。”

“你觉得会有人爬上车吗？”

“当然了，第二军的所有人都认识那个管事的。”

我们来到了庄园外。

“她们叫她管事妈妈。”波尼洛说，“所有人都认得那个管事的，但是姑娘们是新来的，估计是撤退前才派过来的。”

“她们有的受咯。”

“我觉得也是，连我都想免费搞一搞。妓院收费太高了，政府简直就是在鱼肉我们。”

“把车开出去，让机械师检查一下。”我说，“换换润滑油，检查一下分速器，加满油，然后睡会儿觉。”

“是的，中尉长官。”

庄园已经空无一人。里纳尔迪随着医院撤退了。少校也带着医护人员坐着小车走了。窗户上贴着一个给我的便签，让我把大厅里堆着的东西都装上车，然后去波尔德诺内。机械师也早都走了。我又回到车库，另两辆车也回来了。又开始下雨了。

“我太——困——了，从普拉瓦回这儿的路上我睡着了三回。”皮亚尼说，“我们现在干什么，中尉？”

“先换润滑油，然后加满油，把车子开到前面，装上他们留下来的破烂。”

“然后就直接出发？”

“不，先睡三个小时。”

“上帝啊，我太想睡觉了。”波尼洛说，“我开车的时候眼皮都一直打架。”

“你的车怎么样，艾莫？”我问。

“没问题。”

“给我拿套工作服，我来帮你加油。”

“中尉，不需要你。”艾莫说，“没什么要弄的。你去收拾行李吧。”

“我的东西都收拾好了。”我说，“我去把他们留下的东西搬出来。车弄好以后就开出来。”

他们把车开到庄园前面，我们把堆在走廊里的医院设备装上车。都装好以后，我们就把车排成一排，停在树下的车道上躲雨，之后我们就进去了。

“在厨房里生个火，把衣服烤干。”我说。

“我不是很在意烘干衣服。”皮亚尼说，“我只想睡觉。”

“我要在少校的床上睡。”波尼洛说，“我要睡那个老头子睡过的地方。”

“我睡哪里都行。”皮亚尼说。

“这里有两张床。”我打开门。

“我一直不知道那个房间里放的是什么。”波尼洛说。

“那是鱼脸老头的房间。”皮亚尼说。

“你们两个睡在这里。”我说，“我会叫你们起来。”

“睡得太久估计奥军就会来叫我们起床了，中尉。”波尼洛说，“我不会睡过头的。”

“艾莫在哪儿？”我说。

“他去厨房了。”

“睡吧。”我说。

“我这就去。”皮亚尼说，“我都坐着睡了一天了。眼皮老是耷拉着。”

“把靴子脱了吧。”波尼洛说，“那是鱼脸老头的床。”

“我才不在乎鱼脸老头。”皮亚尼躺在床上，泥泞的靴子朝外伸着，他的头枕在胳膊上。我走到厨房。艾莫在炉子上点了火，还烧了一壶水。

“我想吃点儿意大利面。”他说，“大家醒了以后会饿。”

“你不困吗，巴托洛米奥？”

“不是很困。水开了我就走。火自己就灭了。”

“你最好还是去睡会儿。”我说，“我们可以吃芝士和牛肉罐头。”

“那更好了。”他说，“吃点儿热乎的对那两个无政府主义者比较好。你去睡吧，中尉。”

“少校的屋里有张床。”

“那你睡吧。”

“不用了，我上楼睡我原来的房间。你想喝一杯吗，巴托洛米奥？”

“走的时候再喝吧，中尉。现在喝对我没什么好处。”

“如果你三个小时以后醒了，我没有喊你，你就把我喊醒，好吗？”

“我没有表，中尉。”

“少校房间的墙上有个表。”

“好的。”我出去，穿过食堂大厅，走上大理石台阶，回到我和里纳尔迪之前住的房间。外面还在下雨。我走到窗边向外看。外面越来越黑了，我看见三辆车在树下排成一行。树还在滴着水。外面很冷，树枝上垂着雨滴。我在里纳尔迪的床上躺下，睡了过去。

我们出发之前在厨房吃了东西。艾莫弄了一盆意大利面，加了切碎的洋葱和肉罐头。我们围坐在桌旁，喝了两瓶庄园地窖里留的酒。外面一片漆黑，雨还在下。皮亚尼坐在桌边，还是很困。

“跟进攻比起来，我更喜欢撤退。”波尼洛说，“撤退的时候有巴贝拉酒喝。”

“我们现在还能喝酒，明天估计就只能喝雨水了。”艾莫说。

“明天我们就到乌迪内了，就能喝上香槟啦。醒醒，皮亚尼！我们明天就要在乌迪内喝香槟了！”

“我醒了。”皮亚尼说。他往盘子里盛满了意大利面和肉，“没有番茄酱吗，巴托？”

“确实没有。”艾莫说。

“我们要在乌迪内喝香槟了。”波尼洛说。他又在杯子里倒了一杯清澈鲜红的巴贝拉。

“到达乌迪内之前，我们可能就没得喝了。”皮亚尼说。

“你吃饱了吗，中尉？”艾莫问。

“吃饱了，把瓶子给我，巴托洛米奥。”

“我往每辆车上都装了一瓶酒。”艾莫说。

“你们睡着了吗？”

“我不需要睡太久。一会儿就够了。”

“明天我们就要睡在国王的床上了。”波尼洛说。他特别兴奋。“明天可能我们要睡在——”皮亚尼说。

“我要和王后一起睡。”波尼洛说。他看着我，观察我对这个笑话的反应。

“你和谁睡——”皮亚尼昏昏欲睡地说。

“那是叛国，中尉。”波尼洛说，“这难道不算叛国吗？”

“闭嘴。”我说，“虽然你们喝了点儿酒，但这样的玩笑有点儿过分了。”外面雨下得很大。我看看表，已经九点半了。

“是时候出发了。”我站起身来说。

“你要和谁一辆车，中尉？”波尼洛问。

“艾莫。接下来是你，最后皮亚尼跟上。我们现在就上路，目标是科尔蒙斯。”

“我怕我会睡着。”皮亚尼说。

“好吧。那我和你一辆车。然后是波尼洛，再是艾莫。”

“那就最好了。”皮亚尼说，“因为我实在太困了。”

“我来开车，你睡一会儿。”

“不用。我来开，有人在旁边提醒我就好。”

“我会叫醒你的，熄了灯吧，巴托。”

“由它们亮着吧。”波尼洛说，“反正这个地方也没什么用了。”

“我的房间里有一个上锁的小柜子。”我说，“帮我拿下来吧，皮亚尼。”

“好嘞，我们这就去拿。”皮亚尼说，“来吧，阿尔多。”他跟着波尼洛进了大厅。我听见他们上楼了。

“这真是个好地方。”巴托洛米奥 · 艾莫说。他把两瓶酒和半块芝士放进了背包里，“再也碰不上这样的好地方了。他们要撤退到哪里，中尉？”

“据说是格里亚门托河以外。医院和重要部门设在波代诺内。”

“这个镇子比波代诺内好多了。”

“我不了解波代诺内。”我说，“就是曾经路过。”

“那里并不好。”艾莫说。

第二十八章

我们冒雨出城的时候，整个镇子都空了，只剩一些撤退的军队和大炮，路上还有很多卡车和马车。大家最后都汇集到主路上。我们穿过硝皮厂来到主路上，与军队、牵引车、马拉货车、大炮汇合成一个庞大而缓慢的队伍。我们在雨里缓慢前行。前面的车满载货物，堆得很高，虽然用帆布盖着，但已经湿了。我们的水箱盖几乎碰到了前面车的后挡板。卡车停住的时候整个队伍都停下了。过了一会儿，卡车又开始前进，不一会儿又停下。我下车查看情况，在货车、马车和马匹的脖子下来回穿梭。原来是更前面的地方堵住了。我从主路上下来，踩着一块木板，跨过水沟，往田野深处走。我在田野中抄近道往前走，在树丛掩映中看见军队停滞在雨中。我走了一英里左右，队伍始终都没有挪动，但是队伍另一边已经开始活动了。我又走回去找救护车。我觉得这条路估计已经堵到乌迪内了。皮亚尼已经在车上睡着了。我爬到他旁边，也睡过去了。几个小时后，我听见了前面卡车发动的声音。我把皮亚尼叫醒后继续出发，结果往前挪了没几码，继续开始走走停停。这期间雨仍然没有停。

夜里，队伍再次停了下来。我下车往回走，想去看看艾莫和波尼洛。波尼洛的车上还坐着两个搭车的工程师上士。我过来之后，他们都立刻坐直致敬。

“部队把他们留下修桥。”波尼洛说，“他们找不到自己的队伍了，所以我就让他们搭车了。”

“恳求中尉允许。”

“可以。”我说。

“中尉是美国人。”波尼洛继续说，“谁来搭车他都会同意。”一个上士笑了笑。另一个问我是不是从北美或者南美来的意大利人。

“他不是意大利人。他是来自北美的英国人。”

两个上士非常礼貌，但看上去他们并没有当真。我告别了他们回去找艾莫。他找了两个姑娘跟他一起坐在座位上，自己正坐在角落里抽烟。

“巴托，巴托。”我说。他大笑。

“跟她们聊聊天吧，中尉。”他说，“我听不懂她们说的。嘿嘿！”他把手放在姑娘的大腿上，温柔地掐了一把。“嘿！”他说，“告诉中尉你的名字，还有你是来干什么的。”

一个姑娘紧张地看着我，另一个姑娘则一直不敢抬头。瞪着我的姑娘用我完全听不懂的语言跟我讲话。她黝黑丰满，看上去大概十六岁。

“她是你的姐妹？”我指着另一个姑娘问她。

她点头微笑。

“好的。”我说，然后拍了拍她的膝盖。我拍她的时候，发觉她的身体有些僵硬。她的姐妹一直没有抬头，看上去比她小一岁。艾莫把手放在姐姐的大腿上，姐姐把他的手推开了。他冲着她笑。

“好人。”他指着自己。“好人。”他指着我，“不要担心。”姑娘依旧紧张地看着他。她们两个就像野生的小鸟一般。

“她要是不喜欢我，为什么要搭我的车？”艾莫问。“我一跟她们示意，她们就立刻上车了。”“别担心，”他说，“没有XX的危险，”他用了很粗俗的字眼。“没有地方XX。”我觉得她听懂了那件龌龊的事情，结果愈发惊恐地看着他，把披肩拉得更紧了。“车满了。”艾莫说，“没有XX的危险。没有地方XX。”他每说一次那个词，她的身体就更僵硬一些。她就这么僵硬地坐着，瞪着他，后来竟然哭了起来。我看见她嘴唇在抖动，眼泪沿着黝黑的脸庞滑落。她的妹妹依旧没有抬头，牵着她的手，与她依偎在一起。姐姐一开始虽然强势，后来也开始啜泣了。

“我觉得可能吓着她了。”艾莫说，“我不是有意吓唬她俩的。”

巴托洛米奥从背包里拿出一块芝士，切下两片来。“拿着吧。”他说，“别哭了。”

姐姐摇了摇头，还是哭，但是妹妹接过芝士开始吃。过了一会儿，妹妹把另一片芝士递给姐姐，两个人一起吃了起来。姐姐还是有点儿抽泣。

“等一会儿就好了。”艾莫说。

他突然想到了一件事。“处女？”他问旁边的两个姑娘。她用力地点点头。“也是处女？”他指指另外一个姑娘。两个姑娘一起点头。姐姐又开始用方言讲话了。

“好的。”巴托洛米奥说，“好的。”

两个姑娘好像变得高兴起来了。

我让她们继续和艾莫坐在后面的角落里，自己回到皮亚尼的车上。车队一直没有移动，但部队却一直从旁边经过。雨还是下得很大，我想可能是下雨淋湿了行驶的路线，所以队伍才一次又一次地停下，也有可能是马或者司机睡着了。不过在城市里即使大家都是醒着的，交通还是会堵塞。这里的车队是汽车和马车组成的，没法互相帮助。农民的马车让交通更拥堵了。跟巴托在一起的是一对儿好姑娘。撤退的队伍中根本没有处女的容身之处。这可是真正的处女啊，肯定是有坚定的信仰。如果没有战争的话，我们可能早都躺在床上了。在床上，我就能把头放平，既有床又有床板，笔直地躺在床上。凯瑟琳现在应该就在床上，铺一个床单，盖一个床单。她朝哪边躺着呢？她也有可能还没睡，正躺着想我呢。吹啊吹，西风吹。好吧，风虽然来了，但雨一点儿也没有变小，算得上瓢泼大雨。雨下了一整晚，我一直能感觉到。看看我吧，上帝，我想要将爱人拥在怀里，回到自己的床上。我的爱人凯瑟琳，让我的亲密的爱人凯瑟琳如同雨一般落在我的身边吧。让风把她吹到我身边也好。好了，我们已经在风里了。大家都被困住了，小雨不能平息风的声音。“晚安，凯瑟琳。”我大声说。“做个好梦。亲爱的，如果你不舒服，就翻个身躺在另一边。”我说。“我给你拿点儿凉水来。一会儿天就亮了，一切都会好起来。抱歉让你受苦了。接着睡吧，宝贝。”

“我一直都睡着呢。”她说。“你一直在说梦话。你还好吗？”

“你真的在这儿吗？”

“我当然在了。我不会走的。这不能给我们造成任何影响。”

“你这么可爱，这么贴心。你晚上不会走吧，对吗？”

“当然了，我不会走。我一直都在这里。你需要我的时候我都在。”

“队伍又开始动了。”皮尼亚说。

“我都睡昏头了。”我说。我看了看表，已经凌晨三点了。我把手伸向后座找巴贝拉酒。

“你讲话声音很大。”皮亚尼说。

“我做梦讲了英语。”我说。

雨变得稀稀拉拉的，我们又开始往前走。天亮之前我们又停住了。天亮以后，我发现我们停在一小块高地上，我看见撤退的道路一直向前延伸到很远的地方，大家都一动不动，只有步兵在缝隙里穿插行走。我们又开始朝前走，但根据白天的情况看，想要抵达乌迪内必须想办法离开主路，抄近道穿过田野。

晚上，许多农民从乡间小路加入到了撤退大军中。队列里挤满了满载家当的马车：床垫之间夹着镜子，鸡鸭也绑在车上。我们前面有一辆车上还装着一台缝纫机，也在雨里淋着。妇女们挤坐在马车上避雨，还有一些人在马车旁边跟着，能贴多紧贴多紧。队列里还有狗，一直躲在马车下面走。道路非常泥泞，路旁水沟里的水已经涨得很高了，道路两旁的树后面就是田野，但已经被雨淋得太软太湿，根本无法走。我从车上下来往前走，找了个看得到前面的地方，看能不能找到小路穿过田野。我知道这里有很多小路，但是我不想盲目地上一条路，结果哪里都去不了。我记不清这些小路了，因为我们都是驾着车从主路上匆匆过去，这些路看上去又都差不多。现在我十分确定，如果我们想过去，必须得找到一条小路。没人知道奥军在哪里、目前战况如何。但我深知，如果雨停了，飞机就会起飞轰炸，一切就都完了。到时候，只消几个人丢弃卡车或者炸死一些马，大家就完全堵在路上了。

雨已经下得不怎么大了，很可能要停了。我沿着路边往前走，发现有一条小路通往北边，路两旁有树篱掩映，再外面就是田地了。我觉得我们应该走这条路，于是赶忙回到车队。我跟皮亚尼说拐弯，然后又跑回去通知波尼洛和艾莫。

"如果前面没路了，我们可以回来，再次插入到队伍中。"我说。

"这俩人怎么办？"波尼洛问。他车上还拉着两个上士。即使他们没有刮胡子，但清早看上去还是很有军人的威严。

"他们得帮忙推车。"我说。我往回走跟艾莫说："我们试试走这条小路，看能不能穿过村子。"

"这两个处女怎么办？"艾莫问。两个姑娘睡着了。

"她们两个没什么用。"我说，"你应该找个能推车的人。"

"她们可以坐到后面的车上。"艾莫说，"车上还有位置呢。"

"如果你想让她们跟着的话，就跟着吧。"我说，"再找个虎背熊腰的大汉来推车。"

"没问题，那就找意大利狙击兵吧。"艾莫说，"他们的后背最宽大，有人量过的。你觉得怎么样，中尉？"

"好的。你好吗？"

"很好。但是很饿。"

"路上应该能找到些吃的，到时候我们停车再吃。"

"你的腿怎么样了，中尉？"

"没事了。"我说。我蹬在踏板上朝前望，透过光秃秃的树篱看得到皮亚尼正把车往小路上开。波尼洛也掉头跟上。皮亚尼也设法跟了过来。我们跟着前面两辆救护车行进在树篱之间的小路上。路的尽头是一个农舍，皮亚尼和波尼洛已经把车停在院里了。农舍又矮又长，门口有支葡萄架的棚子。院子有口井，皮亚尼正往水箱里装水。水箱长时间低速运行，水都烧光了。农舍已经没人住了。我回头一看，发现农舍地势比平原稍微高一点儿，在这里我看得见田野、道路、树篱和主路旁边的两排树。两个上士在屋子里东张西望。姑娘们也醒了，正看着庭院、水井和农舍前的两辆大救护车。三个司机围在井边。一位上士走出来了，手里拿着一座时钟。

“放回去。”我说。他看着我，又走进屋里，出来的时候手里已经没有时钟了。

“你的同伴呢？”我问。

“去厕所了。”他从救护车的座位上站起来，唯恐我们丢下他。

“吃点儿早饭吧，中尉？”波尼洛问，“我们可以吃点儿东西，花不了多长时间的。”

“你觉得这条路的另一边会通往其他地方吗？”

“当然了。”

“好吧，吃饭吧。”皮亚尼和波尼洛走进屋里。

“来吧。”艾莫跟姑娘们说。他伸出手把姑娘们扶下车。姐姐摇了摇头，她们不愿去废弃的房子，于是目送我们进去。

“她们真矫情。”艾莫说。我们一起走进农舍。屋子很大很黑，完全是没人住的样子。波尼洛和皮亚尼在厨房里搜寻着。

“吃的东西不多。”皮亚尼说，“主人都带走了。”

波尼洛在厚重的厨房桌子上切下一大块芝士。

“芝士在哪找到的？”

“在地窖里。皮亚尼还找到了酒和苹果。”

“这顿早饭可丰盛了。”

皮亚尼把盖着柳条筐的大酒罐的软木塞拔出，酒罐一歪，倒了满满一盆。

“闻上去不错。”他说，“找点儿杯子来，巴托。”

两个上士进来了。

“吃点儿芝士吧，上士。”波尼洛说。

“我们该走了。”一个上士吃着芝士喝着酒说。

“我们会走的，不用担心。”波尼洛说。

“兵马未动，粮草先行。”我说。

“什么？”上士问。

“吃点儿饭有好处。”

“是的，但是时间宝贵。”

“我觉得那两个畜生已经吃过饭了。”皮亚尼说。他们恨透我们了。

“你们知道路吗？”一个上士问。

“不知道。”我说。他们二人面面相觑。

“我们还是尽量早点儿出发吧。”其中一个上士说。

“我们要出发了。”我说。我又喝了一杯红酒。吃了芝士和苹果之后，酒变得格外美味。

“把芝士拿走。”我说着出了门。波尼洛也出来了，手里拿着一罐酒。

“这一罐太大了。”我说。他惋惜地看着我。

“我也觉得。”他说，“给我拿水壶装点儿酒。”他拿水壶装了点儿酒，有一些洒在了铺院子的石头上。他把酒罐拿起来放在门里。

“奥军不用把门弄坏就能找到酒了。”他说。

“我们出发吧。”我说，“皮亚尼和我走在前面。”两个工程兵早就坐在波尼洛旁边了，那两个姑娘在吃芝士和苹果，艾莫在抽烟。我们继续沿着狭窄的道路行进。我向后看跟过来的两辆车和农舍。农舍坚固漂亮，就是有点儿矮，水井上的铁器质量也很好。我们前面的路又窄又泥泞，路两边都有高高的树篱。两辆车在后面跟得很紧。

第二十九章

中午的时候，我们的车陷在了一条泥泞的道路上。照我们估计，离乌迪内还有十公里左右。上午的时候雨已经停了，我们三次听到飞机飞来的声音，眼见着飞机从头顶飞过，又从左边飞远，接着主干道上就传来轰炸声。我们穿过了许多二级公路，走了很多不认识的路，好在总能通过倒车和换路绝处逢生，最终离乌迪内越来越近。现在，艾莫的车在死路倒车的时候，陷进了旁边的软泥里，前轮越陷越深，分速器卡在地上不能动。现在要做的事情就是在轮子前面挖个坑，放些树枝进去，防止打滑，然后一直把车推上路。我们都在路上，围在车旁。两个上士也看着车，检查轮子，然后一声不响地扭头就走。我在后面追他们。

“快过来。”我说，“砍些树枝去。”

“我们必须得走了。”其中一个上士说。另一个人沉默不语。他们着急赶路，根本不愿意看我。

“我命令你们回来砍树枝。”我说。一个上士转身说：“我们必须继续赶路。你们一会儿就会被人截断后路了。你不是我们的长官，没有资格命令我们。”

“我命令你们现在去砍树枝。”我说。他们转身开始赶路。“站住。”我说。他们没停，在泥泞的道路上走远。路的两边种着树篱。“我命令你们站住。”我大喊。结果他们走得更快了。我打开枪套，掏出手枪，瞄准了话多的上士开枪，结果没打中。他俩拔腿就跑。我连开三枪，放倒了其中一个。另一个穿过树篱，跑得没了踪影。他低着头在田野上跑得很远了，手枪根本打不到。我拿出空弹夹再次装子弹。波尼洛过来了。

“我去弄死他。”他说。我把手枪递给他。他沿着两个上士埋头逃跑的路线寻找。他用枪指着已经扑倒的逃兵的头，扣动扳机，结果手枪没响。

“你得先把扳机往上扳。”我说。他把扳机扳起来后连开两枪，然后抓住上士的双腿，将其拖到路边树篱旁。他回来把手枪递给我。

“小杂种。”他说。他看向上士，“我已经弄死他了，你看见了吧，中尉？”

“我们必须尽快搞定树枝。”我说，“你觉得另一个人被我击中了吗？”

“应该没有。”艾莫说，“他跑得太远了，手枪根本打不中。”

“卑鄙小人。”皮亚尼说。大家齐心协力砍下粗枝和细枝，把车上所有东西都卸下来。波尼洛正在轮子前面挖土。我们都弄好后，艾莫发动汽车。轮子飞转，树枝和泥都甩到一边。波尼洛跟我一直推车，推到我们的关节都在咔咔作响，但车就是不动。

“来回开试试，巴托。”我说。

他又发动引擎向后倒，然后向前，结果轮子越陷越深，分速器又卡在地上了，轮子在他们挖的坑里空转。我站起身来。

“用绳子试试。”我说。

“我觉得没什么用，中尉。我们找不到直的方向用力。”

“不行也得试试。”我说，“反正用其他的方法车也开不出来。”

皮亚尼和波尼洛的车只能在狭窄的道路上向前行驶。我们把两辆车绑在一起拖后面的车，但轮子只是往车辙旁边靠。

“这样不行。”我大喊，“停下吧。”

皮亚尼和波尼洛从车上下来，走回来。艾莫也下来。两个姑娘坐在路前面的高墙上，在我们四十码开外。

“现在怎么办呢，中尉？”波尼洛问。

“我们再挖一次洞，然后多用点儿树枝试一次。”我说。我朝路上看去。都是我的错，是我把他们带到这来的。太阳已经要从后面的云层里出来了，上士的尸体就躺在树篱旁边。

“我们把他的外衣和斗篷垫在底下。”我说。波尼洛去拿了。我砍断树枝，艾莫和皮亚尼在轮子前面和轮子之间挖土。我剪断披风，撕成两半，垫在轮子底下，然后又把树枝垫在下面，防止车轮打滑。我们准备好了，艾莫爬上车，发动汽车。轮子飞转，我们推了又推，但是一点儿用都没有。

“太背了。”我说。“车里有你想要的东西吗，巴托？”

艾莫和巴托一起爬上车，把芝士、两瓶酒和斗篷拿了下来。波尼洛坐在方向盘后面，挨个检查上士的外套口袋。

“最好还是把外套扔了。”我说，“巴托的两个处女呢？”

“她们可以待在后面。”皮亚尼说，“我觉得我们也走不远了。”

我打开救护车的后门。

“来吧。”我说，“快进来。”两个姑娘爬进来，坐在角落里，她们好像没有注意到开枪这件事。我回头望望，上士躺在地上，只穿了一件脏兮兮的长袖内衣。我和皮亚尼爬上车，再次出发了。我们得穿过田野，从那儿过去之后有一条路。但道路太泥泞了，车根本过不去。最后，所有救护车都完全陷入烂泥里，连轮毂都是。于是我们干脆丢下车子，徒步往乌迪内走。

我们回到刚才那条路上，从那儿向后走就能走回原来的大路。我把路指给两个姑娘。

“沿着这里走。”我说，“你们就能找到大部队了。”她们看着我。我拿出随身携带的袖珍笔记本，给了她们每人10里拉纸币。“沿着那儿走就行。”我边说边指着，“朋友！家人！我们来了！”

她们似乎没听懂，但是依旧紧紧地攥着钞票赶路。她们往回看了看，好像担心我会把钱收回去。我目送她们走远。她们把披肩紧紧围在身上，战战兢兢地回头看着我们。三个司机哈哈大笑。

“如果我也往那边走，你会给我多少钱，中尉？”波尼洛问。

“如果敌人追过来的话，她们还是和大部队在一起比较安全，比两个人走强多了。”

“给我 200 里拉，我可以往回走到奥地利。”波尼洛说。

“他们会把你的钱抢走的。”皮亚尼说。

“到时候战争可能结束了呢。”艾莫说。我们尽快往大路上赶。太阳想要突破云层。路旁边是桑树。透过树林，我可以看见我们的两辆救护车陷在了田野里。皮亚尼也往回看。

“他们要想把车弄出来，得修一条路。”他说。

“上帝啊，我希望我们有几辆自行车。”波尼洛说。

“美国人骑自行车吗？”艾莫问。

“之前有。”

“此情此景，自行车可是了不起的东西。”艾莫说，“这会儿要是能有辆自行车可太棒了。”

“我向上帝许愿，赐我们几辆自行车。”波尼洛说，“我不喜欢走路。”

“有人开枪吗？”我问。我好像听见了远处传来的枪声。“我不知道。”艾莫说。他也侧耳聆听。

“我觉得应该是。”我说。

“我们最先看见的应该是骑兵。”皮亚尼说。

“我觉得他们没有骑兵。”

“上帝啊，我希望他们没有骑兵。”波尼洛说，“我可不想被骑兵用长矛射死。”

“你可是开枪杀死了那个上士，中尉。”皮亚尼说。我们走得很快。

“我是杀了他。”波尼洛说，“在这场战争中，我还没有杀过任何人。我这辈子就想杀个上士。”

“你是趁人家都动不了的时候开枪。”皮亚尼说，“你杀他的时候，他跑得可不快。”

“那没关系。这件事我会记一辈子。我杀了一个上士。”

“那你将来忏悔的时候要说什么？”艾莫说。

“我会说‘主，请保佑我，我杀了一个上士。’”他们都笑了。

“他是个无政府主义者。”皮亚尼说，“他从来不去教堂。”

“皮亚尼也是无政府主义者。”波尼洛说。

“你们真的是无政府主义者？”我问。

“不是的，中尉。我们是社会主义者。我们从伊莫拉[①]来。”

“你没去过伊莫拉吗？”

“没有。”

“我向上帝起誓，那可是个好地方。战争结束以后你可一定要来，我们带你开开眼界。”

“你们都是社会主义者吗？”

“全部都是。”

“那个镇子漂亮吗？”

“美极了。你肯定没见过那么美的镇子。”

“你们怎么成为社会主义者的？”

“我们都是社会主义者。所有人都是社会主义者。我们从一开始就是社会主义者。”

“中尉，你来吧。我们会把你也变成一个社会主义者。”

道路在前面向左转了。那里有一座小山，山上有一个苹果园，外面砌着一堵石墙。道路一直沿坡上山，他们不说话了。我们一起快速行走，与时间赛跑。

---

① 位于意大利中北部桑泰尔诺河畔，是艾米利亚—罗马涅大区博洛尼亚的一个镇。

第三十章

后来我们走到了一条通往河边的路上。沿途有一长串被遗弃的卡车，一直排到桥边。我们的视线范围内一个人影也没有。河的水位很高，桥的中心被炸毁了；石拱掉进了河里，棕色的水从上面流过去。我们沿着河床走，一路寻找可以过河的地方。我记得前面有一个铁路桥，我觉得我们可以从那里过桥。河边的小路潮湿泥泞。我们看不到任何军队，只有被丢弃的卡车和粮食。河床旁边既没有人也没有物品，只有潮湿的树枝和泥泞的土地。我们继续沿着河床走，终于看见了铁路桥。

“多么漂亮的一座桥啊。”艾莫说。这其实只是一条普通的铁桥，桥下面的河床已经干涸。

“我们还是在桥被炸毁之前赶快过去吧。”我说。

“没有人会来炸桥的。”皮亚尼说，“他们早都走了。”

“可能埋了炸药呢。”波尼洛说，“你先过，中尉。”

“听听这无政府主义者说出来的话。”艾莫说，“让他先走。”

“我先来吧。”我说，“埋雷肯定不是为了炸死一个人。”

“瞧见了吧。”皮亚尼说，“动动脑子。无政府主义者，你们难道没脑子吗？”

“我要是有脑子的话就不会待在这儿了。”波尼洛说。

“说得有理，中尉。”艾莫说。

“很好。”我说。我们现在离桥已经很近了。天上乌云密布，又开始下起小雨。铁桥看上去很长很坚固。我们爬上了堤岸。

“一次过一个。”我说，然后开始过桥。我仔细观察了枕木和铁轨，看有没有地雷拉线或者爆炸物的痕迹，结果什么也没看见。枕木空隙之间，我发现浑浊的河水流得很快。过了前面潮湿的田野，我已经可以看见雨中的乌迪内了。过桥之后我回头看。河流上游还有另外一座桥，就在我观察的时候，一辆黄泥色的车开过去了。桥的两边很高，车一上桥就挡住了。但我还是看见了司机、副驾驶和后座上两个人的头部。他们都戴着德军头盔。汽车下桥后消失在树林和道路上被丢弃的车辆中。我向正在过桥的艾莫和准备过桥的其他人挥手，示意他们过来。我从桥上爬下去，藏在铁轨堤岸的旁边。艾莫和我一起下来。

“你看见那辆车了吗？”我问。

“没有，我们都盯着你呢。”

“一辆德国军官的车刚从上游的桥过去。”

“军官座驾？”

“是的。”

“圣母玛利亚啊。”

其他人也过来了，我们都藏在堤岸后面的泥里，望着桥那边的轨道、树木和水沟查看情况。

“你说我们是不是被截断了，中尉？”

“我不知道。我就知道德国军官的车从那条路过去了。”

“你是不是眼花了，中尉？你脑子里没有奇怪的感觉？”

“别开玩笑了，波尼洛。”

“喝一杯怎么样？”皮亚尼问，“如果我们被截断了，喝一杯也无妨。”他解下酒壶，拔下塞子。

“看啊！快看！”艾莫边说边指着道路。我们看见石头桥上有移动的德军头盔。他们躬身前行，流畅地向前，仿佛超自然一般的存在。他们下了桥，我们才看清，原来是德军自行车军团。我看见了前面两个人的脸，面色红润，非常健康。他们的头盔很低，盖住了额头和脸庞两侧。他们的卡宾枪都别在了自行车框架上。手榴弹倒挂在皮带上。他们的头盔和灰色的制服都淋湿了，但仍旧轻松地骑着自行车，观察着前面和两边的情况。他们先是两人一排，接着是四人一排，然后又是两人一排，接下来是十来个人一排；然后又是十几个人一排——最后只剩一个。他们之间没有交谈，不过就算讲了我也听不见，因为河水的声音太吵了。他们消失在了上游的道路上。

"圣母玛利亚呀。"艾莫说。

"那些可都是德国兵，"皮亚尼说，"不是奥地利士兵。"

"为什么没人拦住他们呢？"我问，"为什么他们没有把桥炸毁？路堤上为什么没有机关枪？"

"你来说说，中尉。"波尼洛说。

我很生气。

"他们疯了吧，炸毁了下游一个小桥，结果却留着通往主路的大桥。人都去哪里了？他们完全不想阻击敌人吗？"

"你来说说，中尉。"波尼洛说。我不说话了。这些跟我完全没关系。我的任务就是把三辆救护车送到波尔代诺内，现在估计只能人到了。可能我连乌迪内都到不了。天啊，我到不了了。我能做的事情就是保持镇静，别被击毙或者俘虏。

"你不是打开了酒壶吗？"我问皮亚尼。他把酒壶递给我。我喝了一通。"我们还是出发吧。"我说，"但也不着急。你们想吃点儿什么吗？"

"此地不宜久留。"波尼洛说。

"好，那我们出发吧。"

"我们要不要沿着这边走——躲开他们？"

"我们还是到上面去吧。他们也有可能沿着这座桥过来。决不能让他们居高临下，先看见我们。"我们沿着铁轨走。两边都是绵延不尽的潮湿平原。过了前面的平原就是乌迪内城边的小山。山上有座突出的城堡。我们可以看到钟楼和钟塔。田野里有很多桑树。我看到前面有个地方的铁轨被破坏了，枕木也被挖出来扔到了路堤下面。

“趴下！趴下！”艾莫说。我们趴在路堤旁边。又有一列自行车队从路上经过。我沿着堤顶边缘偷偷看他们路过。

“他们看见我们了，但没理我们继续走。”艾莫说。

“如果我们在上面走，早就阵亡了，中尉。”波尼洛说。

“他们要我们没什么用。”我说，“他们的目标不是我们。如果他们突然与我们撞上，可能会比较危险。”

“我宁愿在这隐蔽的角落走。”波尼洛说。

“好的。我们沿着铁轨走。”

“你觉得我们能过去吗？”艾莫问。

“当然可以了。他们的人不是很多。我们趁天黑过去。”

“那辆军官车是干什么的？”

“鬼才知道。”我说。我们继续沿着轨道走。波尼洛在堤岸的淤泥里走烦了，于是上来跟我们一起走。铁轨一路向南，渐渐跟公路分开，我们再也看不见公路上的情况了。运河上有一个小短桥被炸毁了，我们顺着残存的一半短桥爬了过去，突然听到前面有开火的声音。

过了运河我们又回到铁轨上继续走。我们来到运河上面的铁轨上，过了低洼的田野就是城里了。我们看见前面有另外一条铁轨，北面就是主路，也就是我们发现自行车队的地方，南边是一条小支路。穿过田野，两边都有茂密的树林。我想我们最好还是往南走，迂回到城里，穿过坎波福尔米奥的乡村，再找到通往塔利亚门托河的主路。我们可以走乌迪内旁边的二级公路，避免遇到撤退的大部队。我知道有很多小路都能通过平原，于是爬下路堤。

“来吧。”我说。我们可以走小路，到达城南。我们都爬下路堤，突然有人从旁边小路向我们开枪。子弹陷到了堤岸的烂泥里。

“后退。”我大喊。我爬上路堤，结果又滑到泥里。司机们在我前面。我尽快爬上堤岸。又有人从浓密的灌木丛中开枪，艾莫正在横穿轨道，突然踉跄了一下，脸朝下倒地。我们把他拖到路堤的另一边，帮他翻身。“他的头应该朝上。”我说。皮亚尼又挪动了他一下。他躺在堤岸旁边的泥里，双脚向下，嘴里不停地向外吐血。我们三个在雨里蹲在他身边。他被从后面打中了脖颈下方，子弹向上，从右眼下方穿出来。我正设法堵上这两个洞，他却死了。皮亚尼把他的头放低，用一块急救纱布擦拭他的脸，也只能由他这样了。

"他们——"他说。

"他们不是德国兵。"我说，"这里不可能有德国兵。"

"他们是意大利人。"皮亚尼用绰号说。波尼洛什么也没说，坐在艾莫旁边，但也没有看他。艾莫的帽子滚到堤岸下面了，皮亚尼捡起来盖住了艾莫的脸。他掏出了酒壶。

"喝点儿酒吗？"皮亚尼把酒壶递给波尼洛。

"不用。"波尼洛说。他面朝我，"只要我们还在铁轨上，中枪事件就随时可能发生。"

"不。"我说，"他们开枪是因为我们想穿过田野。"

波尼洛摇摇头。"艾莫死了。"他说，"下一个要死的是谁，中尉？现在我们要去哪里？"

"照我说，如果是德国人的话早就把我们都射死了。"波尼洛说。

"目前意军对我们的威胁比德军大。"我说，"殿后部队什么都怕。德国人有自己的事情要忙。"

"你说得对，中尉。"波尼洛说。

"我们现在去哪里？"皮亚尼问。

"天黑之前我们最好找个地方躺下躲起来。之后到了南边就没事了。"

"为了证明他们一开始是对的，他们肯定会逮住机会把我们都射死。"波尼洛说，"我才不会以身犯险。"

"我们受到的威胁主要来自意大利人，不是德国人。"我说。

"我们找个离乌迪内近的地方躺下，然后趁夜里过去。"

"那就出发吧。"波尼洛说。我们沿着堤岸的北边走。我朝后看。艾莫躺在泥里，和堤岸形成一个角度。他身材很小，手臂在身体两侧，腿上裹着绑腿布，靴子上也沾满泥，帽子盖在脸上，俨然一副死透了的样子。雨还在下着。在我认识的人里面，我最喜欢他了。我把他身上的文件装进兜里，以后给他的家人写信。

田野前面有一座农舍。农舍旁边有树，还有一些小建筑。二楼有阳台，由柱子支着。

“我们稍微分散一点儿。”我说，“我在前面走。”我开始往农舍方向走。田野里有一条小路。

我们正在穿越田野，没人知道会不会有人从农舍或者农舍附近的树丛向我们开枪。我朝农舍走，看得愈发清楚。二楼的阳台和谷仓连在一起，干草从两个柱子中间突出来。院子里铺着石头，所有的树都在滴水。院里有一个空的二轮马车，车杠高高地翘在空中。我进到院里，穿过去，站在阳台下面能避雨的地方。房子屋门大敞，我就这样进去了。波尼洛和皮亚尼跟着我进来。屋里很黑，我绕到厨房里。敞着盖的锅放在炉灰上面，但都是空的。我看了一圈，找不到任何可以吃的东西。

“我们应该躲在谷仓里。”我说，“你能找点儿吃的拿过来吗，皮亚尼？”

“我去看看。”皮亚尼说。

“好的。”我说，“我上去看看谷仓。”我发现了一个石头楼梯，从下面的牛棚通到上面。牛棚已经干了，在雨里竟然还能闻到一丝清新。牲畜都没有了，可能逃跑的时候主人都赶走了。谷仓里都是干草。房顶上有两扇窗户，一个钉着木板，另一个是朝北的老虎窗，比较窄。谷仓里有个斜槽，干草可以直接从斜槽里滑下去喂牲畜。横梁从窟窿里一直到伸到地板上，这样干草车进来的时候就可以停下，把草送到楼上。我听见雨落在房顶的声音，朝下走的时候，传来牛棚里干粪的清新气味。我们把南窗的一块木板拆下来，查看院里的情况。另一扇朝北的窗户可以查看田野。如果楼梯不能走的话，我们可以从任意一扇窗户下去，或者从干草槽滑下去。谷仓很大，如果有人的话，我们可以藏在干草里，这听着就是个好去处。如果刚才没人朝我们开枪的话，我们早就到城南了。德军从北边的奇维达莱沿路走来，不可能是从南边过来的。所以意军对我们更危险。他们犹如惊弓之鸟，看见什么就朝什么开枪。昨晚撤退的时候，我听说有很多德国兵穿着意大利制服混在北上撤退的队伍里。我并没有相信。战争期间，这样的消息不胜枚举。敌人经常使用这种手段。我也没碰上我方军人穿着德军制服去迷惑敌人。可能德军会这么做，但其实难度很大，我不相信德国人这么做了。他们根本没有必要在撤退的时候捣鬼。毕竟军队人多，路却很少。根本没人下令指挥，更不要说德国人了。但他们还是会把我们认成德国人，然后开枪。他们射死了艾莫。干草的味道很好闻，躺在谷仓里感觉又回到了年轻的时候。大家就这样一直躺在干草里聊天。有麻雀落在谷仓高高隆起的尖顶上，我们用气枪打死它们。谷仓现在已经没有了。有一年，他们还砍光了铁杉林，只剩下一些树桩、干枯的树梢、树枝和野草。你再也回不去米兰，其实回去了又能怎么样呢？我听着北边乌迪内方向传来的枪声。我能听见机枪开火的声音，没有炮轰，才稍微安心一点儿。他们在公路沿线还排布了一些军队。我借着干草谷仓里半明半暗的灯光朝下看，看见皮亚尼站在地板上，拿着一跟长长的香肠、一罐子不知道是什么的东西，胳膊下面还夹着两罐酒。

“上来吧。”我说，“这里有梯子。”后来我意识到我应该帮他拿东西，所以就下去了。我躺在干草上的时候，意识已经非常模糊了，几乎都快睡着了。

“波尼洛去哪里了？”我问。

“我来告诉你。”皮亚尼说。我们爬上梯子，把东西放在干草上。皮亚尼拿出带着起子的刀，把酒瓶上的塞子拔下来。

“他们在上面封了蜡。”他说，“肯定是好酒。”他微微一笑。“波尼洛在哪儿？”我问。

皮亚尼看着我。

“他走了，中尉。”他说，“他宁愿当俘虏。”

我什么都没说。

“他怕我们会被打死。”

我手里拿着酒瓶，一声不吭。

“你知道的，我们对这场战争从来都没有信心，中尉。”

“那你为什么没走？”我问。

“我不想离开你。”

“他去哪里了？”

“我不知道，中尉。反正就是走了。”

“好吧。”我说，“要切香肠吗？”

皮亚尼在半明半暗中看着我。

“我们边说边切吧。”他说。我们坐在干草上吃香肠喝酒。我们喝的肯定是房子主人为结婚存的酒。酒很陈，瓶子都有点儿褪色了。

“你从这个窗户向外看。”我说，“我从那个窗户朝外看。”

我们各喝各的，我拿着自己的瓶子在干草上躺平，从狭窄的窗户眺望湿漉漉的田野。我不知道自己心里在期待着什么，但是其实什么都没有，只有片片农田、光秃的桑树和滴落的雨。我虽然喝着酒，但也不觉得高兴。酒放得时间太长了，已经变质了，失去了原有的品质和色泽。天色很快变得越来越暗。这又是一个漆黑的雨夜。天黑以后也没什么必要观察四周的情况了，所以我就朝皮亚尼走过去。他已经躺着睡着了。我没有叫醒他，就在他身边坐了一会儿。他的身材很高大，睡得很沉。过了一会儿，我把他叫醒，我们又启程了。

那一晚非常奇怪。我不知道自己在期待些什么，可能是死亡，也可能是在黑夜里开枪然后逃跑，但其实什么也没发生。我们先趴在主路旁边的水沟后面，一个德国营过去之后才穿过马路，继续向北行进。我们有两次与德军在雨中擦肩而过，但是他们都没看见我们。我们绕着城镇一直向北，一个意大利人都没看见。没一会儿，我们就来到撤退的主路上。我们整晚都没休息，一直朝塔利亚门托河走。我没想到撤退的规模这么大。我们走了一夜，比开车的都快。我的腿很疼，也很累，但还是争分夺秒。波尼洛一心要去当俘虏，似乎有些愚蠢。其实一点儿也不危险。我们碰到了两次德国军队，没有发生任何情况。我们沿着铁路走，看不见任何阻拦。艾莫被杀来得太突然了，没有任何预兆。我在想波尼洛去哪里了。

“你觉得怎么样，中尉？”皮亚尼问。路上满是车辆和军队，我们靠着路边走。

“还可以。”

“我已经走烦了。”

“嗯，但我们现在要做的事情就是走路，不需要再担心。”

“波尼洛真是傻瓜。”

“你想如何处置他，中尉？”

“我不知道。”

“能不能说他被俘了？”

“我不知道。”

“如果战争继续的话，会有人找他家人的麻烦的。”

“战争不会一直继续下去的。”一个士兵说，“我们要回家啦，战争结束了。”

“大家都要回家了。”

“我们都要回家了。”

“来吧，中尉。”皮亚尼说。他想超过那群士兵。

“中尉？谁是中尉？打倒军官！去他的军官！”

皮亚尼挽着我的胳膊。“我还是叫你的名字吧。”他说，“我怕他们来找麻烦。他们已经击毙了一些军官。”我们已经超过他们。

“我不会给他家里人写惹麻烦的报告。”我接着之前的话题说。

“如果战争结束了，写什么都不重要。”皮亚尼说，“但是我觉得战争还没结束。要是结束了就太好了。”

“我们很快就会知道了。”我说。

“我不相信战争已经结束了。他们都觉得结束了，但我不这么认为。”

“Viva la Pace！”一个士兵大喊，“我们要回家啦！”

“如果我们都能回家那就好了。”皮亚尼说，“你不想回家吗？”

“当然想了。”

“我们回不了家了。我觉得战争没有结束。”

“Andiamo a casa！一个士兵大喊。”

“他们把步枪扔了。”皮亚尼说。他们行军的时候把步枪摘下来，开始喊口号。

“他们应该留着枪。”

“他们觉得如果把枪扔掉就没人能逼他们打仗了。”

漆黑冷雨中，我们仍在路边前行，我看到很多士兵还背着步枪，枪在披风上突出来。

“你们是哪个旅的？”一名军官喊。

“Brigata di Pace.”有人喊，“和平旅！”军官什么也没说。

“他说什么？军官说什么了？”

“打倒军官。和平万岁。”

“快走吧。”皮亚尼说。我们又超过了两辆英国救护车，旁边还有很多被丢弃的车辆。

“这是从戈里齐亚来的车。”皮亚尼说，“我认得那些车。”

“他们比我们开得远一点儿。”

“他们出发得早。”

“我很好奇司机去哪儿了？”

“估计在前面吧。”

“德军在乌迪内城外停下了。”我说，“这些人都将渡河。”

“是的。”皮亚尼说，“所以我说战争还会继续。”

“德国人本可以追上来。”我说，“我不明白他们为什么不乘胜追击。”

“我也不知道。对这狗屁战争我一无所知。”

“我估计是要等着运输军队的人过来。”

“我不知道。”皮亚尼说。我俩单独在一起的时候，他倒是和善多了，跟别人在一起的时候，他说话着实不客气。

“你结婚了吗？”

“你知道的，我结婚了。”

“所以你不想当俘虏。”

“也算是一方面的原因。你结婚了吗，中尉？”

“没有。”

“波尼洛也没有。”

“结不结婚根本不是最关键的问题。但我觉得一个结了婚的男人总想要回到妻子身边。”我说。我很喜欢讨论妻子的事情。

“是这样。”

“你的脚怎么样了。”

“非常酸。”

天亮之前，我们到了塔利亚门托河岸边，沿着水位颇高的河边走，河水都要漫过桥了，所有的车和人都从那里经过。

“他们应该派人守住这条河。”皮亚尼说。黑夜里，水好像已经涨得很高。河水打着旋，水面很宽。木桥大约有四分之三英里长。通常情况下，河道都很浅，离石头桥面很远，现在已经快要涨到桥底了。我们沿着河边走，挤进过桥的人群中。我们夹在人群中，在雨里慢慢前行，桥离河水只有几英尺远，我前面有一箱很沉的大炮，我往桥边探身看看河水。现在我们不能按照自己的进度赶路了，反倒觉得非常疲惫。过桥之后，我们也不觉得兴奋，我在想如果白天有飞机来轰炸会怎么样。

“皮亚尼。”我说。

“我在这儿，中尉。”他堵在前面一点儿的地方。没人说话。大家心里都只想着这一件事：尽快过桥。我们已经差不多要过去了。桥的另一头有一些军官和宪兵，他们站在两边用手电筒照着过路的人。我依稀辨别出了他们的轮廓。等我们凑近了，我看见一名军官指着队列里的一个人。宪兵插进队伍里，扯着那个人的胳膊，把他从路上拖走。我们几乎走到跟军官面对面的地方了。他们正仔细审查着队列里的每一个人，有时候还讨论一下，上前一步，用手电照着脸。快到我们的时候，他们又把一个人拎了出去。我看见那个人了，是个中校。就在他们用手电筒照他的时候，我看见他袖章上的星星了。他的头发灰白，又矮又胖。宪兵把他们拉进军官的队伍后面。我们走到军官跟前的时候，我看见有一两个人在看着我。一个人指着我跟另一个宪兵交代了一声。我看见那个宪兵朝我走过来，挤过队伍边缘来找我，接着我就感觉他揪住了我的领子。

“你要干什么？”我说，然后一拳打在他脸上。他的脸遮在帽子下面，胡子上翘，血顺着脸庞流下来。又有一个宪兵冲向我们。

“你要干什么？”我说。他没有答话。他正找机会准备抓我。我把手伸到后面去解手枪。

“难道你不知道不能碰军官吗？”

另一个人从后面抓住我的胳膊拧起来，拧得我几乎脱臼。我转过身来，另外一个宪兵抓住了我的脖子。我用力踢他的小腿，用左膝盖顶他的阴部。

“他要是再反抗就开枪打死他！”我听见有人说。

“这是什么意思？”我想要大喊，但是声音却不够大。他们已经把我拉到了路边。

“如果他反抗的话就开枪打死他！”一个军官说，“把他带过来。”

“你们是谁？”

“一会儿你就知道了。”

“战地宪兵。”另一个军官说。

“为什么派人来抓我，不让我自己走过来？”

他们没有回答。他们也不需要答话，因为他们是战地宪兵。

“把他拉到后面，跟其他人放到一块儿。”第一个军官说，“你看，他的意大利语有口音。”

“你不也是，兔崽子。”我说。

“把他跟其他人一起押在后边。”第一个军官说。他们把我带到军官后面，走到公路边上的田野上。那里已经有不少人了。我正朝那边走的时候，有人开枪了。我看见步枪闪着火光，紧接着响起啪啪的枪声。我们来到那堆人旁边。那儿有四个军官，他们面前站着一个人，一边一个宪兵守着。还有宪兵领着另外一些人。四名戴着宽沿帽子的宪兵站在提问的军官旁边，拎着卡宾枪。押我过去的人把我推搡进等待质询的队伍里。我看着正在受审的人，就是那个头发灰白、身材肥胖的中校，他们把他从队伍里拎了出来。提问的人效率很高，冷血无情，迅速地做出谁生谁死的命令。

“你是哪个旅的？”

他回答了。

“所属军团？”

他又如实回答。

“你为什么没有跟所属军团的人在一起？”

他向他们说明原因。

“你不知道军官要和自己的队伍待在一起吗？”

他说知道。

整个提问过程就这样结束了。另外一个军官开口了。

“就是你们这样的人，放任那些野蛮人侵略了你神圣的祖国。”

“请再说一次。”中校说。

“就是你种人的背叛才让我们丢掉了胜利的果实。”

“你们有没有经历过撤退？”中校问。

“意大利永不撤退。”

我们站在雨里听着对话。我们面对军官，被审讯的人就站在他们面前，离我们比较近。

“如果你们要击毙我，”中校说，“就来吧，别问那些愚蠢的问题了。”他在身前画了一个十字架。军官一起讨论了一下，其中一个人在纸板上写了些东西。

“抛弃军队，下令击毙。”他说。

两个宪兵把中校拉到河边。他走进雨里，原来是个没戴帽子的老人，两边各站着一个宪兵。我没看到他们开枪的过程，但是我听见了枪声。他们又开始询问别人。这个军官也和军队分离了，他们没有给他解释的机会。当听到他们在纸板上的宣判结果时，他哭了起来。在击毙他的同时，他们又开始询问另一个人了。他们故意在前一个人还没被击毙的时候就询问下一个人。这样就显得无暇顾及其他的事情了。我不知道我是应该等着被提问，还是现在就赶紧逃走。很显然，在他们看来我就是穿着意大利制服的德国人。我明白了他们的思维方式。不过这要先假设他们有脑子，而且他们会思考。他们都是拯救国家的年轻人。第二军在塔利亚门托河附近整编。有些少校及以上军衔的军官与所在部队分离，他们就负责对其行刑。他们也麻利地处理了身着意大利制服的德国混子。他们都戴着铁头盔。我们当中只有两个人戴着铁头盔，还有一些宪兵也戴着。其他的宪兵则戴着宽沿帽子。我们称这种帽子为“飞机”。我们站在雨里，一个接一个地被叫出去问问题，然后击毙。到目前为止，凡是被问过问题的人都被枪决了。提问的军官完全置身事外，所以异常冷漠决绝，严格按照军法执行。这会儿，他们正在提问带领兵团的上校。又有三个军官被抓进来，加入我们的队伍。

“他是哪个军团的？”

我看着宪兵。他们认真地看着新来的人，其他人则看着上校。我往下一蹲，推开左右两边的人，埋着头往河边跑。我在河边绊倒了，一头扎进水里。水很冷，我尽量在水下憋气。我能感觉到自己被河里的急流卷着，但还是尽量待在水下，直到我觉得他们不会来了。我一上来吸了口气就又下去了。身上穿着这么多衣服，靴子又沉，待在水下很容易。我第二次露头的时候，看见前面有一个木头，我伸出手一手抓住木头。我把头藏在木头后面，不敢起身看木头那边。我跑的时候有人开枪，第一次露头的时候也有。我在马上要出水的时候也听到有人开枪。现在已经没有枪声了。木头顺着水流漂，我用一只手扶着。我看了看河岸，木头好像走得很快。河里有很多木头。水特别凉。我经过了一个露出水面的小岛，树枝从岛上垂下来。我用两只手抓住木头，让木头拉着我往前走。河岸已经完全看不见了。

第三十一章

河水流得很快，我也不知道在水里待了多久，可能很久，也可能没多久。河水很凉。洪水泛滥，河里有很多东西，因为河水上涨的时候很多东西都漂到了河里。我很幸运，抓住了一根很重的木头，我躺在冰冷的水里，下巴靠在木头上，尽可能轻松地用双手抓着。我很担心脚会抽筋。我希望木头可以漂到岸边。我沿着河一直漂流，身后留下冗长的曲线。天越来越亮了，我看见了岸边的灌木。前面有一个灌木岛，水流开始流向岸边。我在想要不要把靴子脱下来往岸边游，但是后来还是决定不要了。我当时没多想，总觉得一定能上岸，但如果光着脚上岸，那就糟糕了。我还得想办法到梅斯特雷。

我看见河岸离我越来越近，随后漂远又靠近。我和木头漂得越来越慢。河岸已经非常近了。我能看见柳树的树枝。木头在慢慢旋转，河岸转到了我身后，我知道自己陷入了旋涡。我和木头慢慢地转圈。我再次看到河岸了，而且离得很近。我试着一只手抱住木头，用另一只手划水，双脚也踢水，朝岸边游，但完全没用。我怕自己游不出旋涡，所以就一只手抱着木头，双脚推木头的边缘，拼命游，结果水流还是把我带走了。当时我想，这么沉的靴子可能会害得我被淹死，但我还是用力划水，拼命挣扎。当我抬头的时候，河岸正慢慢靠近。我拖着沉重的靴子，担惊受怕地拼命划水，终于游到了岸边。我抓住了柳树枝，但却没有足够的力气爬上去。现在我知道我淹不死了。现在想想，我趴在木头上的时候都没有想过自己可能会淹死。我觉得胃里很空，但又有点儿恶心，只好抓住树枝歇着。那一阵恶心过后，我才爬到柳树丛上。又休息了一会儿后，我双臂抱紧树干，双手用力抓住树枝。我终于爬出树丛，穿过树丛，到了河岸上。天已经蒙蒙亮了，但是我一个人也没看见。我躺在河岸上，听着河水和雨水的声音。

过了一会儿，我站起来沿着河岸走。我知道在拉蒂萨纳之前没有桥。我猜自己可能在圣维托河附近，于是开始考虑下一步的计划。前面有一条沟，一直流到河里。我朝那里走过去。目前为止，我一个人都没看见，索性坐在河岸边的灌木丛旁边，脱下鞋，倒空里面的水。我把外套脱了下来，把湿透的钱包、文件和钞票拿出来，然后拧了拧外衣，裤子也脱下来拧了拧，最后是衬衣和内衣。我给自己拍打按摩了一下，又穿上衣服。我的帽子被我弄丢了。

穿上外衣之前，我把袖子上的星星剪了下来，跟钱一起放在内兜里。我的钱都湿了，但不影响使用。我数了一下，一共有 3000 多里拉。我的衣服都湿了，粘在身上。我拍打拍打胳膊，以此促进血液流通。我穿的是羊毛内衣，所以如果一直走的话应该不会感冒。宪兵在路边把我的手枪夺走了，我把枪套背在外套下面。我没有斗篷，雨里非常冷。我开始沿着运河走。天已经亮了，田野光秃低矮，潮湿阴沉。我看见前面远处有一个钟楼。我走上一条路，发现有一列军队迎面走来。我跛着脚在路边走，他们没有理睬我。他们是机关枪分队，正往河边走。我继续沿着道路走。

那天，我穿越了威尼斯平原。那里地势低洼，下过雨之后显得更平了。靠海的地方有一些盐碱沼泽和为数不多的几条路。所有的路都通向河流的入海口，想要穿过乡野就必须沿着运河旁边的路走。我从北向南走，走过了两条铁路线和好几条公路线，终于走到了一条路的尽头，来到了一条铁路边上，旁边就是沼泽。这是从威尼斯通往的里雅斯特的干线，两边的堤岸高耸坚固，路基牢固，铺着双向铁轨。轨道不远处有一个信号站，上面有士兵守卫。铁轨另一边还有一座桥，下面是一条小河，一直流向沼泽地。我看到桥上也有守卫。穿过田野的时候，我看到有火车从这条铁轨上经过。平原视野开阔，可以望得很远。我觉得火车可能是从波图格鲁洛开来的。我盯着守卫，趴在堤岸上，方便观察轨道两边的情况。守桥的护卫沿着铁路线往我趴的地方走了一点儿，然后转身走回桥上。我趴在地上，等火车过来。我之前看见的火车很长，火车头开得很慢，所以我觉得自己肯定能上去。就在我等得快要绝望的时候，终于来了一辆火车。火车头朝我开来，慢慢地变得越来越大。我看向桥上的守卫。他在桥的另一端，不是轨道的另一侧。因此当火车经过的时候，他正好有一面看不见。我看着火车头越来越近，仿佛跑得很辛苦，原来火车有很多节车厢。我觉得火车上肯定也有守卫，所以尽量想找找守卫在哪儿，但始终没看见。火车头离我趴的地方已经很近了，终于开到了我对面。虽然火车在平地上行驶，但还是显得有些吃力。我看见火车机师从我面前经过，于是站起身来，贴近火车。如果守卫正看着，那我站在铁轨旁边，也就没那么可疑了。好几节封闭的货运车厢过去了。我终于看见了一节低矮的车厢过来，上面盖着帆布，他们称之为贡多拉。等到这节车厢马上要开过去的时候，我奋力一跃，抓住上面的把手，用力把自己拉上去。我趴在贡多拉和高高的货运车厢之间。我觉得应该没有人发现我。我抓着把手，蹲得很低，双脚踩在车厢连接处。我们马上就要到桥上了。我记得那里有个守卫。我过去的时候，他看着我。他还是个小男孩儿，帽子太大了。我轻蔑地看了他一眼，他赶忙看向别处。他觉得我就是火车上的工作人员。

我们过了桥。他仍旧不太舒服地看着其他车厢过去。我俯身看帆布是怎么绑紧的。帆布上有扣眼，穿过绳子绑在车厢上。我拿出刀子，切断线绳，把胳膊伸进去。帆布下面有坚硬的突起。帆布因为淋雨变得愈发紧绷。我抬头看看前面。前面的货运车厢有一个守卫，但是正在朝前看。我松开手，藏在帆布底下。我的额头碰到了什么东西，让我受到了猛烈的撞击，我觉得脸上流血了，但是我还是爬进来躺平，然后又转身把帆布系紧。

我躺在帆布下面，原来旁边是大炮。大炮散发出新鲜的石油的味道。我躺着倾听雨水落在帆布上的声音和列车与铁轨接触的声音。有一点儿光照进来，我看着大炮，上面都罩着帆布外套。我觉得肯定是第三军团送过来的。我额头上的包肿起来了。我躺着不动，想要让血液凝固。随后，我把干了的血都抠掉，只留伤口上面的一点儿。这没什么大不了的。我没有纸巾，就用手摸了摸原来有干血的地方，用帆布上滴下来的雨水，沾沾外套袖子擦干净了。我不想太引人注意。我知道我必须在火车到达梅斯特雷之前下车，因为他们要在那里交接大炮。他们现在急需大炮，一定不会忘记或者弄坏。我已经饿得前胸贴后背了。

第三十二章

我浑身湿透、又冷又饿地躺在平板车上，旁边是大炮，上面盖着帆布。我终于翻过身来，头枕在胳膊上趴着。我感觉膝盖特别僵硬，但是其实也还可以坚持。瓦伦蒂尼手术做得很好。在撤退的过程中，我一半是走过来的，另一半的路是靠他治好的膝盖从塔利亚门托河游过来的。这膝盖算是拜他所赐，另一个才是我自己的。医生动过手术后，那一部分的身体就不是你自己的了。我的头是我的，肚子也是我的。此时，我的肚子饿得翻江倒海的。头还是我的，但已经用不了了，根本不能思考，只能用来记忆，但能记住的也不多。

我记得凯瑟琳。我虽然想着她，但不确定自己能不能见到她，所以我不愿意想她，或者只敢稍微想想，因为我怕自己最终见不到她会发疯，只有火车慢下来，发出咔嗒咔嗒的声音时才会想想。有一些光透过帆布照了过来，我想象着自己是和凯瑟琳一起躺在车厢上。车厢的地板太硬了，即使再美好的想象也无法掩盖。我和凯瑟琳已经好久没见了。我独自一人，穿着潮湿的衣服躺在坚硬的地板上，内心的寂寞无法排遣，只能想着自己的妻子聊以慰藉。

躺在车厢地板上的感觉谈不上喜欢，但这里有盖着帆布套的大炮，涂了凡士林的金属的味道，还有透过帆布渗过来的雨，人跟大炮躺在帆布底下，也还算愉快。问题是你现在心里有了爱人，不管怎么想象她都不在身边。你现在很清醒，很冷静。与其说是冷静，倒不如说是清醒空虚。躺在火车的地板上，看见的都是虚无，一国军队撤退，另一国军队向前。你失去了属于你的车和人，就像百货商店的铺面巡视员在大火中失去了本部门的存货，而且还没有上保险。不过现在你已经出来了，已经没有任何义务了。如果火灾过后他们因为口音不纯杀死了商场的铺面巡视员，那店铺再次开张营业的话，就没有人敢来当铺面巡视员。他们可能另谋高就，如果还可以找到其他差事，如果警察也抓不住他们。

愤怒和义务早已在河水里洗刷干净。其实在宪兵用手抓我的领子时，这些事情就与我无关了。虽然我不太在意外在形式，但是还是想脱下外衣。我把星星摘下来只是为了方便，与荣誉无关。我并不反对他们，只是不想再把自己卷进去。我希望他们能够有好运，还有善良的人、勇敢的人、镇静的人、明智的人，他们都应该获得荣誉。但是这些都已经与我无关了，我只希望这该死的火车能赶快到达梅斯特雷。我要吃饭，不想思考，我必须停下来。

皮亚尼会跟他们说我已经被击毙了。他们需要搜查死者的口袋，拿走文件，但他们拿不到我的文件。他们可能说我已经淹死了。我在猜他们会怎么通知我在美国的家人，估计是受伤或者其他原因吧。上帝啊，我好饿，不知道食堂的牧师怎么样了，还有里纳尔迪。如果没有进一步撤退的话，他可能已经到达波尔代诺内了。好吧，我以后可能再也见不到他了。这些人我都见不到了。那段生活到此就告一段落。我觉得他没有感染梅毒。他们说，如果尽早医治的话，应该也不算太严重。但是他还是会担心。如果我得了我也会担心。人之常情而已。

我是被迫思考的。我只想吃饭。我的上帝啊，我只想吃。吃吃喝喝、跟凯瑟琳睡觉。可能就是今晚。不，这根本不可能。但是明天晚上肯定能吃一顿好饭、盖上好床单，以后再也不远游，除非是两个人一起。可能我们还得赶快走。她会走的。我知道她会跟我一起走的。我们什么时候动身呢？这件事值得好好考虑一下。天越来越黑了。我躺着想我们要去哪里，有很多地方可供选择。

第三十三章

清晨的时候，火车减速进了米兰站，我跳下了火车，这时天还没有亮。我穿过铁轨，从一些建筑物之间走出来，来到街上。一间酒铺开着，我进去喝了点儿咖啡。周围弥漫着清晨刚被打扫过的气味，咖啡杯里还放着勺子，酒杯也在桌上留下湿乎乎的圆圈痕迹。老板在吧台后面。两个士兵坐在一张桌子旁边。我站在吧台边喝了一杯咖啡，吃了一片面包。咖啡掺了牛奶，颜色灰灰的，我用面包撇去了上面的奶泡。老板看着我。

“要不要来一杯格拉巴酒？”

“不用了，谢谢。”

“算我请的。”他说完之后给我倒了一小杯向我推过来，“前线怎么样了？”

“我怎么知道？”

“他们都喝醉了。”他边说边指向另两个士兵。这我倒是相信。看上去他们确实喝醉了。

“跟我说说。”他说，“前线怎么了？”

“我对前线一无所知。”

“我看见你翻墙过来的，肯定是刚从火车上下来。”

“一场空前的大撤退。”

“我看报纸了。发生什么了？战争结束了？”

“我不这么认为。”

他从一个小瓶子里往杯子里又倒了一杯格拉巴酒。“如果你遇到麻烦了。”他说，“我可以收留你。”

“我没遇上麻烦。”

“你要是碰到麻烦了就待在我这儿吧。”

“待在哪儿？”

“就待在这楼里。很多人待在这儿。遇上麻烦的人都待在这儿。”

“很多人都遇上麻烦了？”

“看是什么事了。你从南美洲来的？”

“不是。”

“会说西班牙语吗？”

“会一点儿。”

他擦了擦吧台。

“现在出国很难，但也不是不可能。”

“我没想着出国。”

“你想在这儿待多久都可以。日久见人心，到时候你就知道我是什么样的人了。”

“我今天早上必须得走，但是我会记下这个地址，以后再回来。”

他摇了摇头，“听你这语气，应该是不会回来了。我觉得你真的遇上麻烦了。”

“我才没有，不过我很看重朋友的地址。”

我在吧台上放了一张10里拉，是咖啡钱。

“跟我喝一杯格拉巴酒吧。”我说。

“没必要。”

“喝一杯吧。”

他倒了两杯酒。

“记住。”他说，“要回来。不要让其他人收留你。在这里你很安全。”

“这一点我并不怀疑。”

“你确定？”

"是的。"

他表情很严肃，"我告诉你个事情吧。不要穿着那件外套到处乱走。"

"为什么？"

"很明显你把袖子上的星星剪掉了。那块颜色跟其他地方不一样。"

我什么也没说。

"如果你没有证件的话，我可以给你弄来。"

"什么证件？"

"假条。"

"我不需要，我自己有。"

"好吧。"他说，"如果你需要的话，我也可以给你弄来。"

"多少钱？"

"看你要哪种吧。价格很公道。"

"我目前还不需要。"

他耸了耸肩。

"我没事的。"我说。

我出去的时候他说，"不要忘了，我是你的朋友。"

"我不会忘的。"

"我们会再见的。"他说。

"好。"我说。

我在外面尽量躲着车站走，因为那里有宪兵。我在小公园边上搭了一辆马车，跟车夫报了医院的地址。我去了医院门卫的家。他的妻子拥抱了我。门卫握了握我的手。

"你回来了。你安全地回来了。"

"是的。"

"你吃早饭了吗？"

"吃过了。"

"你怎么样，中尉？你怎么样了？"门卫的妻子问。

"挺好的。"

“你不跟我们一起吃早饭吗？”

“不用了，谢谢。巴克利小姐现在在医院吗？”

“巴克利小姐？”

“那个英国护士。”

“他的女朋友。”门卫的妻子说。她拍了拍我的胳膊，微微一笑。

“她，”门卫说，“她已经不在这儿了。”

我的心一沉。“你确定？我是说那个金发碧眼的高个子英国姑娘。”

“我很确定。她去了斯特雷萨。”

“她什么时候走的？”

“两天以前，跟另外一个英国姑娘一起去的。”

“好的。”我说。“我希望你们帮我做点儿事情。不要告诉任何人你们看见过我。这很重要。”

“我谁也不告诉。”门卫说。我给了他一张 10 里拉的钞票。他推开了。

“我向你保证，我谁也不告诉。”门卫说，“但我不能收你的钱。”

“我能为您做什么，中尉？”他的妻子问。

“只需要保密。”我说。

“我们什么都不说。”门卫说。“有什么能帮上忙的您就尽管开口。”

“好的。”我说，“再见。我会再回来的。”

他们站在门口，目送我离开。

我上了马车，跟车夫说了西蒙斯的地址。他是我的旧相识，正在米兰学唱歌。

西蒙斯住在城外很远的地方，马根塔门附近。我去看他的时候他还没有起床，看上去挺困。

“你起得太早了，亨利。”他说。

“我坐早上的火车来的。”

“撤退到底是怎么回事？你之前不是在前线吗？要不要抽烟，烟在桌子上的盒子里。”西蒙斯住在一个大房间里，墙边是床，屋子另外一边有一架钢琴、一个梳妆台和一把椅子。我坐在床边的椅子上。西蒙斯坐起来，靠着枕头抽烟。

“我遇到麻烦了，西姆。”我说。

“我也是。”他说，“我总是遇上麻烦事。你不抽烟吗？”

“不了。”我说，“去瑞士需要什么手续？”

“你？意大利人不会让你出国的。”

“是的，我知道，但是瑞士人呢。他们会怎么做？”

“他们会拘禁你。”

“我知道。被拘禁会怎么样？”

“其实什么事都没有。很简单。你哪里都可以去，只要随时报告就可以了。你问这个做什么？逃避军警吗？”

“现在还不是。”

“不想说就算了，不过听上去还是挺有意思的。这里什么事也没发生。我在皮亚琴察的演唱可是一塌糊涂。”

“我很抱歉。”

“是的——我过得很不好，但我唱得好。我要在这里的剧场再试一次。”

“我很想去现场听。”

“你太周到了。你不是已经自身难保了吗？”

“我还说不好。”

“你不想告诉我也没关系。你为什么突然从该死的前线回来了？”

“我实在是受够了。”

“好样的。我就知道你是有血性的人。我能帮什么忙？”

“你已经很忙了。”

“才不是，我亲爱的亨利。我一点儿都不忙。我愿意帮你做任何事情。”

“你跟我身材相仿，能不能出去帮我买一套普通人的衣服？我自己也有衣服，但是都在罗马。”

“你真的住过罗马吗？那里可太污秽了。你怎么会住在那儿呢？”

“我本想要成为一名建筑师。”

“那可不是学建筑的地方。不要买衣服了，你想要什么衣服，拿我的就是了。我帮你好好收拾一下，出去肯定很亮眼。里面有个更衣室，那里有一个柜子。想拿什么就拿什么。我亲爱的兄弟，看了我的衣服你就不想买别的衣服了。”

“我还是想买点儿，西姆。”

“我亲爱的兄弟，穿我的比出去买容易多了。你有护照吗？没有护照可哪儿也去不了。”

“有，我带着护照呢。”

“我亲爱的兄弟，穿上衣服吧，我们去瑞士。”

“没有那么容易。我得先去趟斯特雷萨。”

“太完美了，我亲爱的兄弟。你坐船就能去了。要是我不用唱歌的话，就跟你一起去。反正我也要去。”

“你可以学学约德尔唱法[①]。”

“我亲爱的兄弟，我会学会的。我的唱功真的不错。真是奇怪。”

“我赌你肯定唱得不错。”

他躺在床上抽烟。

“也别赌得太大。我唱得其实不错。说来有些搞笑，但是我可以。我喜欢唱歌。你听。”他大声唱起《非洲女》，脖子都变粗了，血管也凸出来。“我能唱好吧？”他说，“不管他们喜不喜欢。”我朝窗户外面看，“我下去把马车打发走吧。”

“快点儿上来，我亲爱的兄弟，我们一起吃早饭。”他从床上下来，站直身子，深吸一口气，开始做晨操。我下楼付了车钱。

---

① 源自瑞士阿尔卑斯山区的一种特殊唱法。

第三十四章

穿上普通人的衣服后，我觉得自己像乔装打扮过一番一样。制服穿久了，还真有点儿不习惯其他衣服，尤其觉得裤子很松。我买了一张从米兰到斯特雷萨的车票，还买了一顶新帽子。我戴不上西姆的帽子，但衣服倒还算合身。他的衣服有烟味。我坐在车厢里，朝窗户外看。我感觉自己的帽子很新，衣服却很旧。我感到非常悲伤，仿佛窗外潮湿的伦巴第田野一般。车厢里有几个飞行员，不是很看得起我。他们对我这个年纪的普通公民非常蔑视。我并不觉得受辱。要是从前，我可能会同样侮辱他们，然后跟他们打一架。他们在加拉拉泰下车了，我终于乐得一个人。我有报纸，但不想看，因为我不想知道战争的消息。我想要忘了战争。我已经获得了个人的和平。我感觉特别孤单，但火车到了斯特雷萨之后我觉得非常开心。

我本以为在车站能看见酒店门卫招揽生意，但是一个人也没有。人多的季节早都过了，没人来接火车了。我拿着包从车上下来，这是西姆的包，拿起来很轻，因为除了两件衬衣以外，里面几乎什么也没有。雨一直在下，我站在车站屋檐下面躲雨。我看见了一个车站的工作人员，问他知不知道哪里有开着的酒店。“巴罗美群岛大酒店开着，还有一些小旅馆也常年开放。”我拿着包冒雨赶往巴罗美群岛大酒店。我看见一辆马车从街道上过来，于是向车夫示意。我觉得还是坐马车比较好。我乘马车来到大酒店的入口，门卫拿着雨伞出来，礼貌地迎接我。

我要了一个房间。房间很大，很明亮，窗外还有漂亮的湖景。云彩笼罩在湖上，要是晴天的话，肯定更漂亮。我对酒店的人说在等我的妻子。房间里有一个大双人床和绸缎床罩。酒店非常奢华，我走过长长的走廊，顺着宽敞的楼梯下楼，穿过好多房间，来到了酒吧。我坐在高高的凳子上吃咸杏仁和薯片。酒保我本来就认得，这里的马丁尼清爽又干净。

“你穿着普通人衣服来这里做什么？”酒保调好第二杯马丁尼说。

“我在休假，疗养假。”

“这里都没有人。我不知道他们为什么还开着酒店。”

“最近钓鱼了吗？”

“钓了一些不错的鱼。这个季节你能钓到很多不错的鱼。”

“你收到我寄来的烟草了吗？”

“收到了，你没有收到我的卡片吗？”

我大笑。其实我根本没有弄到烟草。他想要的是美国烟卷，但我的亲戚已经不给我寄了，或者被扣下了。无论如何，就是没有收到。

“我回头再给你弄点儿来。”我说，“跟我说说，你有没有在镇上看见两个英国姑娘？她们是前天来的。”

“她们没有住在这个酒店。”

“她们是护士。”

“我倒是见过两个护士。等一下，我有办法找到她们在哪儿。”

“其中一个是我妻子。”我说，“我来这边就是为了跟她见面。”

“另一个是我妻子。”

“我没有开玩笑。”

“请原谅愚蠢的玩笑。”他说，“我没明白你的意思。”他离开了好一会儿。我吃着橄榄、咸杏仁和薯片，看着酒吧后面镜子里穿着平民服装的自己。酒保回来了。“她们在车站旁边的小旅馆里。”他说。

“要不要吃点儿三明治？”

“我可以按铃叫人拿一些来。你懂的，这里已经什么都没有了，因为没有客人。”

“这里真的一个人也没有吗？”

“是的，只有几个。”

三明治来了，我吃了三个，又喝了几杯马丁尼。我从来没有喝过这么清爽干净的酒，我觉得自己又回到了文明社会。红酒、面包、芝士、烂咖啡、格拉巴酒，我已经吃得太多了。我坐在高凳子上，吧台是红心桃木制作的，我看着黄铜装饰和镜子，什么都不想。酒保又问了一些问题。

“别聊战争了。”我说。战争已经被我抛到脑后了，战争可能再也与我无关。这里根本没有战争。我意识到对我来说战争已经结束了，但我没有那种真正释怀的感觉。我觉得自己就像逃学的孩子，总在想着学校里什么时间该干什么。

我到达凯瑟琳和海伦·弗格森住的旅馆时，她们正在吃晚饭。我站在大厅里，看见她们坐在桌旁。凯瑟琳背对着我坐着，我看见了她头发的轮廓、俏丽的脸庞、美丽的脖颈与肩膀。弗格森在讲话。我进来的时候她停住了。

“我的天啊！”她说。

“你好！”我说。

“怎么会是你?！”凯瑟琳说。她的表情都雀跃了起来。看她的样子就知道她太开心了，根本不敢相信这一切。我亲吻了她。凯瑟琳脸红了，我也坐在桌旁。

“你真是个麻烦。”弗格森说，“你在这儿做什么呢？吃饭了吗？”

“没有。”送菜的女服务员来的时候，我跟她说也给我拿个盘子来。凯瑟琳一直盯着我看，觉得非常幸福。

“你穿着便衣干什么？”弗格森问。

“现在是我的私人时间。”

“你肯定是遇到麻烦了。”

“高兴点儿，弗吉。高兴点儿嘛。”

“见到你我可高兴不起来，我知道你让我眼前这个姑娘惹上麻烦了。对我来说，见到你可没什么值得高兴的。”

“没人给我惹麻烦，弗吉。都怪我自己。”

凯瑟琳冲我微笑，在桌下用脚蹭了一下我的腿。

“我实在受不了他了。”弗格森说，“他什么都没干，只顾着用卑鄙的意大利手段毁了你。美国人比意大利人还坏。”

“就苏格兰人最讲道德了。”凯瑟琳说。

“我不是这个意思。我是说他的意大利诡计。”

“我很狡猾吗，弗吉？”

“是的，比狡猾还过分。你就像一条毒蛇，穿着意大利制服的毒蛇，身上还披着斗篷。”

“我现在没穿意大利制服啊。”

“不过是你的另一个意大利诡计罢了。你整个夏天都在搞暧昧，还让这个姑娘怀孕了，我猜你现在要溜走了。”

我冲凯瑟琳微笑，她也冲我微笑。

“我们两个都要逃走了。”她说。

“你们两个真是一类人。”弗格森说，“我都替你害臊，凯瑟琳·巴克利。你现在真是没羞没臊，就跟他一样。”

“不要这么说，弗吉。”凯瑟琳说，并拍拍她的手，“不要指责我了。你知道我们可是彼此相爱的好朋友。”

“把你的手拿开。”弗格森说。她的脸红了，“如果你还残存一点儿羞耻感的话，我们就还有话说。但是天知道你的宝宝几个月了，你就当个玩笑，还满脸堆笑，不过是你的姘头回来了。你不知羞耻，没有感情。”她开始哭。凯瑟琳走过去，抱着她。她站着安慰弗格森的时候，我发现她的身材没有变化。

“我不管。”弗格森抽泣着说，“我觉得这太可怕了。”

“没关系，没关系，弗吉。”凯瑟琳安慰着她，“我知道羞耻就是了。不要哭，弗吉。不要哭，我的好姐妹弗吉。”

“我没哭。”弗格森还在啜泣，“我没哭，都是你卷入了这糟糕的事情。”她看着我。“我讨厌你。”她说，“她不能让我不恨你。你这个无耻狡猾的美国—意大利流氓。”她的眼睛和鼻子都哭红了。

凯瑟琳依旧对我微笑。

“抱着我的时候你不要冲他笑。”

“你这样就不讲道理了，弗吉。”

“我知道。”弗格森还是啜泣，“你别管我了，你们俩都别管我。我太难过了。我不讲道理。我都知道。我只想让你们两个都开心。”

“我们现在就很开心。”凯瑟琳说，“你太贴心了弗吉。”

弗格森又哭了，“我不想让你们享受这样的开心。你们为什么不结婚？你不会另有妻子吧？”

“不。”我说。凯瑟琳笑了。

“没什么好笑的。”弗格森说，“他们很多人都另有妻子。”

“我们已经结婚了，弗吉。”凯瑟琳说，“如果知道这件事能让你高兴的话。”

“结婚不是为了讨好我。你们应该想要结婚。”

“我们太忙了。”

“是的。我知道，忙着生小孩儿。”我以为她又要哭了，结果她又发起了牢骚，“我觉得你今晚就会跟他走。”

“是的。”凯瑟琳说，“如果他需要我的话。”

“那我怎么办？”

“你自己一个人害怕吗？”

“是的，我怕。”

“那我就留下来陪你。”

“不用了，跟他去吧。马上跟他走。我已经受够了看着你们两个人了。”

“我们还是先吃晚饭吧。”

“不用。立刻走。”

“弗吉，不要这么不讲道理。”

“我说立刻就走，你们两个！”

“我们走吧。”我说。我已经受够了弗吉。

“原来你们真的想走。你们看看，你们竟然想要离我而去，连晚饭都不跟我一起吃。我一直想去意大利的湖，看看现在，落得个什么样子。哦，哦。”她又啜泣起来，然后望向凯瑟琳，愈发哽咽。

“我们还是吃完晚饭再说吧。”凯瑟琳说，“如果你想让我留下来的话，我不会扔下你不管的。我不会留你一个人的，弗吉。”

“不，不。我想让你走。我想让你走。”她擦了擦眼睛，“我太不讲道理了，你们不要管我。”

看到这哭哭啼啼的样子，送餐的姑娘也有些为难了。现在她端了另一道菜来，看着我们情况好多了，才释怀了一些。

酒店的房间外面就是空旷的长走廊，我们把鞋放在了房间外。房间里铺着厚厚的地毯，窗外还在下雨。房间里的灯光柔和悦目。我们熄了灯，躺在舒适的大床和光滑的床单上，异常兴奋，仿佛回家了一般。我觉得自己再也不是独自一人了。漫漫长夜，再也不会无人陪伴，爱人再也不会走了。这一切都是那么不真实。我们累了就睡去。如果一个人醒了，另一个人也会醒，所以永远不会觉得孤单。通常两个人相爱的时候，男方会想要独处，女方也是如此。可是一分开，他们就会嫉妒彼此的独处。我切实地感觉到我们从来没有这样的感觉。我们在一起的时候也会觉得孤单，因为我们与别人的隔绝。这种情况在我身上只发生过一次。我跟很多姑娘在一起的时候都觉得孑然一身，这是人最孤独的情况。但是我跟凯瑟琳在一起的时候从不觉得孤单害怕。我知道夜晚和白天是不一样的，所有的事情都不一样，晚上的事情白天根本无法解释，因为根本就不存在了。对于寂寞的人来说，只要寂寞的感觉一开始，夜晚无疑是致命的。但是跟凯瑟琳在一起，白天和黑夜几乎没有分别，只不过夜晚让我更加愉快。人们生来带着勇气，世界则想尽办法消磨、扼杀人们，最终人们会被杀死。世界想要摧毁所有人，但没被摧毁的人就变得更坚强。没被毁掉的人最终会被世界杀死。世界不偏不倚地扼杀了最善良、最温柔和最勇敢的人。如果你不是上述这几类人，世界也会杀死你，不过没有那么着急罢了。

早上，我醒过来的时候，凯瑟琳还在睡着。阳光透过窗户照进来，雨已经停了。我从床上下来，走到窗边。下面是花园，虽然光秃秃的，但仍旧整齐漂亮。花园里还有碎石铺成的道路、树木和湖边的石墙。阳光照在湖上，湖的另一边是山。我站在窗边看着外面，转身的时候，发现凯瑟琳已经醒了，正看着我呢。

“你好啊，亲爱的。”她说，“今天天气很好吧。”

“你感觉怎么样？”

“我感觉很好。我们度过了愉快的一晚。”

“想吃早饭吗？”

她想吃早餐，我也是，所以我们就在床上吃了早饭。十一月的阳光从窗户里洒进来，早餐的餐盘放在我的腿上。

“你想看报纸吗？你在医院的时候总是想看报纸。”

“不。”我说，“我不想看报纸。”

“你连报纸都不想读了，是不是情况很糟？”

“单纯地不想看而已。”

“我希望当时和你在一起，这样就能体会你的心情了。”

“如果我自己能理清楚就告诉你。”

“如果他们发现你没穿制服，不会抓你吗？”

“可能会击毙我。”

“那我们就不要待在这里了。我们赶快出国。”

“我也正在考虑这件事。”

“我们会出国的，亲爱的。我们不应该傻傻地冒险。跟我说说，你是怎么从梅斯特雷到米兰的呢？”

“我坐火车来的，当时穿着制服。”

“你当时是不是处境很危险？”

“不是很危险。我有张旧的调动证，在梅斯特雷改了改日期。”

“亲爱的，你在这里随时有可能被逮捕。我不要这样。这样做太傻了。如果他们把你逮捕了，我们怎么办？”

“别想了。我已经厌倦了思考。”

“如果他们要来逮捕你，你要怎么办？”

“开枪打死他们。”

“这样做太傻了，你以后就知道了。离开这里之前我不会让你出酒店的。”

“我们要去哪里呢？”

“亲爱的，你别这样。你说去哪里我们就去哪里。但是请找一个现在就可以去的地方。”

“瑞士就在湖北边，我们可以去瑞士。”

“那太好了。”

外面乌云密布，湖的颜色也变深了。

“我希望我们不要总是像逃犯一样生活。”我说。

“亲爱的，别这样。逃犯的生活你还没有过多久，我们不会一直像罪犯一样生活。我们会度过快乐的时光。”

“我觉得自己像一个罪犯。我从军队里逃出来了。”

“亲爱的，理智点儿。你不是从军队里逃出来。你只是不在意大利军队里了。”

我大笑，“你真是个好姑娘。我们回床上吧。在床上的时候我觉得很开心。”

过了一会儿，凯瑟琳说：“你不觉得自己像罪犯吧？”

“不，”我说，“跟你在一起的时候就不觉得。”

“傻孩子。”她说，“但是我会照看你的。我早上都不恶心了，这算是好消息吧。”

“这太棒了。”

“你还不知道你妻子有多好，但我不在乎。我要把你带到一个他们抓不到你的地方，然后我们就能快乐地生活了。”

“我们立刻就出发吧。”

“我们会出发的，亲爱的。只要你想，我们可以随时去任何地方。”

“我们什么也不要想了。”

“好的。”

第三十五章

凯瑟琳沿着湖走到小旅馆里去看望弗格森，我则坐在酒吧里看报纸。酒吧里有舒适的皮椅，我找了一个椅子坐下来，一直待到酒保进来。意军连塔利亚门托河都没守住，他们正朝皮亚韦河撤退。我记得皮亚韦河。铁路在圣多纳附近穿过这条河，通往前线。河水很深，水流很慢，河道也比较窄。河下面有很多蚊虫颇多的沼泽和运河，还有很多漂亮的庄园。战前我曾去过科尔蒂纳丹佩佐，在山里沿着这条河走了好几个小时。从山上看下去觉得小溪里可能有鳟鱼，溪水湍急，被石头隔成很多浅滩。在山的阴影里有很多水潭。从卡多雷开始，溪水和公路就不是并行的了。我很好奇山里的军队要怎么下来。这时酒保进来了。

“格雷夫伯爵正在找你。”他说。

“谁？”

“格雷夫伯爵。你记得上次在这儿的时候有个老头吗？”

“他在这儿吗？”

“是的，他跟侄女都在。我跟他说你也在这儿。他想找你打台球。”

“他在哪儿呢？”

“在散步呢。”

“他怎么样？”

“比之前还年轻。昨晚吃饭前，他喝了三杯香槟鸡尾酒。”

“他台球打得怎么样？”

“很好，还赢了我呢。我跟他说你在这儿的时候，他可高兴了。这边没人陪他玩。”

格雷夫伯爵已经九十四岁了，是梅特涅[①]同期的老人。他发须雪白，举止优雅，曾在奥地利和意大利两国外交部门任职，他的生日派对可是米兰的社交盛事。他马上就要一百岁了，依然打得一手好台球，完全不像九十四岁的老人那般脆弱。我在斯特雷萨旅游淡季的时候遇到过他一次，我们边打台球边喝香槟。我觉得这是个不错的习惯。当时，他每一百分让了我十五分，还是赢了我。

“你为什么不早告诉我他在这儿？”

“我忘记了。”

“还有谁在这儿？”

“剩下的人你就都不认识了。这里一共就六名客人。”

“你在忙什么呢？”

“没忙什么。”

“出去钓鱼吧。”

“我只能出去一个小时。”

“来吧，带上鱼线。”

酒保穿上外套我们就一起出去了。我们出来走到湖边，找了一条船，我负责划船，酒保则坐在船尾，放出鱼线钓湖里的鳟鱼。鱼线上有螺旋形鱼饵，还有一个很沉的坠子。我沿着岸边划船，酒保手里则拿着鱼线，偶尔向前晃一下。从湖边看，斯特雷萨十分荒凉：一列又一列的秃树、一座又一座的大酒店和大门紧闭的庄园。我划过贝拉岛，来到墙边，湖水突然变深。我能够看见石墙斜着插入清澈的水里，接着我们又往北划到渔民岛。太阳藏在云朵的后面，湖水暗凉，十分平静。虽然我们看见了鱼往上游吐的气泡，但我们始终没能钓到鱼。

我把船划到渔夫岛对面，还有几个人也把船停在这里修理渔网。

---

① 19世纪的著名奥地利外交家。

“要不要去喝一杯？”

“好的。”

我把船拴到墩石上，酒保收回鱼线，盘好放在船底，把鱼饵钩在船舷边上。我下了船，跟酒保走到一个小咖啡馆里，坐在一个光秃秃的木桌旁边，点了味美思酒。

“划船划累了吧？”

“回去的时候我来划吧。”他说。

“我喜欢划船。”

“你可以负责钓鱼，可能运气会好点儿呢。”

“好的。”

“告诉我战争怎么样了。”

“烂透了。”

“我倒不必去。我太老了，跟格雷夫伯爵一样。”

“说不定还会强迫你参军呢。”

“明年他们可能就要叫我们这一级了，但是我不去。”

“那你怎么办？”

“出国。我不想去打仗。我在阿比西尼亚就参过战。你为什么参战？”

“我不知道。可能太蠢了。”

“再来一杯味美思吧。”

“好的。”

回程是酒保划船。我们划到斯特雷萨后面的湖区钓鱼，然后又划到岸边附近。我拿着鱼线，看着十一月的深色湖水与凄凉的河岸，感觉到诱饵的轻微震动。酒保拿着长桨，鱼线随着船滑动的频率跳动。我感觉到了震动，鱼线突然绷直，猛往后缩。我赶忙往回收线，感觉着活蹦乱跳的鳟鱼重量，随后鱼线又开始有规律的震动。鱼又溜走了。

“你觉得鱼大吗？”

“应该挺大的。”

“有一次我自己钓鱼的时候，就用牙咬住鱼线，结果一只鱼上钩了，几乎把我的嘴都扯破了。”

“钓鱼最好的办法就是把线绕在腿上。”我说，“这样鱼上来了也能感觉到，不至于拽掉牙。”

我把手放在水里，水很凉。我们几乎已经到了酒店旁边。

“我得进去了。”酒保说，“我十一点得到那儿。来喝杯鸡尾酒。”

“好的。”

我把线收起来，缠到两端有凹槽的棍子上。酒保把船放到石墙之间的一片小水域里，用链子和锁锁起来。

“你随时都可以使用。”他说，“我给你钥匙就是了。”

“谢谢。”

我们上了岸，进了酒店，走进酒吧。时间还早，我不想再喝酒了，于是就上楼回了房间。女佣刚刚整理完房间，凯瑟琳还没有回来。我躺在床上什么都不想做。

凯瑟琳回来后我觉得自己又活了过来。她说弗格森在楼下，来吃午饭。

“我知道你不会介意的。”凯瑟琳说。

“当然不介意。”我说。

“怎么了，亲爱的？”

“我不知道。”

“我知道，你没有事情做。你只有我，但我还走了。”

“那倒是。”

“对不起，亲爱的。我知道突然没事做了肯定很痛苦。”

“我的生活曾经非常充实。”我说，“现在你一不和我在一起，我就觉得自己简直一无所有。”

“但是我会跟你在一起的。我只是离开了两个小时。你真的一点儿事情都没有吗？”

“我和酒保钓鱼去了。”

“有意思吗？”

“还不错。”

“我不在这儿的时候不要想我。”

“我在前线就是这么过来的。但是那时候我有事可做。”

“你就像失了业的奥赛罗。”她跟我开玩笑。

“奥赛罗是个黑人。”我说，“而且我不是嫉妒。我只是太爱你，没有其他原因。”

“你会当个乖孩子，好好对弗格森吗？”

“我对弗格森一直都很好，她别咒骂我就行了。”

“对她好点儿。想想我们拥有这么多，她却一无所有。”

“我觉得她对我们拥有的东西并不感兴趣。”

“亲爱的，你很聪明，但你知道的太多了。”

“我会好好待她的。”

“我就知道你会。你这么贴心。”

“她吃完饭就不会在这儿了吧，对吧？”

“不会了，我们就分开活动了。”

“然后我们就回楼上的房间？”

“当然了。不然你觉得我想干什么？”

我们从楼梯下去跟弗格森一起吃饭。华丽的酒店和餐厅的装饰让她叹为观止。我们吃了一顿丰盛的午餐，喝了几杯凯普里白葡萄酒。格雷夫伯爵来到餐厅向我们致意。她的侄女和他在一起，长得有点儿像我祖母。我跟凯瑟琳和弗格森介绍了他。他给弗格森留下了深刻的印象。酒店宽敞华丽，饭也不错，酒也很好，就是太空了。大家喝完酒后心情都十分舒畅。凯瑟琳非常开心，她别无他求。弗格森也变得十分雀跃。我自己也觉得快活。午饭过后，弗格森回了小旅馆。她说她吃了午饭要躺一会儿。

下午晚些时候，有人来敲我们的门。

“谁呀？”

“格雷夫伯爵问您想不想跟他打台球。”

我看了看表，我之前把表摘下来，放在枕头下面了。

“一定得去吗，亲爱的？”凯瑟琳轻声说。

“我觉得最好还是去一趟。”已经四点一刻了。我大声冲门外说，“跟格雷夫伯爵说我五点到台球室。”

四点四十五的时候我吻别凯瑟琳，去浴室里洗漱。系领结的时候，我发现镜子里穿着普通人衣服的自己有些陌生。我得记着多买几件衬衣和袜子。

“你要去很久吗？”凯瑟琳问。躺在床上的凯瑟琳显得尤其可爱，“能把梳子递给我吗？”

我看着她梳头发。她倾斜着头，头发都落到一边。外面天很黑，床头灯照在她的头发上、脖颈上和肩膀上。我走过去亲吻她，握着她梳头发的手，她的头又陷到枕头里。我亲吻她的脖颈和肩膀。我这么爱她，我觉得自己要晕厥了。

“我不想离开了。”

“我也不想让你走。”

“那我就不走了。”

“不要了，去吧。就一小会儿，马上就回来了。”

“我们就在房间里吃饭。”

“快去快回。”

我发现格雷夫伯爵已经在台球室里了。他正在练习击球，在台球桌灯管的照耀下显得非常脆弱。在旁边灯光照不到的地方有一张打牌的桌子，上面摆着一个银色的桶，两个香槟瓶的瓶颈和塞子露在冰块上面。我往球桌边走的时候，格雷夫伯爵站直了身体，朝我走过来。他伸出手，“你在这儿实在是太好了。你愿意陪我来玩台球实在是太贴心了。”

“您的邀请也令我倍感荣幸。”

“你还好吗？我听说你在伊松佐河受伤了，希望你现在已经康复了。”

“我很好。您还好吗？”

“哦，我一向都很好，就是越来越老罢了。我发现自己已经有变老的迹象了。”

“难以置信。”

“确实如此。你知道为什么吗？用意大利语交谈，我感觉比较轻松。我很自律，要求自己尽量少讲意大利语，但是我发现疲惫的时候，还是讲意大利语比较轻松。所以我猜自己肯定是老了。”

“我们可以讲意大利语。我也有点儿累了。”

“哦，但你累的时候应该讲英语比较容易。”

“美国英语。”

“是的。美国英语。你讲美国英语好了。美国英语是美丽的语言。”

“我几乎没怎么见到过美国人。”

“你肯定很想念家乡的人。人们总是想念家乡的同胞，尤其是家乡的姑娘。我懂这种感觉。要不要开始？还是你已经太累了？”

“我不是很累，刚刚就是说笑的。您要让我几分呢？”

“你最近经常打球吗？”

“一点儿都没有。”

“你本来就打得很好。一百分让十分？”

“过誉了。”

“十五分？”

“这样不错，但您还是会打败我。”

“要不要赌点儿钱？你总是喜欢赌点儿钱。”

“这样更好了。”

“好的。我让你十八分，一分一法郎。”

他台球打得很好，虽然让了我十八分，但到五十分的时候，我只领先他四分。格雷夫伯爵按了墙上的按钮，叫酒保来。

“请帮我们开酒。”他说。然后他跟我说：“喝点儿酒刺激刺激大脑。”冰凉的酒干醇甜美。

“我们能用意大利语交谈吗？你介意吗？现在这是我最后的嗜好了。”

我们继续打球，击球间隙就喝点儿酒，讲意大利语，不过说得不多，大家都一心放在比赛上。格雷夫伯爵虽然让了我十八分，还是先拿到了一百分，我只得了九十四分。他微笑着拍了拍我的肩膀。

"我们喝另外一瓶吧，你跟我说说战争的事情吧。"他等着我，让我先坐下。

"还是说点儿其他的吧，说什么都行。"我说。

"你不想说战争？好吧。你最近在看什么书？"

"什么也没看。"我说，"恐怕我最近有些无聊。"

"没有。但你还是应该多读书。"

"战时哪有什么好书。"

"有一个法国人巴比塞写了一本书——《火线》，还有《布里特林先生看透了》。"

"没有，他才没有看透。"

"什么？"

"他才看不穿。这些书医院里都有。"

"你也看了？"

"是的，但是没看什么好书。"

"我觉得《布里特林先生看透了》透彻地分析了英国中产阶级的心灵。"

"我对心灵不太了解。"

"可怜的孩子。我们都不了解心灵。你有信仰吗？"

"只有晚上信。"

格雷夫伯爵微笑，用手指转了转杯子。"我本以为年纪越大就越虔诚，结果不是这么回事。"他说，"那太遗憾了。"

"你希望死后灵魂不灭吗？"一提及死亡这件事我就发觉自己开错了口，他竟然不介意。

"这取决于生命本身。我这一生活得非常美好。我想要永生。"他微笑，"我也算是长寿了。"

我们坐在深深的皮椅子里，冰桶里的香槟和我们俩的酒杯放在我们中间的桌子上。

“如果你能活到我这个年纪，肯定会发现很多奇怪的事情。”

“你从来都不显老。”

“我的身体老了。有时候我就担心，手指头会不知怎么的就断了，就像粉笔折了似的。不过我的灵魂还没有老，但也没有变聪明。”

“您很睿智。”

“不，这完全就是个大骗局。大家都说老人有智慧。其实老人不会变得睿智，只会变得谨慎。”

“可能谨慎就是一种智慧。”

“这种智慧并不讨喜。你最看重的是什么？”

“我爱的人。”

“我也是。这不是智慧。你看重生命吗？”

“是的。”

“我也是。因为我只有生命了，所以就给自己举办生日派对。”他大笑，“可能你比我更明智，你不办生日派对。”

我们两个都喝了酒。

“您对战争到底有什么想法？”我问。

“我觉得战争很蠢。”

“您觉得哪一方会赢？”

“意大利。”

“为什么？”

“因为意大利民族比较年轻。”

“年轻的民族总能打胜仗吗？”

“在相当一段时间内，是这样的。”

“然后呢？”

“他们就变成老的民族了。”

“您还说你不够睿智。”

“我亲爱的孩子，这不算睿智。这是愤世嫉俗。”

“在我看来满满的都是智慧。”

“这并不是典型的智慧。我可以给你举一些反例。但是这也不错。你的香槟喝完了吗？”

“差不多吧。”

“要不要再喝点儿？然后我就得去换衣服了。”

“不如我们还是别喝了。”

“确定不再喝了？”

“是的。”他站起来。

“希望你有好运，并且快乐、健康。”

“谢谢你，祝您长寿。”

“谢谢。我已经很长寿了。希望我死后你也能为我虔诚祈祷。我已经拜托好几个朋友这样做了。我希望自己也能变得虔诚，但总是做不到。”我觉得他苦笑了一下，但是到底是什么表情我也说不清。他年纪太大了，满脸皱纹，笑一下会牵扯很多皱纹，已经分不清层次了。

“我可能会变得很虔诚。”我说，“不管怎么样，我会为您祈祷的。”

“我一直想要变得虔诚。我的家人都死得很虔诚，但是不知道为什么，我就虔诚不起来。”

“现在说还为时过早。”

“兴许是太晚了。我可能活得太久了，信仰都耗尽了。”

“我的虔诚只在晚上到来。”

“然后你就恋爱了。记住这也是一种虔诚的感觉。”

“您真的这么认为？”

“当然了。”他往桌前迈了一步，“你来陪我玩太好了。”

“我的荣幸。”

“我们一起上楼吧。”

第三十六章

那天晚上有暴风雨，我被风雨拍打窗户玻璃的声音吵醒了。雨从敞着的窗户里直接漏进来。有人来敲门。为了不打扰凯瑟琳，我悄悄地走到门边，打开门。酒保站在门口，他穿着长大衣，拿着湿帽子。

“中尉，我能跟您谈谈吗？”

“什么事？”

“很重要的事情。”

我四处看看，屋里很暗。我看见雨水从窗户打进来，落到地板上。

“进来吧。”我说。我拉着他的胳膊走进浴室，锁上门，打开灯。我坐在浴缸边上。

“怎么了，埃米利奥？你遇到麻烦事了？”

“不是我，中尉，是您。他们早上就要来逮捕您了。”

“真的？”

“我特意来给您报信。我进城了，听见他们在咖啡馆里讨论这件事。”

“我知道了。”

他站在那儿，外套都湿了，拿着湿帽子，什么也没说。

“他们为什么要逮捕我？”

“好像是为了打仗的什么事。”

“你知道具体是什么吗？”

“不知道。但是我知道他们了解您之前来这里的时候是个军官，现在却没有穿制服。撤退之后他们见人就抓。”

我想了一下。

“他们什么时候来逮捕我？”

“早上，具体时间不清楚。”

“你说我该怎么做？”

他把帽子放在洗手盆里，因为实在太湿了，一直往地板上滴水。

“如果您真的没犯事，逮捕也没什么。但是被逮捕总不是好事——尤其是现在。”

“我不想被逮捕。”

“那就去瑞士。”

“怎么去？”

“坐我的船。”

“外面还有暴风雨呢。”我说。

“暴风雨已经结束了。只是有些风浪，但我觉得你们应该没问题。”

“我们应该什么时候出发？”

“立刻。他们可能一早就来抓您了。”

“我的行李怎么办？”

“马上打包好。让您夫人穿好衣服，行李交给我就好。”

“你去哪里？”

“我就在这里等着。我不想让任何人在走廊里看见我。”

我打开门，关上，然后走进卧室。凯瑟琳醒了。

“怎么了，亲爱的？”

“没关系，凯特。”我说，“你想不想立刻穿好衣服坐船去瑞士？”

“你愿意吗？”

“不愿意。”我说，“我想回床上睡觉。”

“出什么事了？”

“酒保说他们早上要来逮捕我。”

“酒保疯了吗？”

“没有。”

“那就请快点儿，亲爱的，穿上衣服出发。”她坐在床边，看上去还睡眼蒙胧的，“酒保在浴室里吗？”

“在呢。”

“那我就不洗漱了。你把头转过去，亲爱的。我马上就穿好衣服。”

她脱去睡衣，我看见她白皙的后背，然后，我扭头看向其他方向，因为她不想让我看。她不愿意我看见她怀孕后臃肿的身材。我也换了衣服，听着外面的雨打在窗户上。我没什么要打包的。

“凯特，我的包里还有很多空间，你可以放东西。”

“我差不多收拾好了。”她说，“亲爱的，我太蠢了，但我实在搞不懂为什么酒保在浴室里呢？”

“嘘——他等着帮我们把行李拿下去呢。”

“他太好了。”

“他是我的老朋友。”我说，“有一次我还差点儿给他寄了点儿烟卷呢。”

我望向窗外的黑夜，但是望不见湖，只有一片漆黑和雨水，不过风已经小多了。

“我准备好了，亲爱的。”凯瑟琳说。

“好了。”我走到浴室门口，“这儿有两个包，埃米利奥。”我说。酒保接过两个包。

“你能来帮我们实在是太好了。”凯瑟琳说。

“这没什么，夫人。”酒保说，“我很愿意帮助你们，这样我自己也不会惹上麻烦。听着，”他跟我说，“我把这些从员工楼梯拿到船上。你们就直接出去，装作去散步。”

“这样的夜晚出去散步倒也惬意。”凯瑟琳说。

“这样的夜晚一点儿也不好。”

“真开心，我有雨伞。”凯瑟琳说。

我们沿着走廊走下铺着厚地毯的宽阔楼梯。楼梯底下挨着门口，门卫坐在门口的桌子旁边。

看见我们，他觉得很惊讶。

“你们不会想要出去吧，先生？”他说。

“是的。”我说，“我们要去湖边看暴风雨。”

“你们有雨伞吗，先生？”

“没有。”我说，“我的外套可以挡雨。”

他怀疑地看着我。“我给你拿一把雨伞来吧，先生。”他说。他离开了一会儿，回来的时候拿了一把大雨伞。“这把伞有点儿大。”他说。我给了他 10 里拉。“先生，您心地太好了，非常感谢。”他说。他为我们打开门。我们走进了雨里。他冲凯瑟琳微笑，凯瑟琳也礼貌地回应。“不要在暴风雨里面待着。”他说，“你们会淋湿的，先生，夫人。”他只是门卫的助手。他的英语很明显有翻译腔。

“我们很快回来。”我说。我们举着雨伞，沿着小路走，穿过漆黑潮湿的花园，穿过一条路来到湖旁边有棚架掩映的路上。现在吹的是离岸风。天气很冷，十一月的风潮湿而寒冷，我知道山里肯定已经下雪了。我们走过码头，路过了一些铁链锁着的船，来到酒保的船的位置。因为有石头的缘故，水显得更黑了。酒保从旁边的树丛中迈了出来。

“行李已经在船里了。”他说。

“我把船钱付给你吧。”我说。

“你身上有多少钱？”

“没有很多。”

“以后再把钱给我吧。没关系。”

“多少钱？”

“看着给就好。”

“告诉我多少钱。”

“如果成功脱险就给我 500 法郎。如果你真的脱险了，应该不会在乎这点儿钱吧。”

“好的。”

“这里有一些三明治。”他递给我一个包裹，“这些都是从酒吧拿来的，全在这儿了。有一瓶白兰地和一瓶红酒。”我把食物放在包里，“我把这些东西的钱付给你吧。”

“好的，给我 50 里拉好了。”

我把钱给他了。“这白兰地不错。”他说，“给您夫人喝也没关系。她最好还是先上船。”他拉着船，船在石墙旁边上下浮沉，我扶着凯瑟琳上船。她坐在船尾，拢了拢披风。

“您知道要去哪儿吗？”

“湖的北面。”

“您知道有多远吗？”

“过了勒威诺就是。”

“要经过勒威诺、坎内罗、坎诺比奥和特兰萨诺。只有到了布里萨戈才算到了瑞士。你们得穿过塔玛拉山。”

“现在几点了？”凯瑟琳问。

“才十一点。”我说。

“如果您一直划的话，早上七点应该能到。”

“远吗？”

“大概三十五公里。”

“我们怎么去呢？下雨的话得要个指南针。”

“不用，先划到美丽岛，到马德雷岛后就顺着风走。风会把你们吹到帕兰扎。然后你就会看见岸上的灯光了。最后沿着岸边往北走就可以了。”

“风向可能会变呢？”

“不会。”他说，“风会一直这样刮三天。风是直接从马特龙山吹过来的。船上有个罐子，可以用来往外舀水。”

“我先付你一些船钱吧。”

“不用了，我情愿冒个险。如果您能成功脱险的话，尽量报答我即可。”

“好的。”

“你们不会溺死的。”

“那就最好了。”

“在湖上顺着风走。”

“好的。”我迈进船里。

“您留下酒店的房钱了吗？”

“留下了。在房间的信封里。”

“好的。祝您好运，中尉。”

“祝你好运。我们都不知道该如何感谢你。”

“如果您要是淹死了就不会感谢我了。”

“他说什么？”凯瑟琳问。

“他说祝我们好运。”

“也祝你好运。”凯瑟琳说，“不胜感激。”

“准备好了吗？”

“是的。”

他弯下腰，猛推我们的船。我用船桨划水，伸出一只胳膊挥了挥。酒保也随意挥了挥手。我看见了酒店的灯，然后划出去，一直划到看不见灯。湖上风浪不小，幸亏我们是顺着风走。

第三十七章

我在黑夜里不停地划船，风吹在我的脸上。雨已经停了，只有狂风吹过的时候还偶尔有星星点点的雨落下来。外面很黑，风也很凉。我能看见坐在船尾的凯瑟琳，但看不见水中的船桨。船桨很长，没有防滑的皮套。我把桨往后扳，往上提，身体前倾，桨就碰到了水。我尽量向后轻松地划水。我没有放平船桨，因为是顺风。我知道我的手会起泡，所以我想尽量延长起泡的时间。船很轻很好划。我在黑暗的湖上划船，我什么都看不见，只希望我们可以尽快到达帕兰扎。

我们没有看到帕兰扎。风吹着湖面，帕兰扎藏在小山之间，我们根本看不到帕兰扎的灯。终于，我们看见了些许离湖很远的灯光，原来已经到了英特拉。在此之前的很长时间，我们什么都看不见，既看不见岸边，也看不见灯光，只能在黑暗中不停地随着波浪划水。有时候波浪会把船抬起来，划水的时候可能并不能碰到水。湖上波浪很大，拍打在石头上面，激起很高的浪花，然后又落回湖里。我用力扳动右桨，用左边的桨向后划水，使船退到湖面。小山已经看不见了，我们在湖里继续向北划行。

“我们已经过了湖了。”我跟凯瑟琳说。

“我们不是先要看见帕兰扎吗？”

“错过了。”

“亲爱的，你还好吗？”

“我很好。”

“我也可以帮忙划一会儿。”

“不用了，我还可以。”

“可怜的弗格森。”凯瑟琳说，“她早上会来酒店找我，发现我们已经走了。”

“这我倒是不太担心了。”我说，“但是我们要在天亮之前到达瑞士领域的湖区，海关警卫有可能会看到我们。”

“还远吗？”

“离这儿大概三十公里。”

我划了一整晚，手臂十分酸痛，几乎都握不住桨。有好几次，我们都几乎要冲到岸边。我一直靠着岸边划，主要是担心在湖里迷失方向，耽误时间。离岸边最近的时候，我们能看见一排树木、岸边公路以及后面的群山。雨停了，风把云吹散了，月光如水。朝后看，我能看见暗处的卡斯塔诺拉长岬、泛着白光的湖，还有高高悬在雪山上的月亮。云再次飘过来，遮住了月亮，山和湖都不见了，不过已经比之前亮多了，起码可以看到岸边。岸边的景物实在是太清晰了，所以我连忙把船滑到帕兰扎陆地海关警卫看不见的地方。月亮再次出来的时候，我们可以看见岸边斜坡上的白色庄园和透过树林显现出来的白色道路。我还是一直在划船。

湖面越来越宽了，对面山脚下的岸上有一些灯光，应该是到了勒威诺。我看见对岸有一个楔状的峡谷，我觉得我们肯定到了勒威诺。如果猜得没错，我们应该划得不慢。我把桨收起来，向后靠在座位上。我已经累得筋疲力尽了，根本划不动。我的胳膊、肩膀和后背都很疼，手也非常酸。

“我可以拿着雨伞。”凯瑟琳说，“当帆用。”

“你能掌握方向吗？”

“应该可以。”

“你拿着这个桨，夹在胳膊下面，贴着船掌握方向，我来拿着雨伞。”我回到船尾教她如何拿桨。我拿着门卫给我们的雨伞，面对船舷坐下，打开伞。伞一拍就开了。我握住伞的两边，跨坐在船上。风很大，我觉得船突然快速前进，我尽量握住伞两边。风把伞扯得很紧。船走得很快。

“我们走得很快。”凯瑟琳说。我只能看见雨伞的伞骨。伞被风撑得很紧，我觉得我们在乘风前行。我用脚紧紧撑住，抓紧伞。结果，伞突然撑不住了，一根伞骨啪的一声弹到了我额头上，我想要抓住伞顶，但是伞已经被风吹弯了，整个翻了过去。本来可以乘帆前行，但是现在我只能跨坐在一把破伞的伞柄上。我把伞柄从座位上解开，把雨伞放在船头，回去找凯瑟琳拿桨。她在大笑。她抓住我的手一直笑。

“怎么了？”我接过桨。

“你拿着那个好好笑啊。”

“我也这么认为。”

“不要生气，亲爱的。真的特别好笑。你看起来有二十英尺宽，拿着伞的两边，显得十分有爱心——”她笑得都喘不过来气了。

“我来划。”我拿着桨。

“休息一会儿，喝点儿酒，这真是个美好的夜晚，我们已经走得挺远了。”

“我得掌着船，别让船陷到波浪里。”

“那我给你倒点儿酒，然后休息一会儿，亲爱的。”

我把桨举高，靠着桨往前划。她打开包，递给我一瓶白兰地。我用随身携带的刀拔出塞子，喝了一大口。白兰地的口感润滑热辣，我觉得一股暖流流遍身体，温暖又开心。“这白兰地真不错。”我说。月亮又被云遮了起来，但我还是能看见岸边，前面好像又有一处湖岸深入湖中。

“你够暖和吗，凯特？”

“我觉得不错，就是有一点儿僵硬。”

“你把水舀出去就能把脚放下了。”

我接着划水，听着桨架声、划水声和船尾座位底下的罐子舀水声。

“能把罐子递给我吗？”我说，“我想喝点儿水。”

“罐子太脏了。”

“没关系，我来擦擦。”

我听到凯瑟琳在船边洗罐子的声音，然后她灌满水递给我。我喝了白兰地以后觉得很渴，水异常冰冷，冻得我牙疼。我看向岸边，发现离突出的长岬越来越近了。前面的河湾里有灯光。

“谢谢。”我说，然后又把锡桶递了回去。

“没关系。”凯瑟琳说，“想要的话还有。”

“你想吃点儿什么吗？”

“不。我可能过一会儿才觉得饿，留到那时候再吃吧。”

“好的。”

本来我以为前面是个小岬，结果是个高长的地岬。我往湖里划了很远才绕过去。湖变得很窄了。月亮又出来了。如果关税警卫一直在看的话，应该可以看见湖上有个黑影。

“你怎么样，凯特？”我问。

“我还好。我们到哪里了？”

“我觉得我们还有不到八英里吧。”

“还有很长的路要划，我可怜的宝贝，你是不是累死了？”

“不，我没事。就是手有点儿酸。”

我们继续在湖上向前划。湖右边的岸中间有一个缺口，那里的湖岸陷了下去，我觉得一定是到了坎诺比奥。我把船划得离岸边很远。因为从这里开始，就是最容易遇上警卫的地段了。前面对岸有一个圆形山顶的高峰。我累了。虽然要划的路已经不是很远了，但我现在已经没什么力气了，所以就显得特别远。我知道我得划过前面这座高山，然后再往前划五英里才能到达瑞士水域。月亮就要落下去了，但是在它落下去之前，天空再次乌云密布，又变得很暗。我在湖心深处划行，划一会儿，休息一会儿，拿着桨，由风吹着。

“让我划一会儿吧。”凯瑟琳说。

“我还是觉得不应该让你划船。”

“乱讲。我觉得划船对我身体有益，可以让我的身体不这么僵硬。”

“凯特，你不应该划船。”

“胡说。稍微划一会儿对孕妇很好。”

“好的，那你慢慢划一会儿。我先回船尾，然后你再过来。你过来的时候要抓紧两边的船舷。”

我坐在船尾，披着外套，竖起衣领，看着凯瑟琳划。她划得很好，但是桨太长了，她不太顺手。我打开包，吃了两个三明治，喝了一口白兰地。

“跟我说说，是不是累了？”我说。过了一小会儿我又说：“看着桨，别碰到肚子了。”

“如果碰到了，”凯瑟琳在划船的间隙说，“那生活就容易多了。”

我又喝了一口白兰地。

“你感觉怎么样？”

“还可以。”

“划累了就跟我说。”

“好吧。”

我又喝了一口白兰地，然后抓着两边的船舷向前走。

“不。我划得很好。”

“快回到船尾去。我已经休息够了。”

有了白兰地，我划得又轻松又稳当。结果后来又手忙脚乱的，不是桨伸得太深，就是桨没入水，只是一通乱划。我的嘴里满是胆汁的味道，主要是喝了白兰地之后划得太猛了。

“给我点儿水吧，好吗？”我说。

“那太容易了。”凯瑟琳说。

天亮之前又下起了小雨。我弄不清是风小了，还是被湖边弯曲的高山挡住了。天要亮了，我静下心来更卖力地划。我不知道我们到哪里了，我一心想着到达瑞士的水域。天快亮的时候，我们离岸边已经很近了。我能看到岩石、湖岸和树木。

“那是什么？”凯瑟琳说。我停下桨聆听。原来是摩托艇在湖上发出的突突的声音。我把船划到近岸的地方，静静地等待着。突突声越来越近了。我看见雨中有一个辆摩托艇跟在我们的船后面。摩托艇船尾有四个海关警卫，高山兵的帽子拉得很低，斗篷领子竖了起来，卡宾枪斜背在身后。大清早的，他们看上去很困。我可以看见他们帽子和斗篷领子上的黄色标记。摩托艇继续突突地朝前开，逐渐消失在雨中。

我又把船划到了湖心。如果我们已经离边境很近了，被路边的哨兵拦住可就不划算了。我沿着刚刚能够看到岸边的地方在雨中划行了四十五分钟。我再次听到了摩托艇的声音，于是把船停下来，直到发动机的声音在湖中消失。

"我觉得我们已经到了瑞士了，凯特。"我说。

"真的吗？"

"也不好说，只有看到瑞士步兵才能最终确定。"

"或者瑞士海军。"

"瑞士海军可不能拿来开玩笑。我们最后一次听到的摩托艇就很有可能是瑞士海军。"

"如果我们到了瑞士，就吃一顿丰盛的早饭。瑞士有好吃的面包卷、黄油和果酱。"

现在天已经大亮了，小雨淅沥沥地下着。风还在湖上刮着，我们可以看见翻腾的雪白浪花。我很确定已经到了瑞士。岸边树后有很多房子，还有一个村子，里面有不少石头房子，山上有一些庄园，还有一个教堂。我仔细观察岸边公路，想看有没有警卫，但根本看不到。路距离湖已经很近了，我看见一名士兵从咖啡馆走到路上。他穿了一身灰绿色的制服，戴的头盔好像是德军的。他的面容非常健康，小胡子长得跟牙刷似的。他看着我们。

"向他招手。"我跟凯瑟琳说。她招了招手，士兵羞赧地笑了，也挥了挥手。我放慢了划船的速度，穿过了村子前面的滨水区。

"我们肯定已经进了瑞士国境。"我说。

"我们必须确保万无一失，亲爱的。我们可不想让他们在边境上把我们遣送回去。"

"边境在我们后面很远的地方了。我觉得这里应该是个关税小镇。我觉得这里一定是布里萨戈。”

“这里不会有意大利人了吗？海关一般会有双方的驻军。”

“战争年代不是这样。我觉得他们不会让意大利人越过边境的。”

这是个非常漂亮的小镇。码头有很多渔船，渔网都散在架子上。十一月的雨下得非常惬意，小城看起来更怡人、更干净。

“我们要不要先上岸吃早饭？”

“好的。”

我使劲摆动左桨靠岸。快到码头的时候，我把船打横顺在岸边，靠到码头上。我把桨收起来，抓住一个铁环，迈到湿漉漉的石头上。这才终于算是到了瑞士。我把船系好，伸手去拉凯瑟琳。

“上来，凯特。我感觉棒极了。”

“行李怎么办？”

“放在船上就行。”

凯瑟琳也从船上迈了下来，我们终于一起抵达了瑞士。

“多么可爱的国家呀。”她说。

“太棒了，不是吗？”

“我们去吃早饭吧。”

“这真是个美好的国家。我喜欢脚下这片国土。”

“我的身体还很僵硬，还无法真切地感受。但我能感觉到，这应该是个很棒的国家。亲爱的，你有没有感受到我们已经到了乐土，逃离了那个血腥的地方。”

“我感受到了，我真切地感受到了。我之前从来没有过这样的感觉。”

“看那些房子。这个广场太漂亮了，对吗？我看见一个能吃早饭的地方。”

“这雨是不是也太美妙了？意大利的雨从来不是这样。这里的雨是欢快的雨。”

“我们已经到这里了，亲爱的！你知道吗？我们已经到这里了。”我们走进一家咖啡馆，坐在一张干净的木头桌子旁边，兴奋得难以自持。一个模样干净漂亮的姑娘戴着围裙向我们走过来，问我们要吃什么。

“面包卷、果酱和咖啡。”凯瑟琳说。

“对不起，我们现在没有面包卷。”

“那我就要一点儿面包。”

“我可以给你做点儿吐司。”

“好的。”

“我还想要点儿煎蛋。”

“这位绅士想吃几个煎蛋？”

“三个。”

“要四个吧，亲爱的。”

“那要四个煎蛋。”

女服务员离开了。我亲吻凯瑟琳并紧紧地抓住她的手。我们在咖啡馆里深情对望。

“亲爱的，亲爱的，这很惬意，对吗？”

“是好极了。”我说。

“没有面包卷也没有关系。”凯瑟琳说，“我已经想了它一晚上了，但没有我也不在乎，一点儿也不在乎。”

“我猜他们很快就会逮捕我们了。”

“没关系，亲爱的。我们先吃早饭。早饭过后就算有人来逮捕我们也没关系。他们不能对我们怎么样。我们是守法的英美公民。”

“你有护照，对吧？”

“当然了。别说这些了，高兴点儿。”

“我已经快乐到极致了。”我说。一只灰色的肥猫从地板上朝我们走过来，尾巴像竖起的翎毛。它走过来蹭我的腿，我把手伸到桌下抚摸她。每摸一下，它都会发出舒服的哼哼声。凯瑟琳开心地冲我微笑。“咖啡来了。”她说。

早饭以后，就有人来逮捕我们了。我们在村子里散了一小会步儿，然后回码头去拿行李。一名士兵正守在我们的船边。

“这是你们的船吗？”

“是的。”

“你们从哪里来？”

“湖的上游。”

“那你们得跟我走一趟。”

“我们的行李怎么办？”

“你们可以拿着行李。”

我拿着行李，凯瑟琳走在我旁边，士兵走在我们后面。大家一起到了古老的海关办公室。办公室里有一名瘦削的中尉，很有军人气概，负责质问我们。

“你们是什么国籍？”

“美国和英国。”

“护照拿出来看看。”

我把我的递给他，凯瑟琳从手包里拿出了她的。

他仔仔细细地端详了很久。

“你们为什么要从水路划船来瑞士？”

“我是个运动员。”我说。“划船是我的长项。一有机会我就会划船。”

“你们来这儿干什么？”

“参加冬季运动。我们是游客，想来做一些冬季运动。”

“这里没有地方可以进行冬季运动。”

“我们知道。我们要去的地方能进行冬季运动。”

“你们在意大利都干什么了？”

“我一直在学建筑。我的表妹学艺术。”

“你们为什么离开意大利？”

“我们想做冬季运动。意大利一直打仗，我也没办法学建筑了。”

“请你们在原地等待。”中尉说。

他拿着我们的护照进了里面。

“你太棒了，亲爱的。”凯瑟琳说，“你就接着刚才的话说，尽管说点儿你要玩的冬季运动。”

“你懂艺术吗？”

“鲁本斯[①]。”凯瑟琳说。

“他绘制的人物又大又肥，”我说。

“提香[②]。”凯瑟琳说。

“褐色头发。”我说，“蒙塔纳有了解吗？”

“不要问这么难的问题。”凯瑟琳说，“不过我也知道，他——非常苦。”

“特别苦。”我说，“很多钉痕[③]。”

“你知道的，我会成为一个好妻子。”凯瑟琳说，“我可以跟你的海关官员聊聊艺术。”

“他来了。”我说。瘦削的中尉从海关办公室走过来，手里拿着我们的护照。

“我得把你们送到洛迦诺。”他说，“你们可以找一辆马车，会有士兵跟你们一起过去。”

“好的。”我说，“可以划船去吗？”

“船已经被没收了。你们的行李里面有什么？”

他把两个包搜了个遍，拿出一瓶一夸脱[④]装的白兰地。“要不要跟我喝一杯？”我问。

“不用了，谢谢。”他站起身来，“你有多少钱？”

“250 里拉。”

他似乎有些惊讶，“你表妹有多少钱？”

凯瑟琳有 1200 多里拉。中尉非常高兴，对我们的态度也没那么傲慢了。

---

① 彼得·保罗·鲁本斯，佛兰德斯画家，是巴洛克画派早期的代表人物。

② 提香·韦切利奥，意大利文艺复兴后期威尼斯画派的代表画家。

③ 蒙塔纳绘制的作品上有基督尸体上的钉痕。

④ 1夸脱≈1.1365升。

“如果你们想要进行冬季运动，”他说，“文阁才是理想去处。我父亲在文阁有一家很好的酒店，常年开放。”

“那太好了。”我说，“能不能告诉我酒店的名字？”

“我给你写在卡片上。”他非常礼貌地把卡片递给我。

“士兵会把你们送到洛迦诺。他会拿着你们的护照。我很抱歉，但这是必要的步骤。我觉得他们到了洛迦诺肯定会给你们办签证或者军队许可。”

他把两本护照交给士兵，我们拿着行李开始往村子里走，去叫马车。“你好。”中尉朝士兵喊，并用德国方言跟他交代了一些事情。士兵把步枪背在背上，拿起了我们的行李。

“真是个不错的国家。”我跟凯瑟琳说。

“非常实际。”

“非常感谢。”我跟中尉说。他挥了挥手。

“敬礼！”他说。我们跟着守卫进了城。

我们乘马车前往洛迦诺，士兵和车夫跟我们一起乘马车前往。我们在洛迦诺过得并不坏。他们虽然也问了问题，但是还比较有礼貌，因为我们有护照也有钱。我觉得，我说的每一个字他们都不相信，连我自己都觉得故事编得很蠢，但是这就像法庭审理一样。你不需要提供合理的理由，但你得有技巧，然后坚持己见，不多解释。我们有护照，也愿意花钱。所以他们给了我们临时签证。这种签证随时有可能被收回。我们去哪里都要跟警察汇报。

我们想去哪里都可以吗？是的。我们想去哪里？

“我们想去哪里来着，凯特？”

“蒙特勒。”

“那是个不错的地方。”一位官员说，“我觉得你肯定会喜欢蒙特勒的。”。

“洛迦诺也是个不错的地方。”另一个官员说，“我觉得你们待在洛迦诺也非常不错，这里也很有吸引力。”

“我们想去一个可以进行冬季运动的地方。”

“蒙特勒没有冬季运动。”

“对不起。”另外一个官员说，“我就是从蒙特勒来的。在蒙特勒—伯尔尼高原铁路沿线当然有冬季运动项目了。你要是不承认那可就大错特错了。”

“我没有否认。我只是说蒙特勒没有冬季项目。”

“我持反对意见。”另外一个官员说，“我对你的说法表示怀疑。”

“我坚持这么认为。”

“我不同意你的说法。我自己就在蒙特勒街道上滑过小雪橇，不止一次，而是好几次。小雪橇当然算得上是冬季项目了。”

另一个官员转向我。

“在你看来，小雪橇是冬季运动项目吗，先生？我跟你说洛迦诺非常舒服。这里的气候很适宜，周围风景也很漂亮，待久了你就会发现了。你会爱上这里的。”

“这位绅士已经表达出想去蒙特勒的想法了。”

“什么是小雪橇？”

“你看吧，这位先生从来都没听说过小雪橇呢！”

这对第二个官员来说意义重大。我说这个让他很开心。

“小雪橇，”第一个官员说，“就是平底雪橇。”

“我可有不同意见。”另一个官员摇摇头。“我必须得说说我的看法。平底雪橇和小雪橇可差远了。平底雪橇是在加拿大用平板做成的。小雪橇只是普通的雪橇。这可得分清楚了。”

“我们不能滑平底雪橇吗？”我问。

“当然可以。”第一个官员说，“你大可以滑雪橇。蒙特勒就卖加拿大生产的优质雪橇。奥克斯兄弟就是卖平底雪橇的。他们的平底雪橇还是进口的呢。”

第二个官员转过去。“平底雪橇，”他说，“需要特殊的滑雪道。你在蒙特勒的街道上不能滑雪。你们在这里干什么？”

“不知道。”我说。“我们刚从布里萨戈过来。马车还在外面呢。”

“去蒙特勒肯定没错。”第一个官员说，“那里气候清新怡人，离冬季运动项目场地近。”

“如果你们想进行冬季运动，”第二个官员说，“就应该去恩加丁或者穆尔。虽然有人建议你们去蒙特勒进行冬季项目，不过请恕我不能同意。”

“在蒙特勒北面的莎来峰有各种各样的冬季运动。”蒙特勒的拥趸瞥了一眼他的同事。

“长官，”我说，“我觉得我们得走了。我表妹太累了，所以暂时还是决定去蒙特勒。”

“恭喜你。”第一个官员握了握我的手。

“离开洛迦诺你肯定会后悔的。”第二个官员说，“无论如何，你到了蒙特勒都要向警察报告。”

“跟警察打交道也不麻烦。”第一个官员跟我说，“你会发现那里所有的居民都特别礼貌、特别友好。”

“非常感谢您二位。”我说。“您的意见对我们非常重要。”

“再见。”凯瑟琳说，“非常谢谢你们两位。”

他们在门口向我们鞠躬送别，洛迦诺的支持者则有些冷漠。我们沿着台阶下去，上了马车。

“上帝啊，亲爱的。”凯瑟琳说，“我们能不能快点儿走？”我把其中一名官员推荐的酒店告诉了车夫。车夫随即拉起缰绳。

“你忘了那名跟我们一起来的士兵了。”凯瑟琳说。士兵还站在马车旁边。我给了他一张 10 里拉的钞票。“我没有瑞士的货币。”我说。他谢过我，敬礼后走开了。马车启动了，我们向酒店进发。

“你为什么突然想去蒙特勒？”我问凯瑟琳，“是真的想去吗？”

“那是我第一个想到的地方。”她说，“那里也不错。我们可以在山里找个地方住。”

“你困了吗？”

“我都已经睡着了。可怜的凯特，这漫漫长夜让你受苦了。”

“我度过了一段愉快的时光。”凯瑟琳说，“尤其你拿着伞当帆行驶的时候。”

“你能感觉到我们已经到瑞士了吗？”

“不，好怕美梦会醒，发现这一切都不是真的。”

“我也是。”

“这是真的，对吧，亲爱的，我不是在米兰为你送行吧？”

“希望不是。”

“不要这么说。吓到我了。可能我们就是要去那里呢。”

“我都晕了，什么都不知道。”我说。

“让我看看你的手。”

我伸出手，上面满是水泡。

“我这里可没有钉痕。”我说。

“不要亵渎神明。”

我感觉很累，意识都有点儿模糊了。初到的狂喜已经过去了，马车正沿着街道走。

“可怜的小手。”凯瑟琳说。

“别碰。”我说，“上帝啊，我不知道我们在哪里。我们要去哪里，车夫？”车夫停下马。

“去京都大酒店。你们不想去吗？”

“想去。”我说，“没事了，凯特。”

“没事了，亲爱的。别不高兴了。我们好好睡一觉，明天你就不会觉得头昏脑涨的了。”

“我觉得自己都糊涂了。”我说，“今天就像喜剧一样。可能我饿了。”

“你太累了，亲爱的，会没事的。”马车在酒店前面停下。有人出来接过我们的行李。

“我觉得不错。”我说。我们沿着人行道进了酒店。

“我知道你会没事的。你就是累了。你太久没休息了。”

“不管怎么样，我们总算到了。”

“是的，我们终于到了。”

我们跟着帮我们拿行李的门童进了酒店。

第三十八章

那年秋天，雪来得非常晚。我们住在山坡上的棕色木屋里，周围松树环绕。晚上有霜冻，早上起来梳妆台上的两个罐子里会结一层薄薄的冰。哥廷根夫人早早来到房间里，关上窗户，在高高的陶瓷炉里生火。松木噼啪作响，火星四溅，之后火就在炉子里猛烈地燃烧了起来，哥廷根夫人第二次进屋的时候，带来烧火用的大块木头和一壶热水。屋里暖和了以后，她还拿了早饭进来。我们坐在床上吃着早饭，还能看见窗外的湖和湖对岸的法国山脉。山上有雪，湖水是灰蒙蒙的蓝色。

小木屋前面有一条上山的小路。被霜冻住的车辙和两边突起的地方像石头一样坚硬。小路穿过森林，在山中上下穿梭，一直通往草甸。草甸上的树林旁边有谷仓和房子，在那儿可以俯瞰山谷。山谷很深，谷底有一条小河流进湖里。山谷有风的时候，还可以听到溪水拍打石头的声音。

有时候，我们会离开主路，穿过松树林走到一条小路上。树林里走起来比较松软，冰霜没有路上那么硬。其实我们不大在乎路面的软硬，因为靴子前后跟都有钉子，可以扎进冰冻的车辙。有了钉鞋，路就好走多了，人也显得有精神了。在树林里走还是很惬意的。

我们住的房子前面有座陡峭的高山，从湖边突然拔地而起。阳光正好，我们坐在房子的门廊里看见山路沿着山坡曲曲折折地下去，山间低矮的梯田处还有被石墙隔开的葡萄架。时值冬季，葡萄藤也都枯萎了。葡萄园下面就是湖边的狭窄平原，上面建有小镇，那里有很多居民的住房。湖上有个小岛，上面有两棵树，就像是渔船的风帆。湖另一边的山险峻陡峭。山脉的中间夹着罗纳河谷平原，河谷尽头的唐都米蒂平原被高山截断。那是一座耸立于河谷之上的巍峨雪山，但是雪山离我们太远了，没有投下倒影。

阳光正是明媚的时候，我们在门廊上吃了午餐。但其他时候，我们都待在楼上的小房间里吃。房间四周都是素色的木墙，角落里还有一个壁炉。我们在镇上买了书刊和杂志，还有一副纸牌。我们学会了好多两个人玩的游戏。带着壁炉的小房间就是我们的客厅。客厅里有两张舒服的椅子，一个放书报杂志的桌子。餐桌收拾好了，我们就在上面玩纸牌。哥廷根先生和哥廷根夫人住在楼下，晚上有时候能听见他们聊天，他们在一起过得很开心。哥廷根先生之前是酒店领班，哥廷根夫人则在那间酒店当服务员，他们一起存钱买下了这个地方。他们有一个儿子，正在学习如何当酒店领班。楼下还有一个客厅，他们在那儿卖红酒和啤酒。晚上，有时候我们可以听见货车停在外面路上的声音。有人迈上台阶进客厅喝酒。

客厅外面的走廊里有一盒木头，添了木头炉火才不会熄灭。我们不怎么熬夜，天一黑就进到大卧室里。我换好衣服，打开窗户，欣赏静谧的夜晚、苍凉的星星和窗下的松树，之后就赶快爬上床。天气这么清冷，窗外也已经黑了，躺在床上着实是件惬意的事情。我们睡得很好。如果我半夜醒了，肯定只有一个原因。那时我就轻轻地掀开羽毛被，然后又接着睡觉，这样不会吵醒凯瑟琳，我也依旧温暖。少盖点儿被子，人也觉得轻松舒服。战争似乎已经离我们非常遥远，就像别的学校的橄榄球赛与我们无关一样。但我从报纸上看到，他们还在打仗，因为没有下雪。

有时候，我们会下山去蒙特勒。山里有一条下山的小路，但是很陡，所以我们经常走大路。又宽又硬的大路经由田野到达葡萄园的石墙下面，再走下去就是沿路的房子。路上一共会路过三个村子，分别是切内克斯、方特文特，另一个的名字我忘记了。继续往前走，我们会路过一个古老的方形石头城堡。它位于山坡的岩壁上，山坡上有葡萄梯田，每棵葡萄藤都拴在一个棍子上，防止葡萄藤塌下来。葡萄藤已经干了，呈棕色，土地已经准备好迎接瑞雪了。下面的湖面很平静，呈铁灰色。道路沿着城堡下面长长的斜坡一路向下，然后向右拐。路很陡，铺着鹅卵石，一直通向蒙特勒。

在蒙特勒，我们谁也不认识。我们沿着湖边散步，里面有天鹅。有人靠近湖的时候，海鸥和燕鸥就会成群地尖叫着飞起来，边飞边向湖面望。湖上有很多鹛鹛，小小的，颜色很深，游过的时候会在水面上留下痕迹。我们在镇上沿着主要街道走，看看商店的橱窗。镇上有很多关门的大酒店，不过大部分商店都开着。人们见到我们都很高兴。镇上有一家不错的发廊，凯瑟琳总去那里做头发。经营发廊的是个妇人，看着就很喜庆。她是我们在蒙特勒唯一认识的人。凯瑟琳在那儿做头发的时候，我就会去一个啤酒吧，喝点儿慕尼黑啤酒，看看报纸。我看了《意大利晚邮报》和从巴黎传过来的英美报纸。广告部分都被涂黑了，据说是为了防止敌人交流信息。看着报纸上的报道人也高兴不起来。各地的形势都很严峻。我对着一大杯黑啤酒坐在角落里，打开了一卷蜡纸包的椒盐卷饼，我喜欢椒盐卷饼的咸味，也喜欢他们的啤酒。我就这样边吃边读着那些灾难。我本以为凯瑟琳会过来找我，结果她没来，所以我就把报纸放回到架子上，付了酒钱，上街找她。那天很冷很阴，很有冬天的感觉。房子上的石头让人看了觉得清冷。凯瑟琳还在理发店里。理发师正在帮她卷发。我做在小卡座里看着。卷发的过程很有趣。凯瑟琳微笑着与我交谈。因为太兴奋了，我说话的声音都有些不清楚。火钳发出悦耳的咔嗒声，我能从三面镜子里看见凯瑟琳。卡座里温暖又惬意。理发师把凯瑟琳的头发盘起来，凯瑟琳照了照镜子，稍微修整了一下，拿出一些卡子，选了其中一些戴上，然后站起身来，“不好意思，弄了这么长时间。”

“先生很感兴趣。对吧，先生？”女理发师微微一笑。

“是的。”我说。

我们出去来到街上。外面很冷，冬天的气息很浓，风一直刮。

“哦，亲爱的，我太爱你了。”我说。

“我们过得很快活，对吧？”凯瑟琳说，“这样吧，我们找个地方喝点儿啤酒，别喝茶了。这对小凯瑟琳好。可以让她长得小一点儿。”

“小凯瑟琳。”我说，“这个小家伙。”

“她一直很乖，”凯瑟琳说，“几乎从不捣乱。医生说啤酒对我身体好，还能让她长得不那么大。”

“如果她长得比较小的话，还是个男孩儿，也许会成为赛马骑士呢。”

“我觉得如果真的要留下这个孩子就应该结婚。”凯瑟琳说。我们正坐在啤酒吧角落的桌边。外面越来越黑了。时间其实还早，但是天已经黑了，因为黄昏来得早了。

“那我们现在就结婚吧。”我说。

“不。”凯瑟琳说，“现在结婚太难为情了。我没法打扮。我不想出现在任何人面前，更不想以这种状态结婚。”

“多希望我们早就已经结了婚。”

“我觉得那样可能会好一点儿。但是我们什么时候能结婚呢，亲爱的？”

“我不知道。”

“我只知道一件事情。我现在太臃肿了，不想结婚。”

“你才不臃肿呢。”

“才不是，我很臃肿，亲爱的。理发师问我们是不是头胎。我撒谎了，我说这不是我们的第一个孩子，我们已经有两个儿子和两个女儿了。”

“那我们什么时候结婚呢？”

“等我再次变瘦的时候。我想要一个盛大的婚礼，让所有人羡慕我们这对年轻的璧人。”

“你不担心吗？”

“亲爱的，我为什么要担心呢？我唯一觉得不好受的就是在米兰的时候，我觉得自己像个妓女，不过也只难受了一会儿而已。可能是旅馆里的布置让我有了那种感觉。我是个好妻子，对吧？”

“你是个可爱迷人的妻子。”

“那就不要钻牛角尖了，亲爱的。一等你变回苗条我们就结婚。”

“好的。”

“你觉不觉得我应该再喝一杯？医生说我的盆骨很窄，最好能让小凯瑟琳别长那么大。”

“他还说什么了？”我很担心。

“没有了。我的血压很好，亲爱的。他说我的血压非常不错。”

“他说盆骨窄会怎么样呢？”

“没什么。一点儿都不影响。他说我不能滑雪。”

“他说得很对。”

“他说如果我之前没有学过的话，现在开始学就太晚了。他说如果我不怕跌倒的话还可以滑雪。”

“他可真会说笑。”

“他人真的很好。生孩子的时候我们就请他来吧。”

“你有没有问他我们应不应该结婚？”

“没有，我跟他说我们已经结婚四年了。亲爱的，你看，如果我跟你结婚，我就会成为一个美国人。按照美国法律规定，不管我们什么时候结婚，这个孩子都是合法的。”

“你怎么知道的？”

“在图书馆的《纽约世界历书》里面看到。”

“你太棒了。”

“能成为美国公民我很开心，我们要去美国，对吧，亲爱的？我想要看尼亚加拉大瀑布。”

“你是个好姑娘。”

“我还想去其他地方，但是我记不清了。”

“西部的农场？”

“不是，我想不起来了。”

“伍尔沃斯大厦？”

“也不是。”

“大峡谷？”

“不是，不过我也想去看大峡谷。”

“到底是什么呢？”

“是金门！我想去看金门。金门在哪里呢？”

“旧金山。”

“那我们就去旧金山吧。本来我也想去看看旧金山。”

“好的，就听你的。”

“那我们现在上山吧。该到上山的时间了，对不对？我们能在车上吃饭吗？”

“刚过五点有一趟车。”

“我们就坐那趟车吧。”

“好的。我先再喝一杯啤酒。”

我们出来走到街上，上了车站的楼梯，天气非常冷。罗纳河谷吹来一阵寒风。商店的窗户里点着灯。我们登上陡峭的石头台阶来到上面的街道，接着又爬了一段台阶才到车站。电车已经在等着了。车里的灯都亮着。车上有个有个表盘显示五点十分。我看了看车站的表，火车五分钟后就出发了。上车之后，我们看见司机和售票员从车站的酒铺出来。我们坐下，打开窗户。火车是用电供暖的，很憋闷，还好有清冷的空气从窗户吹进来。

“你累吗，凯特？”我问。

“不，我感觉好极了。”

“不觉得旅途太长了吗？”

“我喜欢坐火车。”她说，“别担心我，亲爱的，我感觉很好。”

圣诞节的三天前才下雪。早上醒来，我们突然发现下雪了。炉子里的火很旺，我们就待在床上看着外面下雪。哥廷根夫人把早餐餐盘拿走，往炉子里添了很多柴。那是一场大暴雪。她说夜里就开始下了。我去窗边朝外看，但看不清路对面。风雪很大。我回到床上跟凯瑟琳一起躺着聊天。

“我好希望自己会滑雪。”凯瑟琳说，“不会滑雪实在是太糟糕了。”

“我们可以乘大雪橇在路上兜兜。这跟乘坐普通车辆差不多，一点儿都不危险。”

“会不会很不舒服？”

“我们可以试试。”

“希望不要太不舒服。”

“我们过一会儿去雪里散步吧。”

“午饭之前去吧。”凯瑟琳说，“这样午饭时胃口才最好。”

“我总是很饿。”

“我也是。”

我们出门去雪中漫步，但是外面太滑了，我们也走不远。我在前面走着，蹚出一条通往火车站的小路，然后就再也走不下去了。雪下得太大了，我们几乎什么都看不见，只能走进车站的一个小木屋里，用扫帚帮对方扫雪，坐在椅子上喝味美思。

“这场暴雪太大了。”女酒保说。

“可不是嘛。”

“今年的雪下得真晚。”

“是的。”

“我能吃一条巧克力吗？”凯瑟琳问，“还是现在离午饭时间太近了？我老是觉得肚子饿。”

“吃吧。”我说。

“我要一块榛子巧克力。”凯瑟琳说。

“带榛子的可好吃了。”姑娘说，“我最喜欢榛子口味的了。”

“再给我来一杯味美思。”我说。

我们出了小木屋，来到大路上准备回去，但是来时的路已经又被雪盖住了。我们踩过的脚印只有非常模糊的痕迹。雪刮到我们脸上，几乎看不见路。我们扫掉身上的雪后进屋吃饭。哥廷根先生上了午饭。

“明天这儿就能滑雪了。”他说，“亨利先生，您滑雪吗？”

“我不会，但是想学。”

“你很快就能学起来。我儿子会在这儿过圣诞，他可以教你。”

“那太好了，他什么时候回来？”

“明天晚上。”

午饭后，我们坐在小房间的火炉旁看着窗外的雪花飘落。凯瑟琳说，“亲爱的，你想不想独自去旅行，跟兄弟们一起滑滑雪？”

“不想。你为什么会这么认为呢？”

“我觉得有时候你也会想见见除我以外的人。”

“你想见其他人吗？”

“不想。”

“我也不想。”

“我知道。但你不一样。我怀孕了，什么都不做也觉得很满足。我知道自己现在很蠢，话也很多，但我还是觉得你应该多出去走走，以免你会厌倦我。”

“你想让我离开吗？”

“不，我想让你陪我。”

“那我就陪着你。”

“过来，”她说，“让我摸摸你头上的包，这个包可不小。”她用手指头摸了摸，“亲爱的，你想不想要留胡子？”

“你想让我留胡子吗？”

“应该挺有趣的。我想看你留胡子的样子。”

“好的，那我就留起来，从现在开始。真是个好主意，这样我就有事情做了。”

“没事做你会焦虑吗？”

“不，我喜欢这样。这样生活很好。你不喜欢吗？”

“我也觉得很快活，但我担心自己会长胖，可能会让你厌烦。”

“哦，凯特。你都不知道我有多爱你。”

“现在的我？这样的我？”

“你什么样我都喜欢。我过得很开心。你不这样认为吗？”

“我也这么认为，但我想你可能不会安于如此平淡的生活。”

“不会的，有时候我也会想想前线和朋友们，但不会多想。”

“你都想谁呢？”

“里纳尔迪、牧师，还有好多我认识的人。但是现在我不太想了。我不考虑战争的事情。我已经放下了。”

“那你现在都想些什么？”

“什么都不想。”

“你肯定在想事情。告诉我。”

“我在想里纳尔迪到底有没有得梅毒。”

“就这些？”

“是的。”

“那他得了吗？”

“我不知道。”

“还好你没有得病。你有没有得过这种病？”

“我得过淋病。”

“我不想听。是不是很疼，亲爱的？”

“非常疼。”

“我希望能替你得病。”

“不，你才不想染上这样的病。”

“我想。我想像你一样。我希望认识你所有女朋友，这样我就可以拿她们开玩笑了。”

“这样的画面应该挺有趣了。”

“得淋病可不好看。”

“我知道，你看窗外下雪了，亲爱的。”

“我更愿意看着你。亲爱的，你为什么不把头发留长？”

“多长？”

“再长一点儿就够了。”

“已经够长了。”

“不，可以再长一点儿，我可以剪短，这样我们就一样了，一个金发，一个黑发。”

“我不想让你剪头发。”

“会很有趣的。我已经厌倦了现在的发型。晚上躺在床上好烦人。”

“但是我喜欢。”

“你不想让我留短发吗？”

“可能也想，但是我喜欢现在这样。”

“短了也会很帅气。这样我们就一样了。哦，亲爱的。我太想要你了，甚至都想变成你。”

“你已经是我了。我们是一样的。”

“我知道。在晚上是这样。”

“晚上真美好。”

“我希望我们可以完全融为一体。我不想让你走。我刚刚就是说说而已。如果你想走也可以，请马上回来。亲爱的，你不在的时候我根本都活不下去，这是为什么呢？”

“我一会儿也不会离开你。”我说，“你不在的时候我也不好过。我从来没有感受过这么美好的生活。”

“我希望你可以拥有自己的生活。我希望你有更好的生活。但我们可以一起拥有，对吗？”

“那你现在是不想让我留胡子还是想让我留胡子？”

“继续留，留着吧。肯定很有意思。可能新年的时候就留好了。”

“你现在想下棋吗？”

“我更想跟你一块儿玩。”

“不，我们还是下棋吧。”

“之后再一块儿玩？”

“行。”

“好的。”

我把棋盘拿出来摆好棋子。外面还在下着大雪。

有一次我晚上醒了，发现凯瑟琳也醒着。月亮照进窗户里，窗棂在床上留下影子。“亲爱的，你醒着吗？”

“是的。你也睡不着吗？”

“我刚刚醒，想起自己第一次遇见你的时候，几乎都要疯狂了。你记得吗？”

“你就是有一点儿疯狂。”

“我再也没有那样过。我现在很好了。你说很好特别好听。说很好。”

“很好。”

“哦，你太贴心了。我现在不疯狂了。我感觉特别特别开心。”

“接着睡吧。”我说。

“好的。”

“好的，我们一起睡。”

“好的。”

但是我们并没有睡。我又失眠了好一会儿，想了很多事情，看着凯瑟琳睡着，月光照在她的脸上。后来我就也睡了。

第三十九章

一月中旬我已经蓄起了胡子。冬天的气候比较稳定，白天明媚清冷，晚上寒冷刺骨。我们又可以在大路上走了。雪已经被运草的雪橇、装柴的雪橇和运下山的圆木压得紧实而光滑。大雪覆盖了整片乡村，一直快要蔓延到蒙特勒。湖对面的山区都是一片雪白。罗纳河谷也都被白雪覆盖了。我们在湖对岸的山上走了很久来到阿利亚兹温泉。凯瑟琳穿着钉靴，披着斗篷，拿着一个一头有尖铁的木棍，她看上并没有那么臃肿。我们走不快，她累了我们就停在路边的木材上休息。

在阿利亚兹温泉的树林里有木屋，伐木人会在木屋里歇脚饮酒。我们坐在里面，在火炉旁边烤火，喝杯子里装着柠檬的热红酒。他们称之为格鲁怀因。格鲁怀因是庆祝和暖身的必备佳品。木屋里很黑，烟雾很大。出去之后，清新的冷空气陡然进到肺里，吸气的时候鼻尖都冻麻了。回望小木屋，我们发现灯光从窗户里照出来，伐木人的马摇头摆尾地保持温暖。口鼻的毛上有霜，呼吸时在空气中形成了一股青烟。我们沿着道路往家走，有一段路又平又滑，被马踏成了橙色，一直延伸到运木材的道路与山道相交的地方。之后就是干净紧实的雪覆盖着的道路了。有两次晚上回家的路上，我们都在穿过树林的时候看见狐狸了。

我们住的小村子很漂亮，每次出去都能玩得十分愉快。

“你的胡子已经长得很漂亮了。”凯瑟琳说，“就像伐木工一样。你有没有看见那个戴着小金耳环的男人？”

"他是打羚羊的猎人。"我说，"据说他们戴耳环是为了听得更清楚。"

"真的吗？我不信。我觉得他们戴耳环是为了炫耀自己是羚羊猎人。附近有羚羊吗？"

"有。就在唐都贾蒙山后面。"

"看见狐狸真好玩。"

"狐狸睡着的时候会把尾巴绕在身体周围保暖。"

"那种感觉肯定很奇妙。"

"我一直都想要这么一条尾巴。如果我们也有狐狸尾巴，是不是会挺有意思的？"

"估计穿衣服会变得很麻烦。"

"我们可以改衣服嘛，或者去一个无拘无束的国家。"

"我们现在住的地方不就无拘无束吗？我们不用见外人，不是很好吗？你不想见其他人，对吧，亲爱的？"

"不想。"

"我们要不要在这里坐一会儿？我有点儿累了。"

我们相互依偎地坐在木材上。前面的路一直延伸到森林下面。

"她不会妨碍我们的，对吧？这个小淘气。"

"不，我们不会让她得逞的。"

"钱的方面怎么样？"

"我们的钱足够多。他们兑现了我上一张大额即期汇票。"

"现在你的家人知道你在瑞士了，他们不会想要来找你吗？"

"可能吧。我写信给他们解释一下。"

"你还没给他们写过信吗？"

"没有。只是开了张即期汇票。"

"谢天谢地，还好我不是你的家人。"

"我给他们发电报吧。"

"难道你一点儿也不在乎他们吗？"

"本来还在乎，但老是吵架，亲情也就淡了。"

“我想我会喜欢他们。我可能会非常喜欢他们。”

“我们还是别讨论他们了，不然我又要开始担心了。”过了一会儿，我说：“如果你休息好了我们就继续上路吧。”

“我休息好了。”

我们继续沿着大路走。天已经暗了，雪在脚下发出吱吱的响声。那一晚又干又冷，十分清爽。

“我太爱你的胡子了。”凯瑟琳说，“蓄须真是个明智的决定。你的胡子看上去又硬又扎，但其实又软又舒服。”

“你更喜欢我有胡子？”

“我觉得是。亲爱的，你知道的，从现在开始一直到小凯瑟琳出生我都不会去剪头发了。我现在太胖、太臃肿了。但她出生以后我就会瘦回来，到时候再剪头发，我就能变成全新的自己，一个与众不同的美丽姑娘。我们一起去剪头发。不，我可以自己去，回来给你一个惊喜。”

我什么也没说。

“你不会不让我剪头发吧？”

“不，我觉得肯定很有意思。”

“哦，你太贴心了。到时候我又会变得可爱的。亲爱的，又瘦又喜人，你会重新爱上我的。”

“天啊，”我说，“我现在已经很爱你了。你想要做什么？毁了我吗？”

“是的。我想毁了你。”

“好，”我说，“我也是这么想的。”

第四十章

我们的生活很愉快。冬天的天气很不错，我们的心情也很好。一月和二月就这样过去了。刮暖风的时候，冰也会化，雪也会软，空气里都弥漫着春天的气息。但是凄冷的天气总会回归，冬天从未离去。三月的时候，冬天终于有了要走的迹象，晚上开始下雨了。雨下了一晚上，早上也没停，雪化成了水，山也变得暗淡起来。湖上和山谷里都飘着云。高山上在下雨。凯瑟琳穿着厚重的罩靴，我穿着哥廷根先生的橡胶靴。路上的冰块被雪水和流水冲得干干净净，我们打着伞从上面走过。午饭之前，我们在酒吧停下喝了味美思酒。我们能够听见外面下雨的声音。

“照你说我们要不要搬到城里去呀？”

“你觉得呢？”凯瑟琳问。

“如果冬天结束了，还一直下雨，住在山上可就不好玩了。小凯瑟琳还有多久出生？”

“大概一个月，也可能更久一点儿。”

“我们最好还是下山，待在蒙特勒。”

“我们为什么不直接去洛桑呢？那里有医院。”

“好的，但是我觉得那里有些太大了。”

“去了大城镇我们还是可以这样与世隔绝，洛桑应该是个不错的去处。”

“那我们什么时候动身呢？”

“我都可以。你想什么时候去就什么时候去，亲爱的。如果你不想走的话，我也不想走。”

“那我们看看天气怎么样吧。”

雨连着下了三天。车站下面的山坡上已经没有雪了。路上满是泥泞的雪水。外面雪水太多，异常湿滑，根本出不去。下雨的第三天早上，我们决定下山进城。

“没关系，亨利先生。”哥廷根先生说，“你不用提前告知我。现在天气恶劣，我知道你在这里也住不久了。”

“考虑到我太太的情况，我们必须住在医院附近。”我说。

“我非常理解。”他说，“您以后还会回来住吗，带上您的小孩儿？”

“当然了，如果您这里有空房的话。”

“等到春天来了，天气好了，你们可以回来享受一下。我们可以把小孩子和保姆安排在现在紧锁着的房间里，您和夫人还可以住在湖景卧室里。”

“如果过来，我会提前写信的。”我说。我们收拾好了行李，吃过午饭就坐上火车离开了。哥廷根夫妇跟我们一起来到车站。哥廷根先生用雪橇拉着我们的行李，蹚过了融雪。他们冒雨站在车站旁边向我们挥手告别。

“他们太贴心了。”凯瑟琳说。

“他们对我们真好。”

我们乘火车从蒙特勒抵达洛桑。我想从窗口遥望我们住过的地方，但是云层太密，根本看不到山。火车在韦威停了一下，然后继续向前行驶，一边是湖，一边是棕色的潮湿土地、光秃秃的树林与湿漉漉的房子。我们抵达洛桑，找了一家中型酒店住下。外面还在下雨，所以我们乘马车穿过街道，径直从酒店的马车入口进来。门卫拿着一盘铜钥匙，进了电梯，地板上有地毯，白色洗手盆上的水龙头闪着金属光泽。跟哥廷根夫妇的屋子比起来，铜床和舒服的大卧室都显得相当奢华。卧室的窗户对着一个湿漉漉的花园，花园周围有围墙，墙上有铁栅栏。街道非常陡。对面还有一家旅馆，也有相似的墙和花园。我向窗外望，雨落在花园的喷泉上。

凯瑟琳把所有的灯都打开，开始拆行李。我要了一杯威士忌苏打，躺在床上读报纸，这是我在车站买来的一九一八年三月的报纸，德国已经开始进攻法国了。我喝着威士忌苏打，凯瑟琳则在屋里到处走动，拆包行李。

“你知道，我得去准备点儿必需品了，亲爱的。”她说。

“什么呀？”

“婴儿的衣服。我这个月数还没有婴儿用品的孕妇也是不多了。”

“买点儿就好了。”

“我知道。我明天就要去买。我得看看什么是必需的。”

“你当然知道了，毕竟你是护士。”

“但是士兵也不会在医院里生孩子呀。”

“我就是特例。”

她用枕头打我，弄洒了威士忌苏打。

“我再给你叫一杯吧。”她说，“不好意思，被我弄洒了。”

“本来也剩得不多了。到床这边来。”

“还不行，我得把这个房间布置得有模有样。”

“什么样子呢？”

“像我们的家一样。”

“挂出联盟旗。”

“哦，你快住口。”

“再说一次。”

“快住口。”

“你说得太小心了。”我说，“好像不想惹怒别人似的。”

“我的确不想得罪人呀。”

“那就到床这边来。”

“好的。”她过来坐在床上，“我知道自己已经提不起你的兴趣来了，亲爱的。我就像一个大面桶。”

“才不是，你又漂亮又贴心。”

“我就是你娶的糟糠之妻。”

“不，你不是，你现在最美丽。”

“但是我会变瘦的，亲爱的。”

“你现在就不胖。”

“你醉了。”

“威士忌苏打而已。”

“很快就会有另一杯了。”她说，“我们要不要把午饭叫到屋里来吃？”

“好啊。”

“那我们就不用出去了，对吗？今晚我们就待在屋里。”

“然后玩游戏。”我说。

“我可以喝点儿红酒。”凯瑟琳说，“红酒对我没有什么坏处。兴许我们还可以喝点儿平时爱喝的白凯普里葡萄酒。”

“我觉得可以。”我说，“这种规模的酒店应该有意大利酒。”

服务员敲了敲门，他用托盘拿了一杯带冰的威士忌，旁边是一小瓶苏打水。

“谢谢。”我说，“放在这儿吧。能不能请您拿两人份的午饭上来，再拿两杯加冰的白凯普里葡萄酒。”

“二位想先喝点儿汤吗？”

“你想喝汤吗，凯特？”

“来一些吧。”

“那拿一人份的汤来。”

“多谢先生。”他出去以后带上门。我继续读报纸，看报纸上关于战争的新闻。我慢慢地把苏打水浇到威士忌的冰块上。我应该告诉他们别直接把冰块放到威士忌里面。冰块应该单独拿过来，这样我就知道里面有多少威士忌了，省得因为苏打水加多了变得太淡。这样比较合理。好的威士忌总能让人开心，这是快意人生的重要组成。

“你在想什么呢，凯特？”

“想威士忌。”

“想威士忌什么？”

“想威士忌有多好。”

凯瑟琳做了个鬼脸。“好的。”她说。

我们在酒店里待了三周，感觉还不错。餐厅经常空无一人，晚饭经常在房间里吃。我们走到镇上，乘齿轮车来到乌契，在湖边散步。天气已经比较暖和了，跟春天一样。我们很希望能再次回到山区，结果春天的气息只持续了几天，冬天的阴冷再次杀回来了。

凯瑟琳在镇上买了必要的婴儿用品。我去拱廊里的一家体育馆锻炼了一下。早上凯瑟琳赖床的时候我经常去。这几天天气很好，我们甚至以为春天来了。我打了一会儿拳击，洗了澡，在街上散步，呼吸着带有春天气息的空气，然后在一家咖啡馆坐下，看行人，读报纸，喝味美思。接下来我会回到酒店跟凯瑟琳吃午饭。拳击馆的教练有小胡子，跟他对打的时候他总会全力以赴，出拳精准而飘忽。在体育馆里消磨时间非常舒服。空气清新，阳光明媚，我锻炼得非常努力，跳绳、与假想敌打拳，阳光从敞开的窗户洒进来，我就躺在地板上做腹部练习。与教练打拳的时候，我偶尔也会挂彩。一开始，我没法在狭窄的镜子面前练习打拳，因为看着一个留胡子的人打拳实在是太奇怪了。后来，我终于发现了个中乐趣。我开始打拳之后本想要剃掉胡子，但是凯瑟琳不愿意。

有时候我会坐在马车里跟凯瑟琳在郊外兜风。天气好的时候兜风也很惬意，我们两个发现了乘车出去吃饭的好去处。凯瑟琳现在已经走不远了，我喜欢在乡间公路上和她兜风。天气好的时候，我们总是过得非常开心，从来不觉得枯燥。我们知道小孩儿很快就要出生了，总觉得有一种紧迫感，不能浪费在一起的一分一秒。

第四十一章

一天的凌晨三点，我醒了，凯瑟琳在床上翻来覆去。

“你还好吗，凯特？”

“我觉得有点儿疼，亲爱的。”

“疼得规律吗？”

“不，不是很规律。”

“如果你疼得很规律，我们就去医院。”

我太困了，于是就又睡着了。过了一会儿我又醒了。

“我觉得你还是叫个医生来。”凯瑟琳说，“我觉得我好像要生了。”

我走到电话边去给医生打电话。“疼痛的频率如何？”他问。

“凯特，你多久疼一次？”

“我觉得大概是十五分钟疼一次。”

“你应该去医院了。”医生说，“我马上穿衣服，赶到医院。”

我挂了电话之后赶忙打给车站旁边的车行，叫了一辆车，结果很久都没人接电话。后来，终于有人肯立刻派车过来。凯瑟琳正在穿衣服。她的包里已经准备好了住院和宝宝需要的东西。我到外面按铃叫了电梯，但没有回应。我下楼后发现除守夜人之外，一个人都没有。我只能自己把电梯叫上来，把凯瑟琳的包放进去。她进来之后，我们就乘电梯下楼。守夜人为我们打开门，我们走到车道楼梯旁边的石板上，等着马车来。夜晚非常清爽，星星都出来了。凯瑟琳非常兴奋。

“真开心，宝宝终于要来了。”她说。“再过一会儿一切就都结束了。”

“你真是个勇敢的好姑娘。”

“我不怕，但还是希望马车快点儿来。”

我们听见马车从街上过来的声音，又看见了马车前面的灯。马车拐到车道上来，我扶着凯瑟琳上车，车夫把包放在前面。

“去医院。”我说。

我们离开车道，开始往山上走。

到了医院，我们立刻进去，我拿着包。接待台的一个姑娘在本子上写下了凯瑟琳的名字、年龄、地址和信仰。凯瑟琳说自己没有信仰，所以那个姑娘就在信仰后面的空格里画了一条横线。她说自己的名字是“凯瑟琳·亨利”。

“我带你去病房。”她说。我们乘电梯上去。女接待把电梯按停，我们迈出电梯，跟着她来到走廊里。凯瑟琳紧紧地抓住我的胳膊。

“就是这间了。”女接待说，“要不要换了衣服上床？这里有一件供你穿的睡衣。”

“我自己带了睡衣。”凯瑟琳说。

“您最好还是穿这里的睡衣。”接待员说。

我出去，坐在走廊的椅子上。

“你现在可以进来了。”接待员冲着走廊说。凯瑟琳躺在一张狭窄的小床上，穿了一件素色的方领睡衣，就像是用粗布床单缝的。她冲我微笑。

“我现在疼得比较规律了。”她说。接待员握着她的手腕，用表计算她阵痛的频率。

“刚才疼得挺厉害。”凯瑟琳说。我从她的表情可以看得出来。

“医生在哪儿呢？”我问接待员。

“他正在楼下睡觉，有需要的时候就会上来。”

“我现在要对夫人做一些事情。”护士说，“能否再次请您移步外面？”

我又回到了走廊。走廊里空荡荡的，只有两扇窗户和走廊两边关着的门。走廊里满是医院的味道。我坐在椅子上，盯着地板，为凯瑟琳祈祷。

“你可以进来了。”护士说。我就又进去了。

“你好，亲爱的。”凯瑟琳说。她的表情突然停住，然后又微笑。

“怎么样了？”

“阵痛越来越频繁了。”

“刚刚那一下可真疼。你能不能再把手放在我的后背上，护士？”

“如果对你有帮助的话，当然可以。”

“你离开这里吧，亲爱的。”凯瑟琳说，“出去找点儿吃的。护士说我得这样很长时间。”

“初次分娩一般都很久。”护士说。

“请出去找点儿吃的吧，”凯瑟琳说，“我没事，真的。”

“我还是待一会儿吧。”我说。

阵痛已经非常规律了，接着又慢慢得到缓解。凯瑟琳很兴奋。疼得厉害的时候，她就说疼得好。不疼了她就变得失望而惭愧。

“你出去吧，亲爱的。”她说，“你在这儿，我有点儿紧张。”她的脸又扭曲了起来。“又来了。这次好多了。我想当一个好妻子，不希望生出来的小孩子傻傻的。你出去吃完早饭再回来吧，亲爱的。这里应该不需要你了，有护士在就够了。”

“你有的是时间吃早饭。”护士说。

“那我走了，再见，亲爱的。”

“再见。”凯瑟琳说，“把我的那份也吃了。”

“哪里能吃早饭？”我问护士。

“广场旁边的街上有个咖啡馆。”她说，“现在应该开门了。”

外面越来越亮了。我沿着空荡荡的街道走到咖啡馆。从窗户可以看见里面亮着灯。我进去站在白铁的吧台旁边，一个老头儿给我上了一杯白葡萄酒和一个奶油蛋卷。奶油蛋卷是昨天剩的。我把蛋卷蘸到酒里，然后喝了一杯咖啡。

“这个时间你在这儿干什么？”老人问。

“我的妻子在医院待产。”

“这样啊，祝你好运。”

“再给我来一杯酒吧。”

他从瓶子里往外倒酒，溅出来一点儿，顺着台面流了下来。我喝了这杯之后就付钱离开。街道旁边是民宅的垃圾桶，在等人来收。一条狗正在里面嗅来嗅去。

“你想要什么？”我问了问，又看看罐子里有没有什么能给他掏出来的。结果里面什么都没有，只有咖啡渣、尘土和一些枯萎的花。

“狗狗，里面什么都没有啊。”我说。那条狗穿过了街道。我回到医院，上了楼梯，来到凯瑟琳所在的楼层，穿过走廊，来到病房门口。我敲了敲门，无人应答。我打开门，房间都空了，只剩凯瑟琳的包还放在椅子上，睡衣挂在墙上的钩子上。我走出房间，沿着走廊走，看有没有人。我找到了一名护士。

“亨利夫人在哪里？”

“刚有个女士进了产房。”

“在哪儿呢？”

“我带你去。”

她带我来到走廊的尽头。产房的门半开着，我看见凯瑟琳躺在床上，身上盖着一个床单。护士站在手术台一边，医生站在另一边，旁边有一些圆柱形的气瓶。医生手里拿着一个橡胶面具，面具一头连着一根管子。

“我给你拿个罩衣，这样你就能进去了。”护士说，“到这边来。”

她给我穿了一个白色的罩衣，脖子后面用安全别针夹住了。“现在你可以进去了。”她说。于是我进了产房。

“你好，亲爱的。”凯瑟琳的嗓音里都透着紧张，“我现在没什么进展。”

“你是亨利先生？”医生问。

“是的，情况怎么样，医生？”

“情况非常不错。”医生说，“我们来这里是想方便病人吸入麻醉气体。”

“我现在就需要麻醉。”凯瑟琳说。医生把橡胶面具放在她的脸上，转动表盘，我看见凯瑟琳呼吸得很深很急促。然后她把面罩推开。医生关上了龙头。

“这次疼得还不算厉害，之前有一次很严重。我都疼晕过去了，对吧，医生？”她的声音很奇怪，说医生这两个字的时候突然音调升高。

医生微笑。

“我想再吸一次。”凯瑟琳说。她把面罩紧紧地贴在脸上，然后快速地呼吸。我听见她有些呻吟，然后把面罩拿开微笑。

“这次又很疼。”她说，“疼得特别厉害。亲爱的，你不要担心。你出去吧，再吃一次早饭。”

“我就想留在这儿。”我说。

我们凌晨三点到的医院。中午的时候凯瑟琳还在产房里。疼痛再次缓解。她看上去非常疲惫，但心情还不错。

“亲爱的，我做得不够好。”她说。“对不起，我以为我会很容易地生下孩子。现在，又来了。”她伸手抓住面具，放在脸上。医生转动仪表盘看着她。过了一会儿阵痛结束了。

“这次还好。”凯瑟琳说。她微笑，“我都要被这气体迷晕了，实在是太美妙了。”

“我们可以把它带回家。”我说。

“又来了。”凯瑟琳着急地说。医生转动表盘，看着手表。

“现在间隔是多少？”我问。

“大约一分钟。”

“你想吃午饭吗？”

“我想快速地吃一点儿。”他说。

“你必须得吃点儿东西了，医生。”凯瑟琳说，“不好意思，我拖了这么久。能不能让我丈夫帮我开关麻醉气瓶？”

“如果你想的话，也可以。”医生说，“你把指针拨到第二格。”

“我知道了。”我说。表盘上有一个指针，可以用把手操作。

“我现在就想要。”凯瑟琳说。她把面罩紧紧地贴在脸上。我把指针拨到了“二”那里，凯瑟琳放下面具的时候，我就把仪器关掉。医生愿意让我帮忙做些事情，真是不错。

“是你做的吗，亲爱的？”凯瑟琳问。她握住我的手腕。

“当然是我了。”

“你太好了。”由于吸入了很多麻醉的气体，她已经有些醉了。

“我就在旁边的屋里用托盘吃饭。”医生说，“你随时都可以叫我。”时间慢慢过去，我看着他吃饭，过了一会儿，我看见他在躺着抽烟。凯瑟琳越来越累了。

“你觉得我能生出这个孩子来吗？”她问。

“当然了，你当然可以了。”

“我已经很努力了。我想往下用力，但就是不管用。又来了，给我打开麻醉气。”

两点的时候，我出去吃午饭。咖啡馆里已经有了一些人坐在桌旁，桌上摆着樱桃白兰地和苹果白兰地。我找了一张桌子坐下。“有吃的吗？”我问服务员。

“午饭时间已经过了。”

“有没有不限时的食物呢？”

“你可以吃点儿德国酸菜。”

“那就给我来点儿酸菜和啤酒。”

“半杯还是一杯？”

“少半杯就好。”

服务员拿了一盘酸菜，顶上盖了一片火腿，一根香肠裹在热热的红酒卷心菜里。我边吃边喝啤酒。我很饿。我看着咖啡馆里坐在桌边的人们。有张桌上的人们在打牌。我旁边桌子的两个人在聊天抽烟。咖啡馆里满是烟味。我之前吃早饭的白铁吧台后面现在有三个人；一个老头儿、一个穿裙子的胖姑娘坐在柜台后面记录哪个桌上了哪道菜，还有一个穿围裙的小伙子。我在想那个妇人生了几个孩子，是什么感觉。

我吃完酸菜之后就又回到医院。街道已经收拾干净了，垃圾桶被拿走了。天气多云，但还是可以隐约看到太阳。我乘电梯上楼，走出电梯，沿着走廊走到凯瑟琳的房间，找到我之前放下的白色罩衣。我穿上之后，用别针把脖子的地方夹住。我照了照镜子，感觉自己像一个留胡子的假大夫。我沿着走廊走到产房。门关着，我敲了敲。没人应答，所以就自己转动门把手进去了。医生坐在凯瑟琳旁边。护士在角落里忙活着一些事情。

“你丈夫来了。”医生说。

“哦，亲爱的，我的医生是最棒的医生。”凯瑟琳用一种奇怪的声音说，“阵痛来的时候，他就跟我讲一些特别好玩的故事，转移我的注意力。他太棒了。医生，你太棒了。”

“你醉了。”我说。

“我知道，”凯瑟琳说，“但是你不用说出来。”然后又是，“给我，快给我。”她抓紧面罩，短暂而急促地喘息，连面罩都发出响声。然后她长长地舒了一口气，医生用左手拿走面具。

“刚刚这次又疼得很厉害。”凯瑟琳说。她的声音很奇怪。“我现在不会死了，亲爱的。我已经过了要死的阶段，你不高兴吗？”

“千万不要再这样了。”

“我不会的。我已经不怕了。我不会死的，亲爱的。”

“你不要做傻事。”医生说，“你不能就这样死了，然后留下你丈夫一个人。”

“哦，不。我不会死，我不会死的。我死了就太蠢了。又来了，快给我。”

过了一会儿，医生跟我说：“亨利先生，请你先出去一会儿，我得检查一下。”

“他想看看我生得怎么样了。”凯瑟琳说，“你等会儿还可以回来，亲爱的。医生，他能回来吗？”

“可以，”医生说，“他能回来的时候我自会告诉他。”

我走到门外，然后沿着走廊走到凯瑟琳生完孩子要待的病房。我坐在椅子上观察房间。我出去吃饭的时候买了份报纸放在外套里，这会儿拿出来开始读。外面开始变黑了，我打开灯接着看。过了一会儿，我不看了，关上灯后发现外面已经全黑了。我很纳闷医生为什么还不来叫我。可能我不在会好一点儿吧。他可能想让我离开一会儿。我看看表。如果他十分钟以后还不来叫我，我无论如何也要自己过去看看。

可怜的宝贝凯特，这就是你跟我睡在一起的代价，这就是陷阱的结尾，这就是相爱之人的结局。不过还是要感谢上帝给了我们麻醉气。没有麻醉之前是什么样呢？阵痛一开始，产妇就陷入了无休止的疼痛。凯瑟琳怀孕期间倒是很顺利，情况不错，几乎没怎么吐过，直到产前才开始觉得不舒服。终究还是没有躲过一劫。世上终究没有侥幸的事情。绝对没有！就算我们结婚五十次，情况还是一样的。万一她死了怎么办？她不会死的。现在生孩子已经不会死人了。丈夫们都是这样想的。事实的确如此，但万一她死了可怎么办？她不会死，只不过生孩子有些难熬而已。生头胎总是比较久。她就是这会儿比较辛苦而已。事后我们会一起讨论起这段辛苦的时光，那时候凯瑟琳就会说，其实也没有那么坏。但是万一她真的死了怎么办？她不能死。是的，但是万一她死了呢？她不能死，我跟你说。不要想这些傻事了，不过就是受些罪而已。母亲的天然使命让她觉得痛苦。不过因为是头胎，一开始总是比较难。是的，如果万一呢？不会有万一。她为什么会死？她有什么理由会死呢？不过是生个孩子，是米兰浪漫时光的附带产物。孩子总会惹麻烦，必须得生出来，然后还需要照顾，我们可能还会爱上小孩儿。但凡事总有万一，她绝对不会死。你怎么能肯定？她就是不会死。她会没事的。如果发生意外呢？她绝不能死。那她万一真的死了怎么办？嘿，你要怎么办？万一真的发生了呢？

医生来到房间里。

“情况怎么样了，医生？”

“不太好。”他说。

“你这是什么意思？”

“就是字面的意思。我做了仔细的检查——”他跟我详细描述了检查的结果，“从那会儿开始我就在等待时机，但孩子就是生不出来。”

“你有什么建议？”

“有两种选择：一种是产钳分娩，但有可能会扯破皮肉，还很危险，对孩子也可能不利；还有一种就是剖腹产。”

“剖腹产有什么危险？”万一她死了怎么办？

“危险系数应该不会大过自然分娩。”

“你来做手术吗？”

“是的。我可能还得需要一个小时来准备人手和器械，也可能用不了一个钟头。”

“你的建议是什么呢？”

“我建议剖腹产。”

“有什么手术后遗症吗？”

“完全没有，就是会留道疤。”

“会不会感染？”

“感染的风险比产钳分娩小很多。”

“如果坚持自然分娩，不动手术呢？”

“最终还是要做出选择。亨利夫人已经耗费了太多体力。越早手术越安全。”

“那就尽快手术。”我说。

“我现在就去吩咐大家准备。”

我走进产房，护士正陪着躺在手术床上的凯瑟琳，大肚子的凯瑟琳看上去苍白无力。

“你有没有跟他说可以手术？”她问。

“说了。”

“太好了，对吧。做手术一个小时以内就能全部搞定了。我已经受不了了，亲爱的。我要崩溃了。快给我。不管用，哦，不管用了。”

“深呼吸。”

“我在深呼吸呢。哦，不管用了，已经不管用了。”

“再拿一个气瓶来。”我跟护士说。

“这就是新气瓶。”

“我就是傻瓜，亲爱的。”凯瑟琳说，“但是真的不管用了。”她开始哭。“哦，我太想要这个孩子了，不想惹麻烦。现在我全完了，我要崩溃了，麻醉气也不管用了。哦，亲爱的，一点儿也不管用。我受不了了，要是能不疼，让我死也愿意。哦，拜托了，亲爱的，帮我止痛吧。又来了。哦哦哦！”她戴着面罩呜咽着呼吸，“不管用。不管用。我真的要崩溃了。我可怜的心肝。我太爱你了，我会变好的。我能熬过这一次。他们就不能给我拿点儿其他的麻醉剂吗？求他们给我点儿麻醉剂吧。”

“我能把仪器修好。我把它开到最大。”

“现在就给我。”

我把指针一路拧到最大，她艰难而沉重地呼吸着，她的手终于松了一点儿，不那么紧紧地抓着面罩了。我关掉了气瓶，拿走面罩。她终于恢复了一些意识，好像从很远的地方回来一样。

“太好了，亲爱的，你对我太好了。”

“你要勇敢一点儿，因为我不能一直这样做，这样会害死你的。”

“我再也不勇敢了，亲爱的，我已经崩溃了。他们把我搞垮了。我现在知道了。”

“生孩子都是这样的。”

“这太糟糕了。疼痛越来越严重，简直要把我撕碎了。”

“再有一个小时就结束了。”

“那太好了。亲爱的，我不会死，对吧？”

“不会，我向你保证，不会让你死。”

“我不想死，不想离开你，但是我太累了，我觉得自己要死了。”

“胡说。大家都是这样的。”

“有时候我知道自己将命不久矣。”

“你不会死，你不能死。”

“万一我真的死了呢。”

“我不会让你死。”

“快给我，给我！”

随后她又说：“我不会死。我不会让自己死。”

“你当然不会死。”

“你会陪着我吗？”

“我不能看。”

“不要，就待在这儿。”

“当然了，我一直都在。”

“你对我太好了。又来了，给我。再给我点儿。又不管用了！”

我先把指针调到“三”，然后又调到“四”，我希望大夫赶快回来。我很担心自己拨到“二”以上会出现什么问题。

终于，一位新大夫带着两名护士来了。他们把凯瑟琳抬到带轮子的担架上，我们开始沿着走廊走。担架员快速穿过走廊，进到电梯里，抬担架的人都贴着墙站，尽量腾出地方放担架，电梯向上，开门，大家走出电梯，橡胶轮子上的担架穿过走廊进入手术室。医生戴着帽子和口罩，我没认出来。然后又来了一位医生，还有好几名护士。

“他们必须得给我点儿。”凯瑟琳说，“他们必须得给我。拜托了，医生，行行好，多给我点儿。”

一名医生往她的脸上戴上面罩，我透过门往里看，看见了手术室明亮的小看台。

“你可以从另一个门进去坐在那儿。”一名护士跟我说。手术室后面有几排椅子，通过栏杆与手术区隔开，那里可以看到白色的手术台和手术灯。我看着凯瑟琳。面罩盖在她的脸上，她现在很安静。他们把带轮子的担架向前推。我转身来到走廊上。两个护士赶忙跑到看台入口。

“是剖腹产。”一个人说，“他们要做剖腹产手术。”

另一个人大笑，“我们来得太及时了，简直太幸运了。”她们进了通往看台的门。

另一名护士也匆匆赶来了。

“你可以从这里进去，就是这儿。”她说。

“我想待在外面。”

她也赶紧跑进去了。我沿着走廊来回踱步，不敢进去。我朝窗外看，外面很黑，但借着屋里的灯光，我可以看见外面在下雨。我走进走廊尽头的一个屋子，看着玻璃橱窗里面的瓶子上的标签。然后我又出来，站在空荡荡的走廊上，盯着手术室的门。

一位医生出来了，后面跟着一名护士。他双手拿着什么东西出来的，很像刚出生的小兔子，急急忙忙地捧着穿过了走廊，进了另一个门。我也跟随他们进了门，发现他们正在房间里摆弄一个刚出生的孩子。医生把孩子举起来给我看。他拎着孩子的脚后跟拍打。

“他还好吗？”

“他非常好。有五公斤重。”

我对他没什么感觉，感觉自己与他无关。我没有当父亲的感觉。

“你不为自己的儿子感到自豪吗？”护士问。他们在帮他清洗，然后用东西把他裹起来。我看见他的脸和手都很黑，但是没看见他动，也没听见他哭。医生又对他做了些事情，看样子有些失望。

“不，”我说，“他几乎害死了自己的妈妈。”

“不是这个小宝贝的错，你不想要个男孩儿吗？”

“我不想。”我说。医生正围着他忙碌。医生拎着他的脚拍他。我没有等着看。我又出来，到了走廊里。我现在可以进去看了。我从看台的门进去，往下走了一些。栏杆旁边的护士看见我了，让我过去。我摇了摇头。我在这里已经看得很清楚了。

我觉得凯瑟琳已经死了。她看上去已经死了。就我能看到的部分而言，她面如死灰，在灯光的照射下，医生正在缝合一个很长很深的伤口。另一位戴着口罩的医生负责供给麻药。两名戴着口罩的护士负责递东西，这很像宗教裁判的场景。我看着医生在下面缝合，我知道自己本可以看到全部的手术过程，但我很庆幸自己没看。我觉得自己根本看不了他们下刀，但是看着医生如同鞋匠般快速熟练的手法，将伤口缝合成一个隆起，我很开心。伤口缝好后，我又回到走廊上，再次来来回回地踱步。过了一会儿医生出来。

“她怎么样了？”

“她没事。你没看吗？”

他看上去很疲惫。

“我看见你缝合了。切口好像很长。”

“你这样认为吗？”

“是的。伤口会变平吗？”

“哦，会的。”

过了一会儿，他们推着带轮子的担架出来了，接着快速推过走廊，进了电梯。我也跟着一起进去。凯瑟琳在呻吟。下楼之后，他们把她放在她房间的床上。我坐在床脚的椅子上。房间里有一名护士。我站在床边。屋里很暗。凯瑟琳伸出手。“你好，亲爱的。”她说。她的声音很虚弱，很疲惫。

“你好，甜心。”

“我们的宝宝怎么样？”

“嘘，别说话。”护士说。

“是个男孩儿。他很长很胖，有点儿黑。”

“他还好吗？”

“是的，”我说。“他很好。”

我看见护士怪异地看着我。

“我太累了，”凯瑟琳说，“疼得要死。你还好吗，亲爱的？”

“我很好，不要说话了。”

“你对我真好。哦，亲爱的，我刚刚疼得死去活来。他长什么样？”

“就像是个没毛的兔子，一脸褶子，跟个老头儿似的。”

“你现在得出去了。”护士说，“亨利夫人不能讲话。”

“我马上出去。”

“去吧，吃点儿东西。”

“不用，我就在外面等着。”我亲吻了凯瑟琳。她脸色苍白，很虚弱，很劳累。

“我能跟你说几句吗？”我跟护士说。她跟我来到了走廊上。我在走廊上稍微走开了一点儿。

“孩子怎么了？”我问。

“难道你不知道吗？”

“不知道。”

“孩子不是活的。”

“他死了？”

“他们无法让他呼吸。可能是脐带绕住了他的脖子，也可能是其他问题。”

“所以他死了。”

“是的，太遗憾了。这么好的一个胖男孩儿。我以为你已经知道了。”

“我不知道。”我说，“你最好赶快回去照顾我夫人。”

我坐在一张桌子旁边的椅子上，护士的报告都夹在桌子一边。我望向窗户外面，什么也看不见，只有漆黑一片。透过窗户照出去的光，我发现外面还在下雨。事情已成定局。孩子已经死了。怪不得医生看上去那么疲惫。但是他们在房间里为什么要那样做？他们觉得他可能会活过来，可能会开始呼吸。我没有宗教信仰，但我知道那孩子应该接受洗礼。但是如果他从来没有呼吸过呢？他没有。他从来都没有活过。除了在凯瑟琳体内的时候。我觉得他总是踢凯瑟琳的肚子。但是最近一周都没有听到。可能早就被缠住了。可怜的小孩儿。我多么希望被缠住的是我。不，我不希望这样。其实死了也不是坏事，省得要经受这么久的折磨。现在凯瑟琳也要死了。看你干的好事。你不知道这意味着什么。你还没来得及学习。他们把你扔到棒球场，告诉你规则，结果你不在一垒守着就把你弄死；或者他们会毫无理由地杀死你，就像杀死艾莫一样；或者让你跟里纳尔迪一样患上梅毒。但他们终究还是会杀死你。这一点毋庸置疑。你只要等着就好，他们迟早会杀死你。

有一次在营地，我把满是蚂蚁的木头扔到火里。木头烧起来之后，蚂蚁一哄而散，先是冲到火焰中心，然后回头往边上跑。木头边上的蚂蚁越来越多，最终还是挤到了火里。只有几只逃出来了，身体也都烧焦了，不知道要到哪里去。但是大部分蚂蚁还往火里走，接着掉头爬到另一端，聚集在没有火的一端，可它们最终还是掉进了火里。我记得自己当时想，这就是蚂蚁的世界末日，我本可以当个救世主，把木头捡起来，扔出去，蚂蚁就可以下来，回到地面上。但是我什么都没有做，而是往木头上浇了一罐水，这样我就有空杯子喝威士忌了。我觉得浇在木头上的水会让蚂蚁都被蒸死。

现在我坐在走廊里，等着听凯瑟琳的消息。护士没有出来，所以过了一会儿我自行走到门口，轻轻地打开门。一开始我什么也没看见，因为走廊里太亮了，屋里又太暗。后来我看见护士坐在床边。凯瑟琳的头枕在枕头上。床上的凯瑟琳平平的。护士把她的手指放在嘴边，站起来走到门边。

“她怎么样了？”我问。

“她没事了。”护士说，“你走吧，去吃点儿晚饭吧，如果想回来的话晚饭后再回来。”

我沿着走廊走下楼，走出医院的门口，街上很黑，我冒着雨到了咖啡馆。咖啡馆里很亮，桌边有很多客人。我找不到位置坐，服务员走上前来，接过我湿漉漉的外套和帽子，给我指了一张桌子，桌子对面有一个读晚报喝啤酒的长者。我坐下问服务员今晚的主菜是什么。

“炖牛肉，但是已经卖完了。”

“有什么能吃的东西吗？”

“火腿鸡蛋、芝士鸡蛋或者酸菜。”

“我中午已经吃过酸菜了。”我说。

“确实如此，”他说，“你中午吃了酸菜。”他是个中年男子，有些秃顶，用旁边的头发盖住。他长得很和善。

"你想吃点儿什么？火腿鸡蛋还是芝士鸡蛋？"

"火腿鸡蛋，"我说，"还有啤酒。"

"半杯？"

"是的。"我说。

"我记得，"他说，"你中午就喝了半杯。"

我吃了火腿鸡蛋，喝了啤酒。火腿鸡蛋盛在一个圆盘子里，火腿在下面，鸡蛋在上面。菜很烫，吃第一口的时候我还得喝点儿啤酒让嘴里降降温。我很饿，又跟服务员点了其他东西。我喝了好几杯啤酒。我没有思考，一直都在看对面人的报纸。报纸上说英国前线被突破了。对面的人发现我在读他的报纸背面，于是他就把报纸折了起来。我本想跟服务员要份报纸，但是根本没法集中注意力。咖啡馆里很热，空气很差。来吃饭的人很多都相互认识。有好几桌在打牌。服务员都忙着从吧台往桌上端酒。两个男士走了进来，发现没有地方坐，就站在我坐的桌子对面，我又点了一杯酒，还没打算离开。现在回医院太早了。我努力让自己不去思考，保持镇静。两个人就这样站了一会儿，但发现没人打算离开，只能出去。我又喝了一杯啤酒，我面前的桌子上已经堆了不少杯碟。坐我对面的人摘下了眼镜，放在盒子里，叠起报纸，放在口袋里，现在他正端着酒杯环顾屋子。我突然觉得自己应该回去了。我叫服务员来结账，然后穿上大衣，戴上帽子往门外走。我一路冒雨回到医院。

我在楼上碰见了从走廊过来的护士。

"我刚刚给你住的酒店打电话了。"她说。我的心里一沉。

"发生什么了？"

"亨利夫人大出血了。"

"我能进去吗？"

"不，还不能。医生正在给她治疗。"

"情况危急吗？"

"十分危急。"

护士进屋，关上门。我坐在屋外的走廊里，感觉心里完全被掏空了。

我没有思考，也根本无法思考。我知道她要死了，我祈祷不要让她死。不要让她死。哦，上帝啊，不要让她死。只要不让她死，让我做什么都可以。拜托了，拜托了，求求你了，亲爱的上帝，不要让她死。亲爱的上帝，不要让他死。拜托了，拜托了，求求你了，亲爱的上帝，不要让她死。亲爱的上帝，不要让她死。拜托了，拜托了，求求你了，不要让她死。只要不让她死，你说什么我都照做。你已经带走了孩子，请不要让她也离我而去。你可以带走孩子，但是不要让她死。求求你了，求求你了，亲爱的上帝，不要让她死。

护士打开门，用手指示意我过去。我跟着她进了房间。我刚进来的时候凯瑟琳并没有抬头看我。我走到床边。医生站在我对面。凯瑟琳看着我微笑。我俯身凑到床边开始哭。

“可怜的乖乖。”凯瑟琳轻轻地说。她的脸色非常苍白。

“你没事了，凯特。”我说，“你会没事的。”

“我要死了。”她说，等了一下又说，“我不想死。”

我抓着她的手。

“别碰我。”她说。我松开了她的手。她微笑，“可怜的乖乖。你要碰就碰吧。”

“你会没事的，凯特。我知道你会没事的。”

“我本想给你写封信以防万一，但没有写。”

“想不想让我叫个牧师或者其他人过来看你？”

“有你就够了。”她说。又过了一会儿，“我不害怕。我就是不喜欢死亡。”

“你不能说这么多话。”医生说。

“好的。”凯瑟琳说。

“你想让我为你做点儿什么吗，凯特？我能不能为你做点儿什么？”

凯瑟琳微笑着，“不用了。”过了一会儿，她说：“你不会跟其他姑娘做我们做过的事情，说跟我说过的话吧？你会吗？”

“绝对不会。”

“我还是想让你交女朋友。”

“我不想要别人。”

“你说得太多了。”医生说，“亨利先生现在必须出去。他等一下可以再回来。你不会死了，别犯傻了。”

“好的。”凯瑟琳说。“我会回来陪你度过每一个夜晚。”她说。她讲话已经十分困难了。

“请离开病房。”医生说，“你不能再讲话了。”凯瑟琳冲我眨眨眼，脸色依旧惨白。“我就在外面。”我说。

“不要担心，亲爱的。”凯瑟琳说，“我一点儿也不害怕，这就是个玩笑罢了。”

“我亲爱的、勇敢的爱人。”

我在外面走廊里等着。我等了很久。护士走到门口，朝我走过来。

“恐怕亨利夫人已经病入膏肓了。”她说，“我很担心她。”

“她死了吗？”

“还没，但是她已经失去意识了。”

可能是因为连续大出血，他们止不住血了。我走到屋里陪着凯瑟琳，一直到她死去。她始终都没能恢复意识，没多久就死了。

在病房外面的走廊里，我跟医生说：“今晚有没有我能做的？”

“没有。没什么要做的。我能送你回酒店吗？”

“不用了，谢谢。我想在这里待一会儿。”

“我知道没什么好说的，我不能跟你说——”

“不用了。”我说，“没什么好说的。”

“晚安。”他说，“我不能送您回酒店吗？”

“不用了，谢谢。”

“这是我唯一能做的了。”他说，“手术表明——”

“我不想谈这些。”我说。

“我想送你回酒店。”

“不用了，谢谢。”

他沿着走廊走了。我走到病房门口。

“你现在还不能进来。”一名护士说。

“我可以。”我说。

“你还不能进来。”

“你出去。”我说，“那一个也出去。”

我把她们赶出去后关了门，熄了灯，并没有好过一点儿。我就像在跟雕像告别一样。过了一会儿，我离开医院，淋着雨走回了酒店。

译 后 记

《永别了，武器》是美国作家海明威的代表作，它通过讲述第一次世界大战期间美国青年亨利与英国护士凯瑟琳的爱情故事，向世人揭示了战争的血腥与残酷。

海明威的一生充满传奇色彩。他出生于富足的医生之家，第一次世界大战时以战地救护队驾驶员的身份服役，曾在前线身受重伤。战后，他作为海外记者常驻巴黎。正是这些亲身经历使海明威加深了对战争的理解，为他后来的写作积累了重要素材。

海明威是著名的语言大师，他开创了简练、含蓄的文风。他摒弃浮夸的语言，习惯使用简单句式，很多词汇看似信手拈来，却寓意深刻，让人回味无穷。海明威极具个性的语言特征在《永别了，武器》中也有所体现，这给本书的翻译工作带来了不小的挑战。如果拿捏不当，译文冗长，便会抹杀原文简约的艺术风格。因此，本书的翻译力求遣词造句干净利落，绝不拖沓。对于原文的隐晦风格则避免使用显化策略，旨在最大程度上保留原文的内涵。值得关注的是，电报式的人物对话在《永别了，武器》中占有大量篇幅，这些对话看似平淡冷漠，实则意味深长。翻译时，我们注意语言和句式的精简，希望尽可能还原原著的对话风格，充分揭示人物的心理活动和个性特征。除此之外，原文还涉及大量专业词汇，如医学、汽车、军事、新闻等方面。专业词汇无疑为本书的翻译增加了难度，译者查阅了大量资料，并就疑难问题多次向专业人士请教，以保证译文的准确性。

迄今为止，《永别了，武器》在国内已有多个译本，希望我们译出的这个版本可以为海明威研究奉献一分力量。本书译文难免会有错漏，欢迎指正。